JN335095

与謝野晶子と小林一三

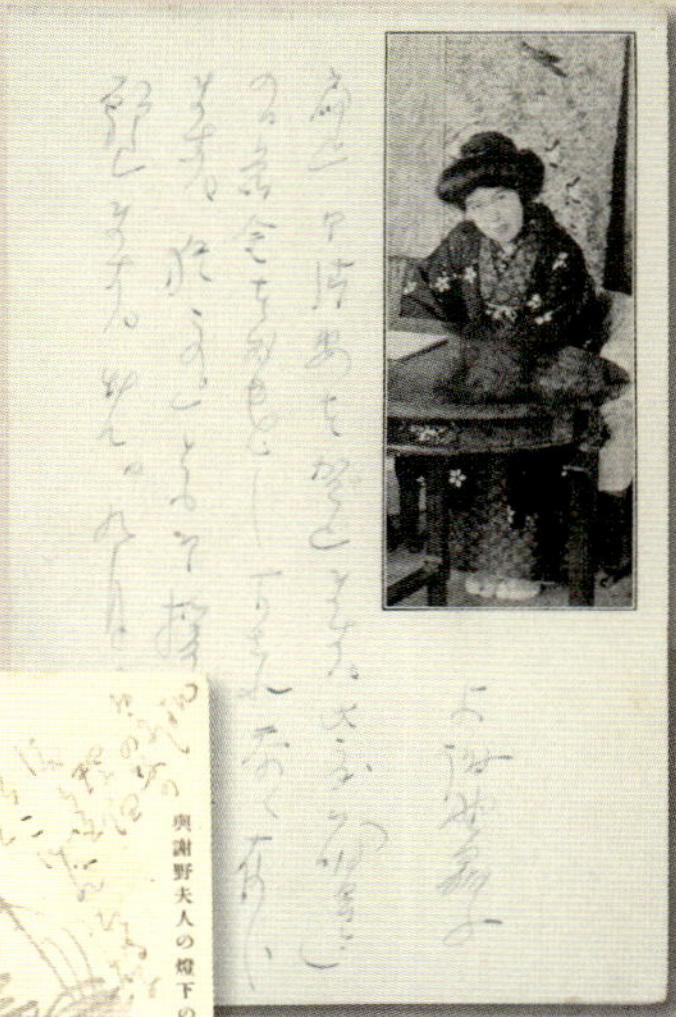

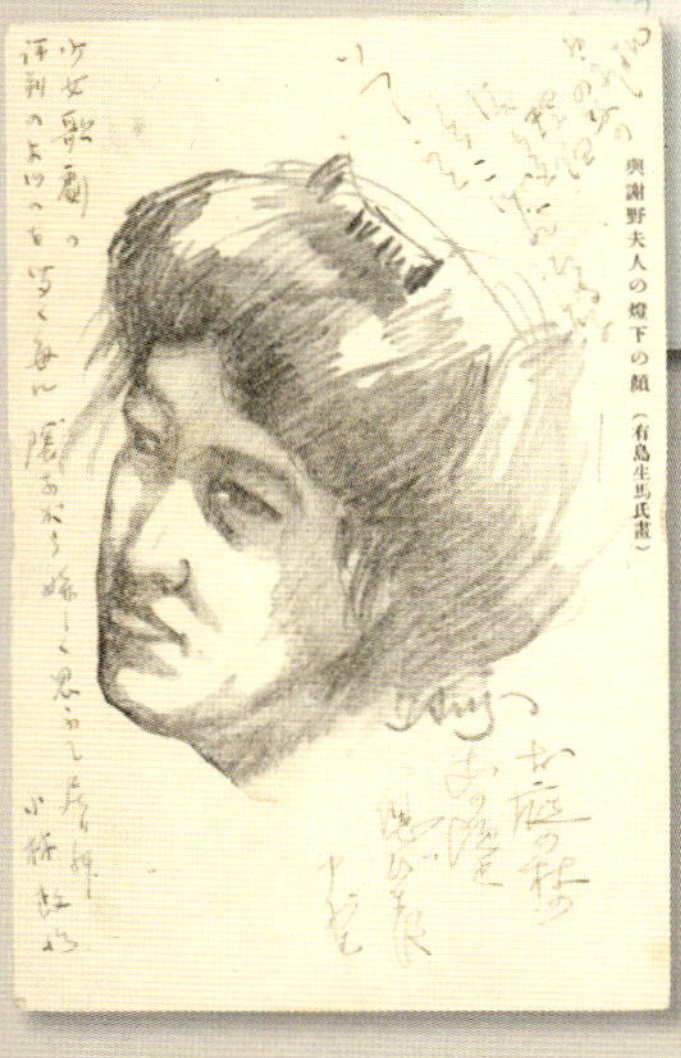

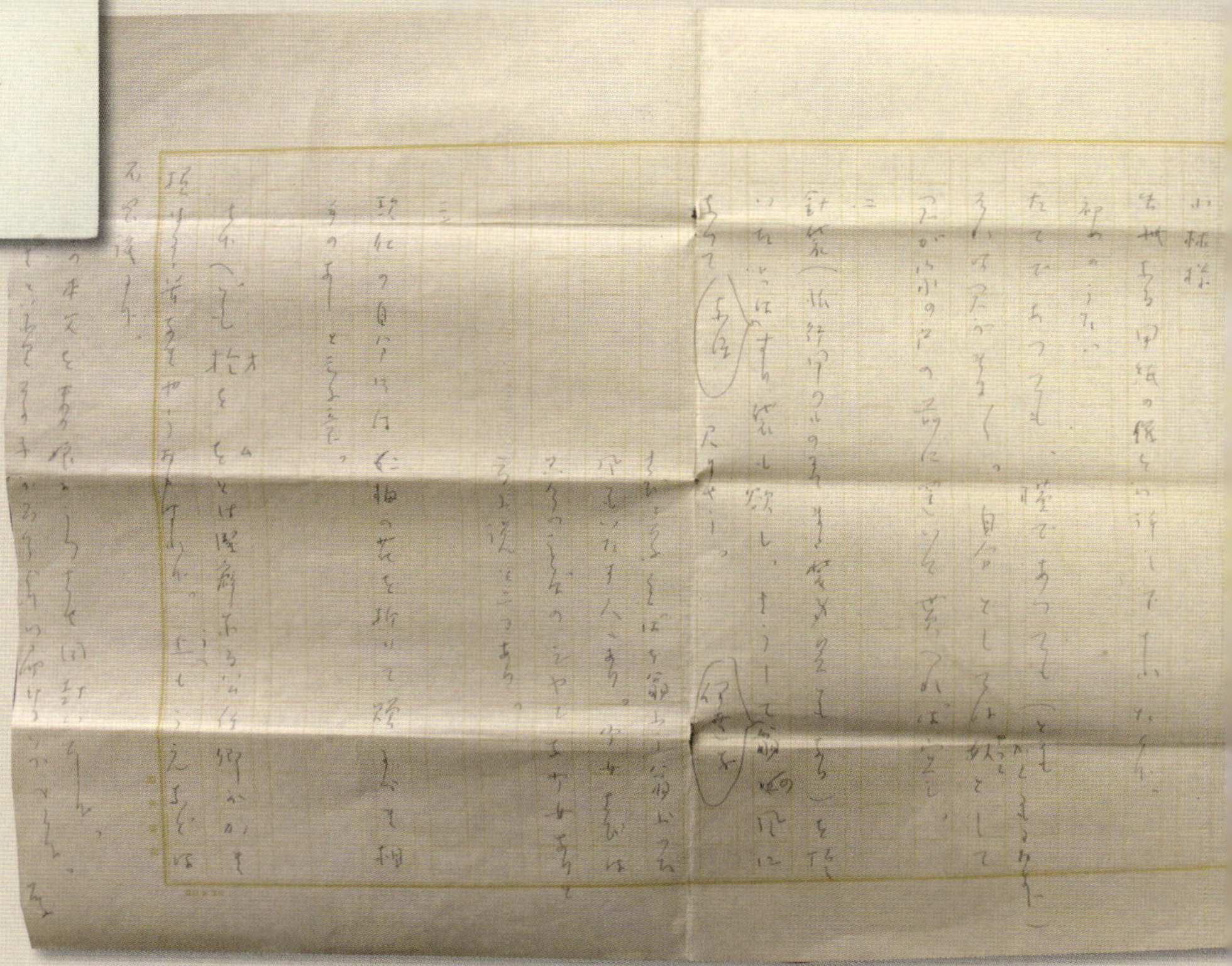

ごあいさつ

与謝野寛（鉄幹）・晶子夫妻が六甲山苦楽園を訪れたのは、大正六年（一九一七）五月末のこと、二人にとっては初めて東京を離れての「歌行脚」でした。二週間ばかりの滞在の間、宝塚、大阪、生まれ故郷の堺へも出向き、屏風や懐紙、短冊などの揮毫に努め、九州にも二週間余の旅を続け、ふたたび苦楽園にもどって静養し、帰京したのは七月九日になってでした。

寛の欧州遊学、晶子も半年後に夫を追ってシベリア経由でのフランス行き、子供を置いての海外だけに、留守宅も不安で、生活費用のこともあり、晶子は五カ月後に単身海路で帰国します。寛はフランスでは梅原龍三郎との交友も深め、大正二年に帰国しますが、自分の詩作を模索し、活路を見いだそうと大正四年には衆議院選挙に立候補して惨敗するという憂き目に遭います。病気などをしたこともあり、心身の養生のためとの理由で二人は大正六年に幼い子供一人を連れての西下をしたのでした。実際は、経済的な背景が主なところではありました。

この歌行脚では、大阪の商人小林天眠（政治）が、終生与謝野夫妻の支援をし続けましたが、このたびも苦楽園の手配の尽力もしました。それとともに、もう一人、明治末期以来支援をしてきたのが小林一三でした。晶子に揮毫を求めて費用を提供し、宝塚に招いて少女歌劇の観劇、自宅に招いての歓待などと世話をしています。そこで上田秋成の「源氏物語五十四首短冊貼交屏風」を閲覧に供し、晶子は感激して自らも「源氏物語礼讃歌」を生みだすことになるのです。

与謝野寛・晶子と小林一三とのかかわりは深く、それを証するように二十数通の書簡が残され、多数の作品も保存されています。近年発見した新出の書簡も含め、新しい視点から経済人であるとともに、文化人としての小林一三と与謝野夫妻とのかかわりを照射し、見直したいとの思いでこのたびの展示の企画をした次第です。多くの資料の所蔵者からも出品をしていただき、充実した内容になったものと思っております。ご協力いただいた関係各位の方々に、心から御礼を申し上げて「あいさつ」のことばとさせていただきます。

逸翁美術館
朝日新聞社

目次

【凡例】

一、本図録は、「与謝野晶子と小林一三」と題する展覧会の図録として作成されたものである。同展覧会は平成二三年四月二日（土）から六月一二日（日）まで開催した。
一、図版は展示されるすべての作品を掲載した。一部の展示替をおこなう。
一、図版番号と陳列作品番号は一致するが、陳列は必ずしも番号順ではない。
一、釈文の表記は、旧字体は当用漢字を、異体字は通行字体を用いた。
一、図版に使用した写真については、所有者の提供によるものの他、アートビジョン、株式会社エー・ティ・エー、株式会社光楽堂、宮崎賢次の撮影による。
一、本展覧会は、逸翁美術館館長の伊井春樹の監修のもと、中川憲一、宮井肖佳が担当した。
一、Ⅰ章からⅣ章、Ⅵ章の作品解説は宮井肖佳が担当し、Ⅴ章は伊井春樹が担当した。
一、図版の横に特に所蔵者の表記がないものは、逸翁美術館所蔵である。
一、所蔵者名で、逸翁美術館、池田文庫については、「財団法人阪急文化財団」の表記を省略した。

第Ⅰ章

歌百首屏風
——晶子と一三、交流の先駆け——

与謝野晶子と小林一三が交流を持ち始めたのは、資料として明確に判明しているのは、明治四四（一九一一）年八月八日が最初である。この時に送付されてきた書簡は、夫・寛が洋行するための資金繰りを目的に行った、「歌百首屏風」の購入を依頼する書簡であった。本文は印刷であるが、宛名の「小林一三」などは晶子が書す。このような書簡を送る以上、それよりも前から交流が始まっていたのは確かであろう。晶子の長男・光が『晶子と寛の思い出』の中で、「今でいえば宣伝の関係でよく家へみえるうちに親しくなったんだと思います」と記しているものの、晶子から直接聞いたことなのかどうか判然としない。ともかく、一三が三〇代の若い頃にすでに晶子と交流を持っていたに違いはないであろう。

このⅠ章では、晶子と一三の交流の先駆けとなった書簡と、それに関連する「歌百首屏風」をとりあげて紹介する。

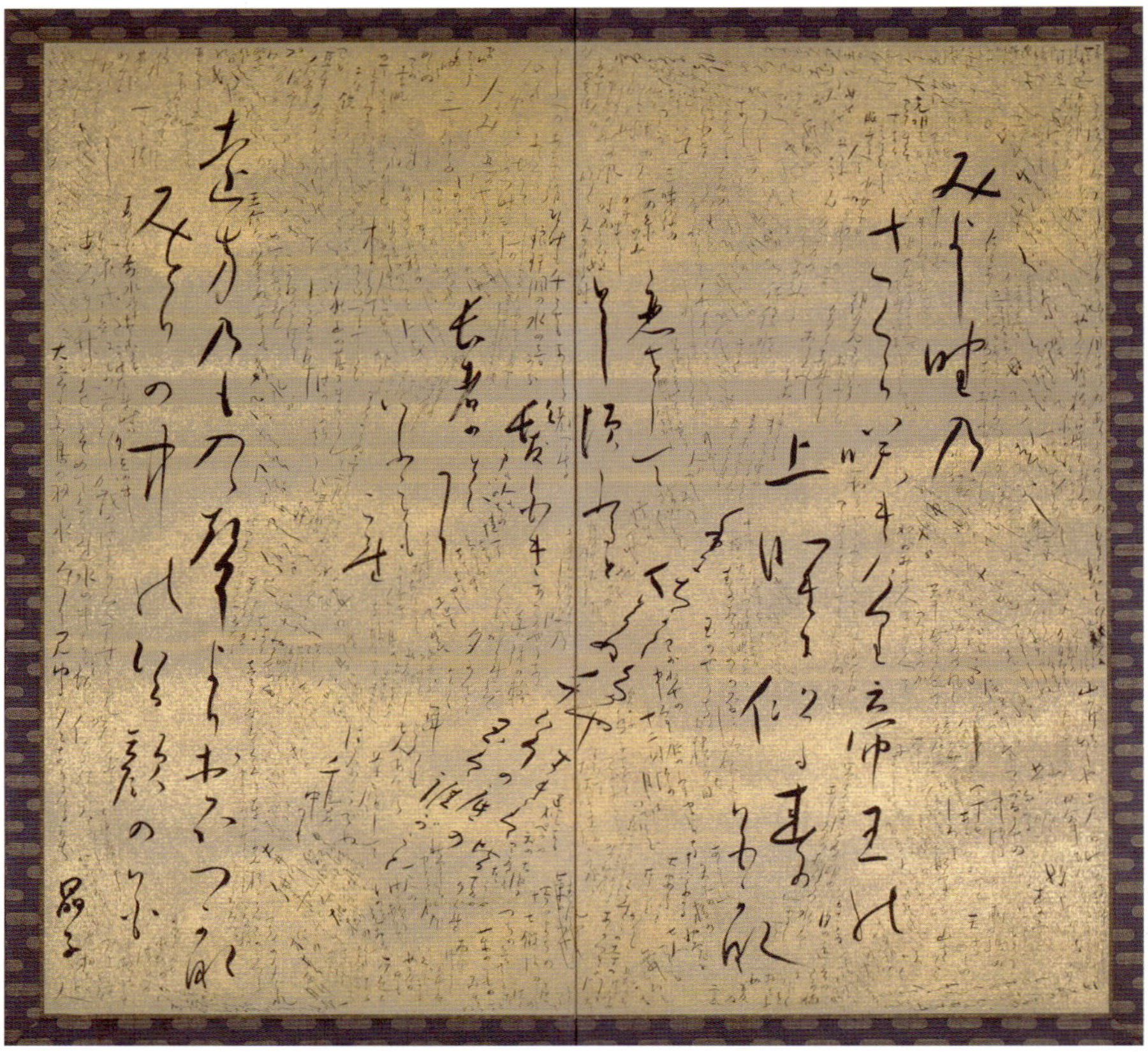

1 歌百首屏風（遠方の） 与謝野晶子筆 二曲一隻 堺市博物館蔵

2 歌百首屏風（抱くとて） 与謝野寛・晶子筆 二曲一隻 堺市博物館蔵

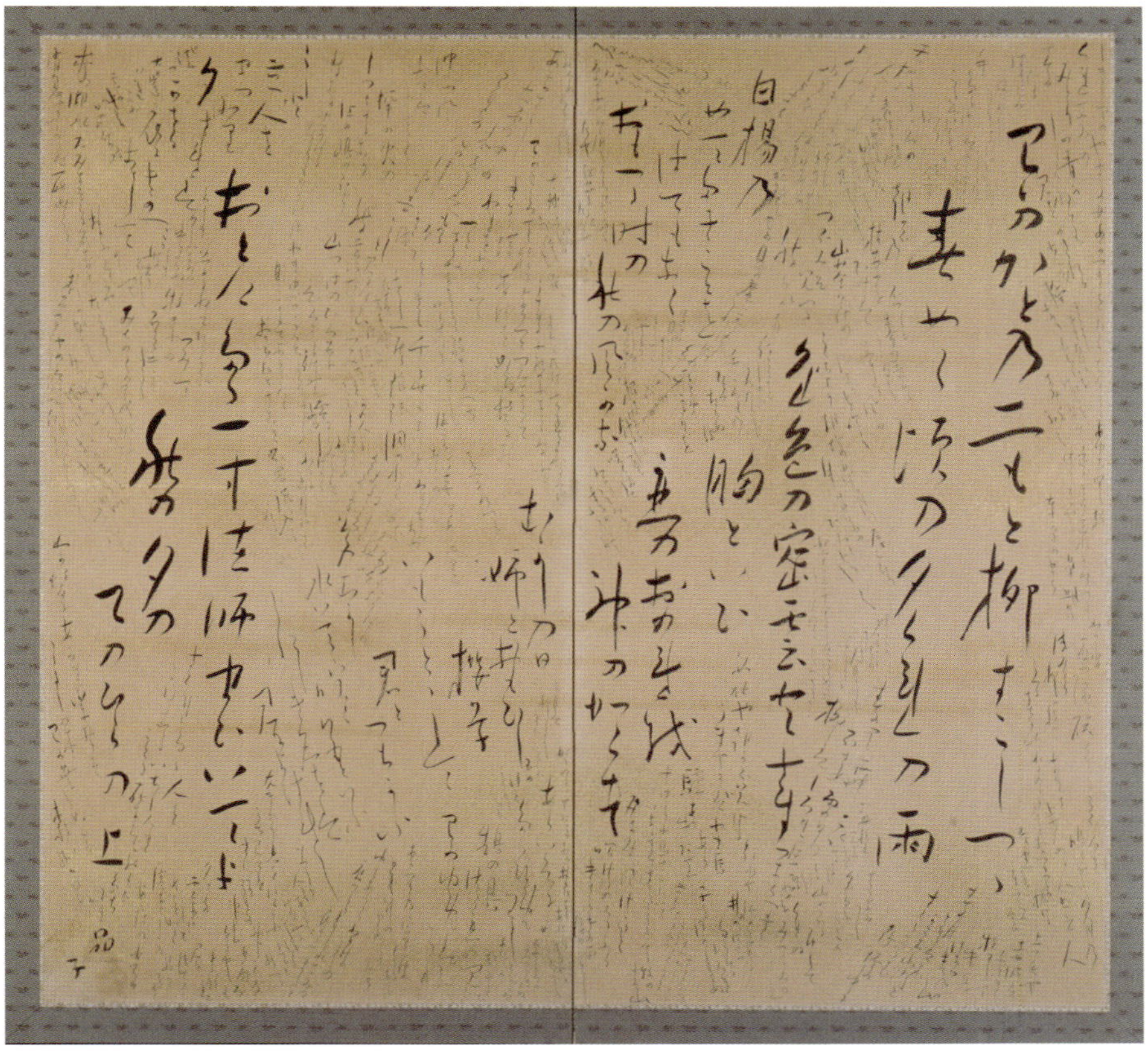

3 歌百首屏風（わがかどの） 与謝野晶子筆 二曲一隻 明治四四年
堺市立中央図書館蔵

4 歌百首屏風（正月は） 与謝野晶子筆 二曲一隻 昭和初期
堺市（堺市立文化館与謝野晶子文芸館）蔵

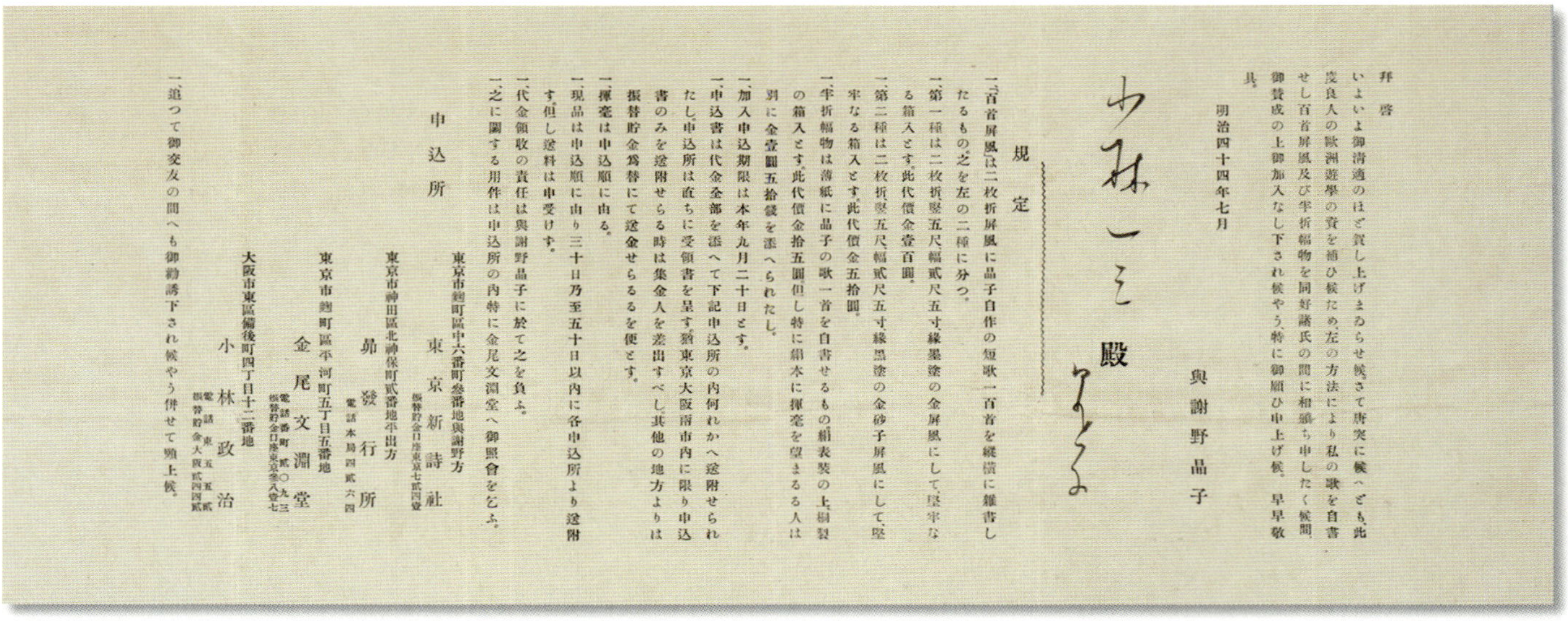

拝啓
いよいよ御清適のほど賀し上げまゐらせ候。さて唐突に候へども、此度良人の欧洲遊學の資を補ひ候ため、左の方法により私の歌を自書せし百首屏風及び半折幅物を同好諸氏の間に相頒ち申したく候間、御賛成の上御加入なし下され候やう、特に御願ひ申上げ候。早早敬具。

明治四十四年七月

與謝野晶子

小林一三殿

規定

一、百首屏風は二枚折屏風に晶子自作の短歌一百首を縦横に雜書したるもの、之を左の二種に分つ。
一、第一種は二枚折、堅五尺幅貳尺五寸、縁墨塗の金屏風にして、堅牢なる箱入とす。此代價金壹百圓。
一、第二種は二枚折、堅五尺幅貳尺五寸、縁黒塗の金砂子屏風にして、堅牢なる箱入とす。此代價金五拾圓。
一、半折幅物は薄紙に晶子の歌一首を自書せるもの、絹表裝の上、桐製の箱入とす。此代價金拾五圓。但し特に絹本に揮毫を望まるる人は別に金壹圓五拾錢を添へられたし。
一、加入申込期限は本年九月二十日とす。
一、申込書は代金全部を添へて下記申込所の内何れかへ送附せられたし。申込所は直ちに受領書を呈す。猶東京大阪兩市内に限り申込書のみを送附せらる時は集金人を差出すべし。其他の地方よりは振替貯金爲替にて送金せらるるを便とす。
一、揮毫は申込順に由る。
一、現品は申込順に由り三十日乃至五十日以内に各申込所より送附す。但し送料は申受けず。
一、代金領收の責任は與謝野晶子に於て之を負ふ。
一、之に關する用件は申込所の内特に金尾文淵堂へ御照會を乞ふ。

申込所

東京市麹町區中六番町參番地與謝野方
東京新詩社
振替貯金口座東京七貳四壹

東京市神田區北神保町貳番地平出方
昴發行所
電話本局四貳六四

東京市麹町區平河町五丁目五番地
金尾文淵堂
電話番町貳〇九三
振替貯金口座東京參八壹七

大阪市東區備後町四丁目十二番地
小林政治
電話東五五貳
振替貯金大阪貳四四貳

一、追つて御交友の間へも御勧誘下され候やう併せて願上候。

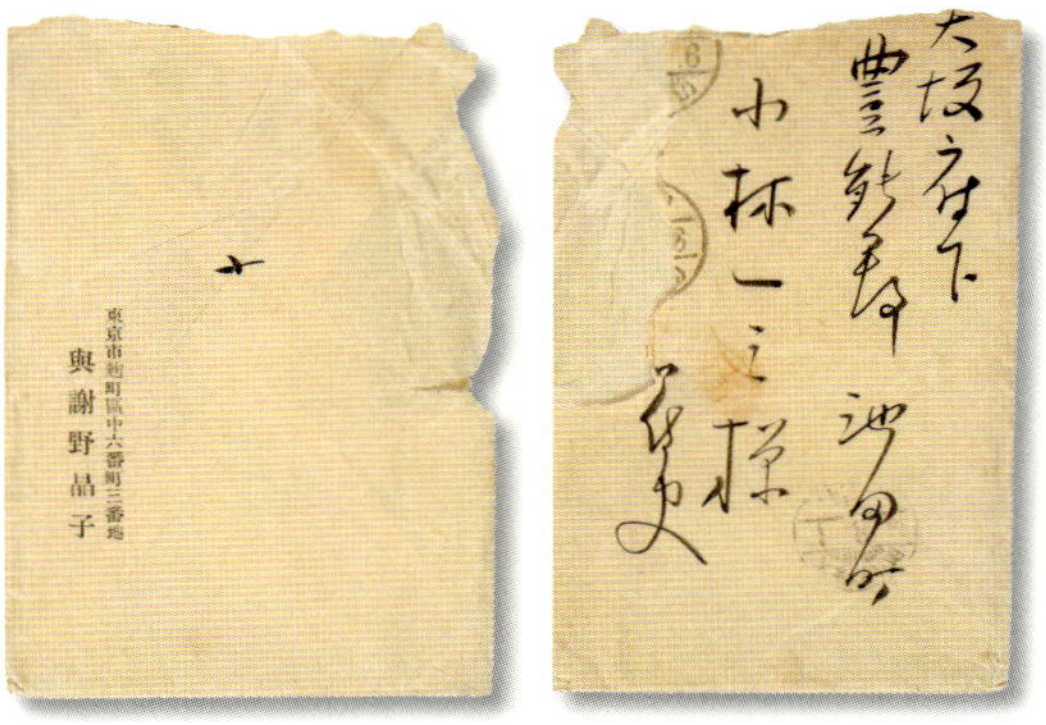

5 小林一三宛書簡
明治四四年八月八日付　一通
与謝野晶子筆　池田文庫蔵

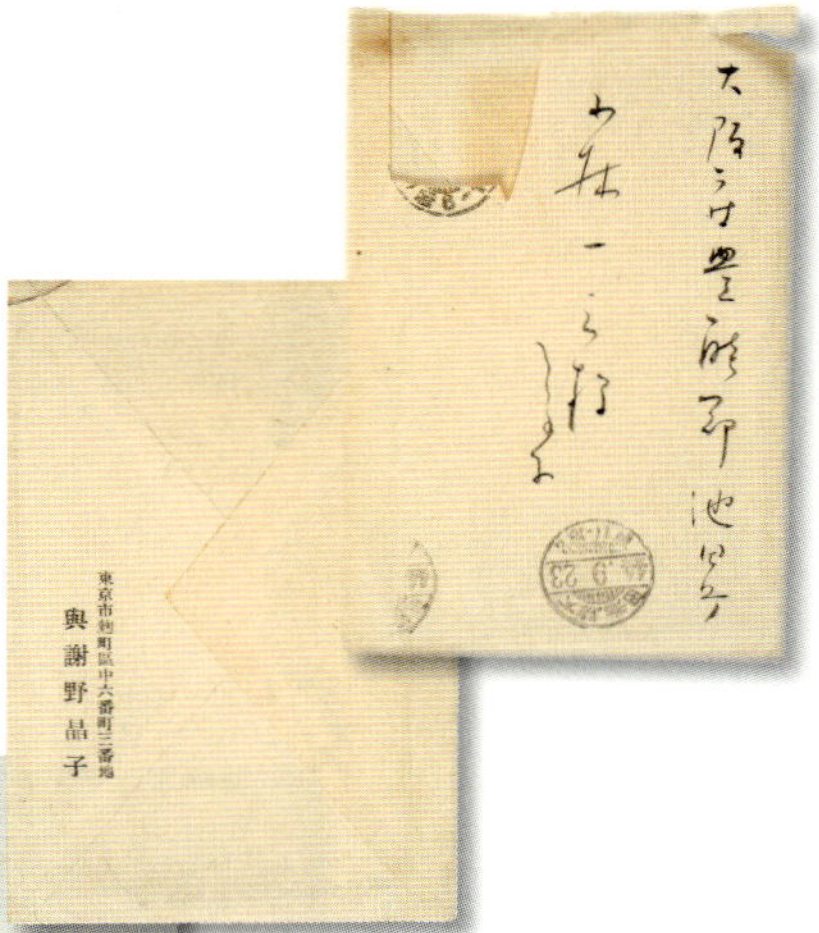

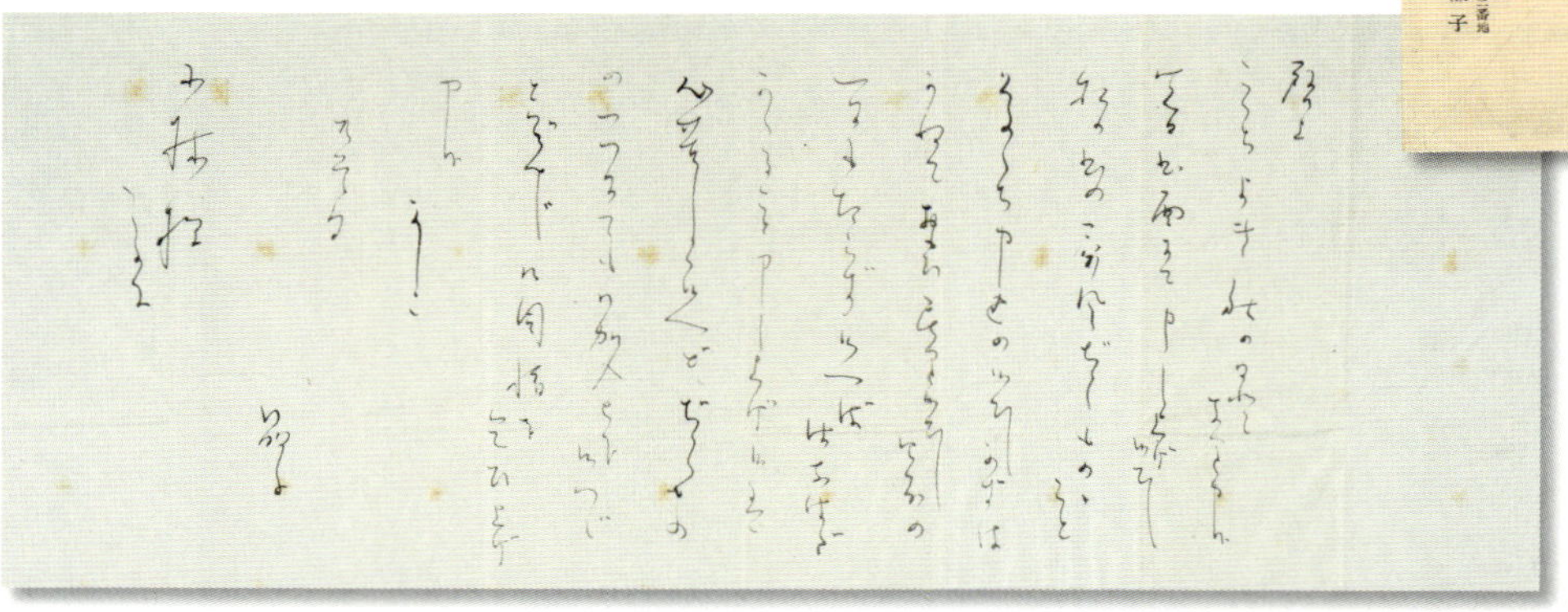

6 小林一三宛書簡
明治四四年九月二二日付
与謝野晶子筆　一通　池田文庫蔵

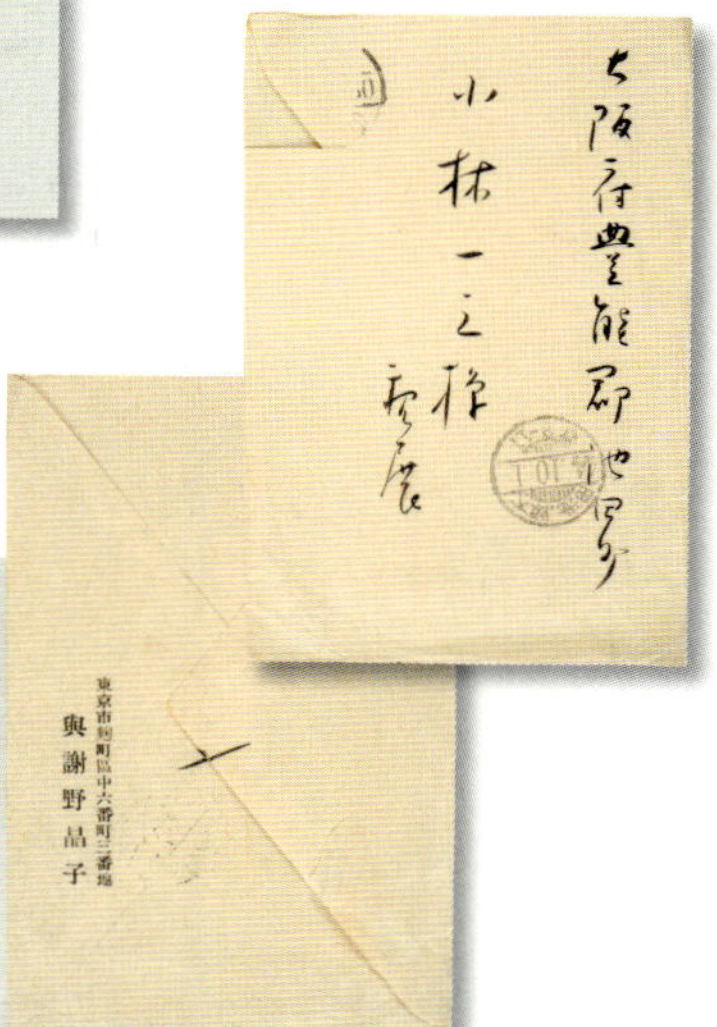

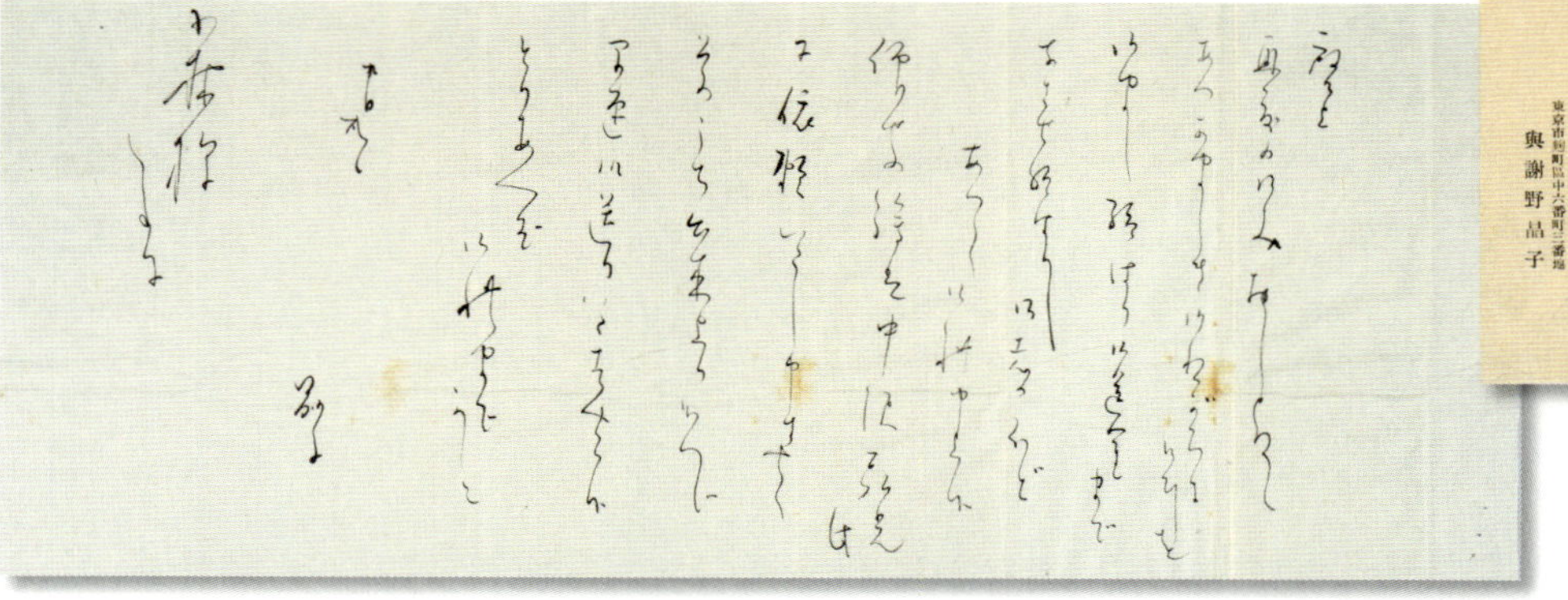

7 小林一三宛書簡
明治四四年九月三〇日付
与謝野晶子筆　一通　池田文庫蔵

第Ⅱ章

大正六年の晶子

——六甲山苦楽園での「歌行脚」と宝塚——

Ⅱ章では、大正六（一九一七）年という一年に焦点をあてた。

この年、五月二八日、東京から寛・晶子夫婦は四男オウギュストを連れて来阪した。その様子は、同月二五日付の小林政治に宛てた書簡や、同日付の「大阪毎日新聞」によって明らかである。「大阪毎日新聞」には、「西遊せる与謝野夫妻　愛児オウギュストを連れて」との題で写真付きの記事が掲載されている。この苦楽園を紹介したのは小林政治（号・天眠。毛織物業を営み、寛・晶子夫婦を後援した）である。

この頒布会を支援した一人に小林一三がおり、銀行家の山口吉郎兵衛などがいた。一三がこの時に購入した懐紙などは、現在当館が所蔵している。

この時には、頒布会の他に、小林政治の三女迪子（みちこ）（後に寛・晶子の長男光に嫁す）の仕舞の鑑賞や、堺ではかつての歌人仲間の河野鉄南とも出会っている。

また、一三の案内で宝塚歌劇（当時は宝塚少女歌劇）を観る機会を得、この折に揮毫された扇子などが伝わる。晶子から送られた書簡からは一三宅を訪問したことがわかり、一三がその年の四月に購入したばかりであった、上田秋成の「源氏物語五十四首短冊貼交屏風」を見たことも、大正六年の大きな出来事であった。

8
和歌懐紙「宝塚にてよめる」　与謝野晶子筆　一幅　大正六年

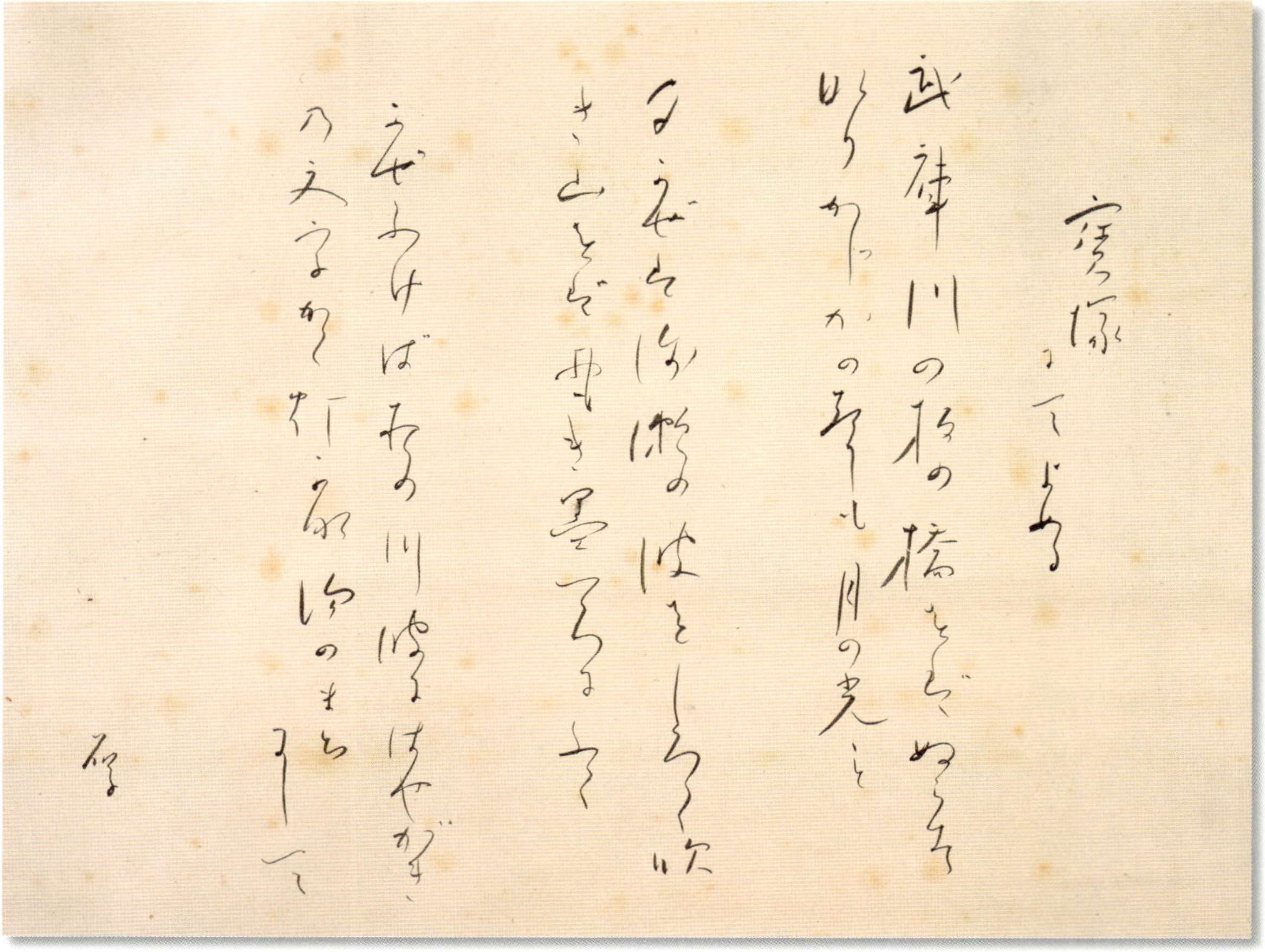

歌碑（兵庫県宝塚市）

大正後期の宝来橋と宝塚温泉街（提供：宝塚市立中央図書館）

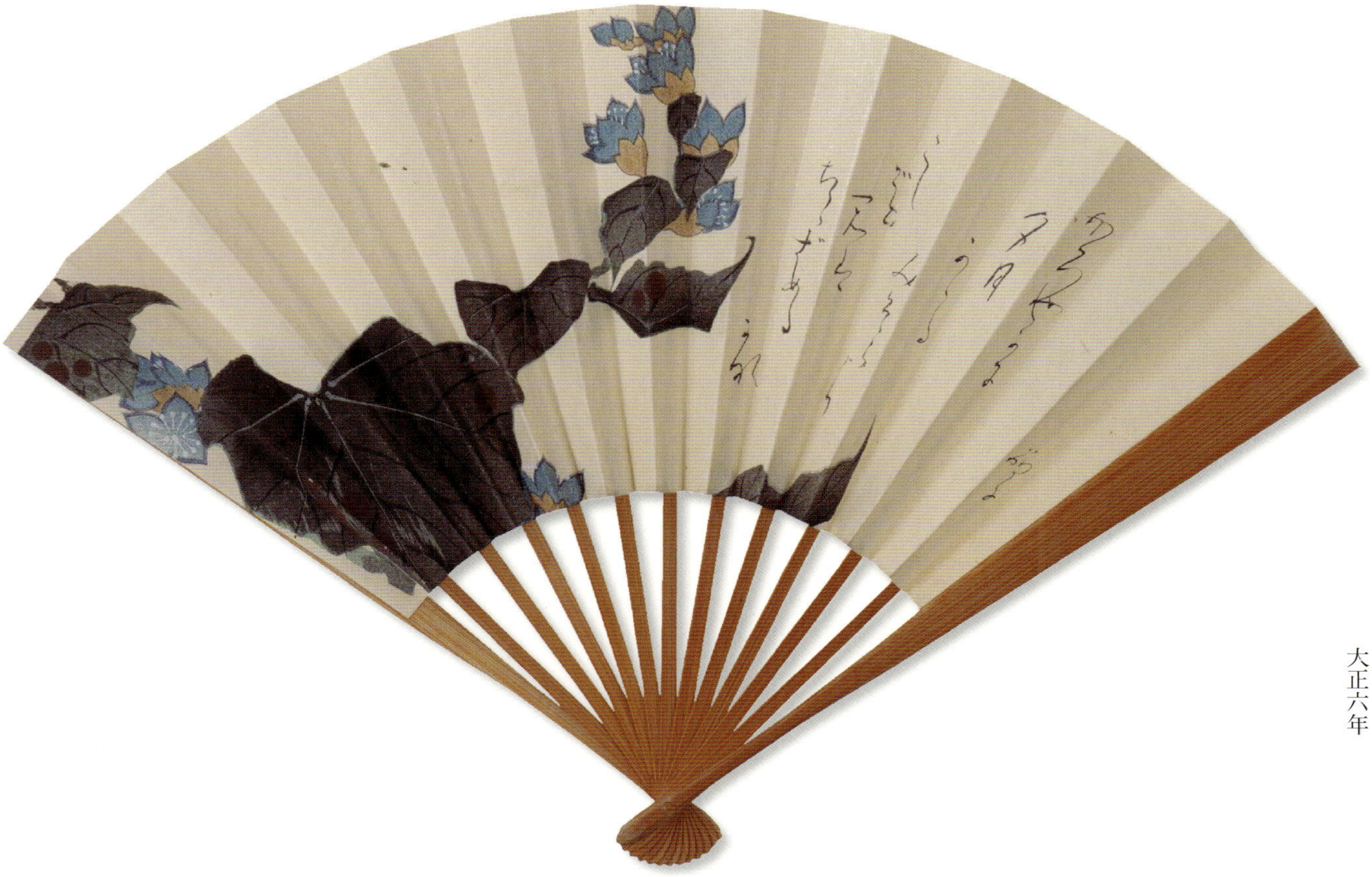

9 和歌「かろやかに」扇子（桐の花下絵） 与謝野晶子筆 一握
大正六年

10『宝塚少女歌劇 第四・五・六脚本集合本』「アンドロクレスと獅子」
箕面有馬電気軌道株式会社刊 一冊 大正六年 池田文庫蔵

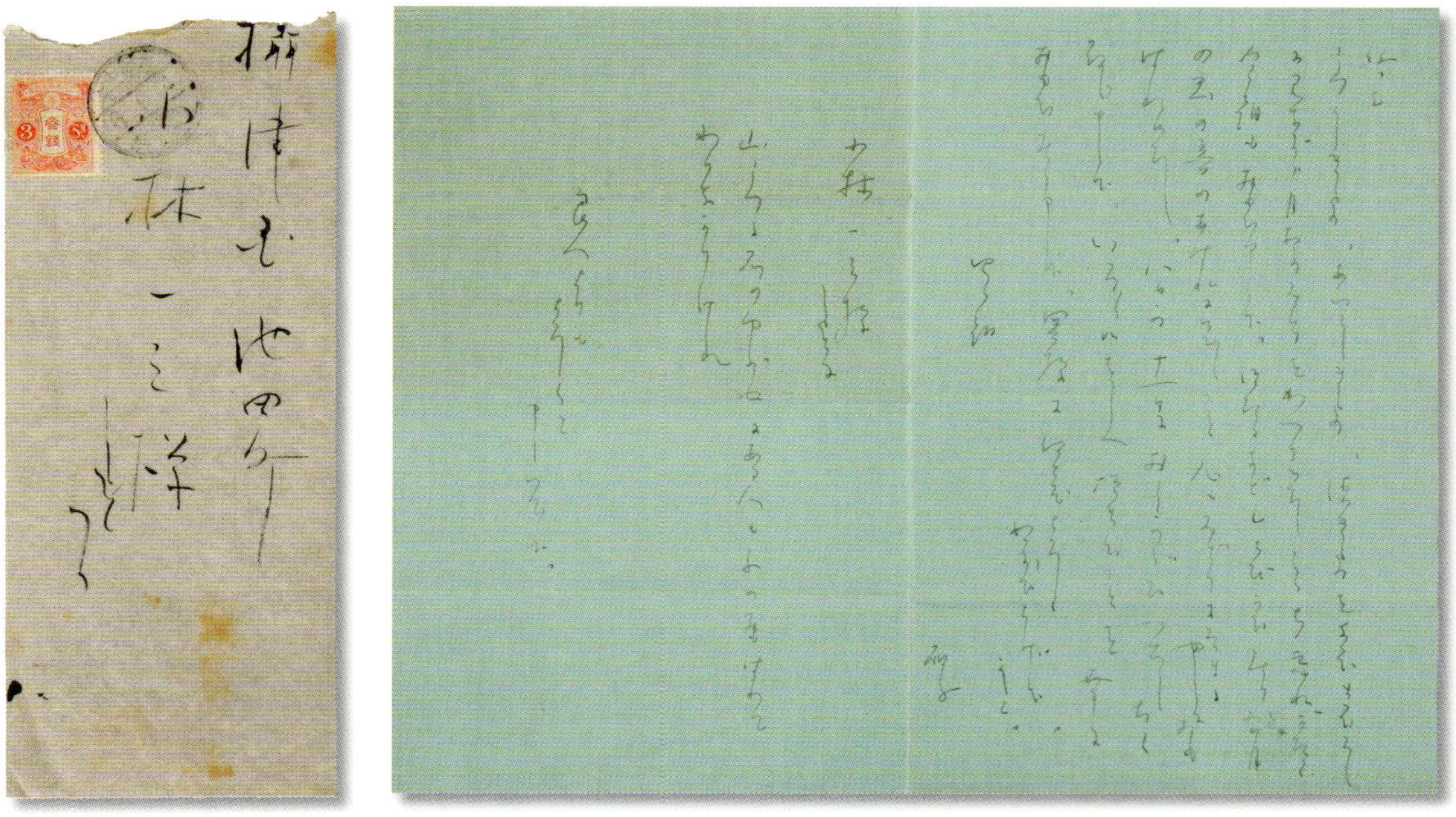

11
小林一三宛書簡　大正六年六月四日付
与謝野晶子筆　一通　池田文庫蔵

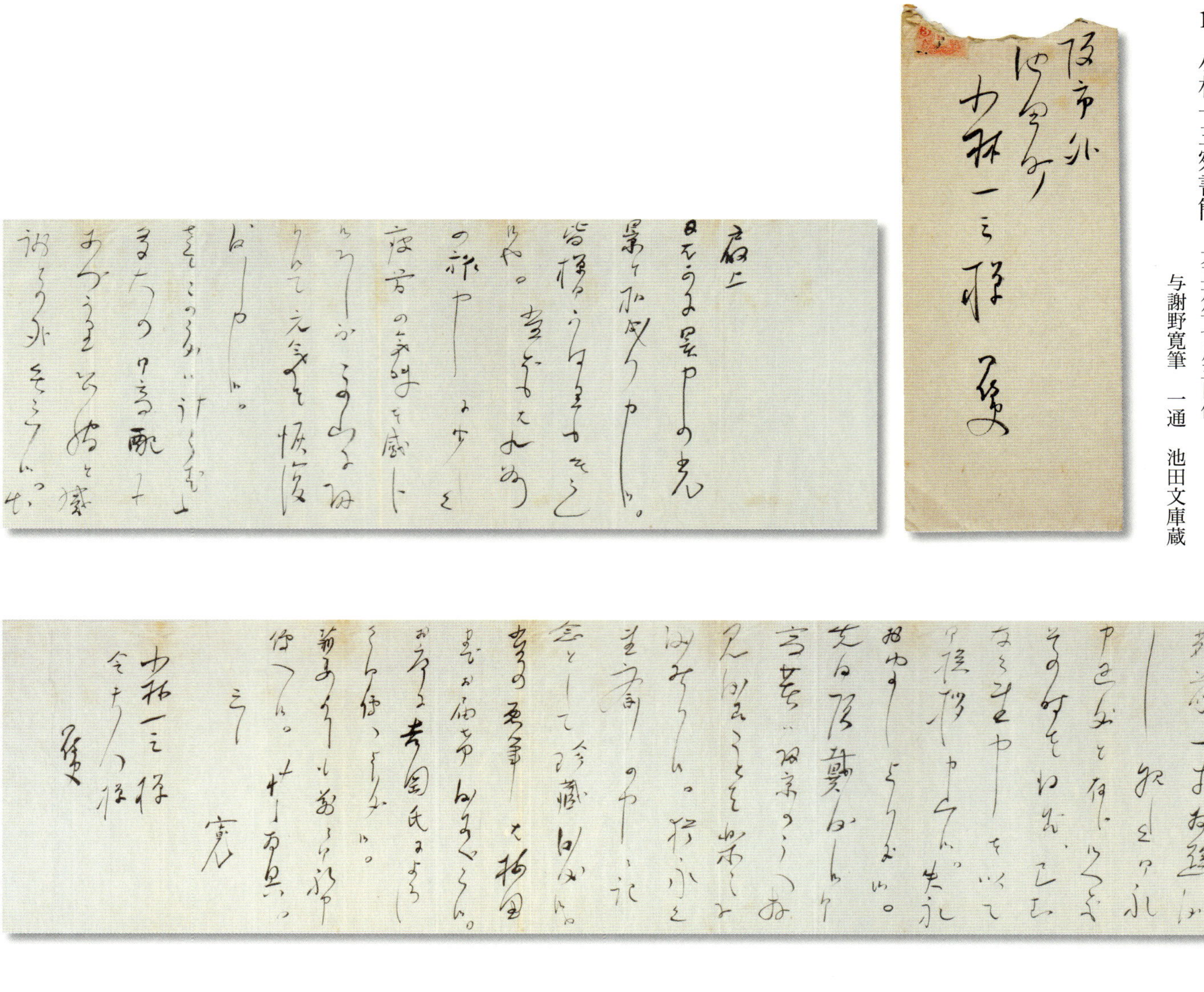

12
小林一三宛書簡　大正六年七月三日付
与謝野寛筆　一通　池田文庫蔵

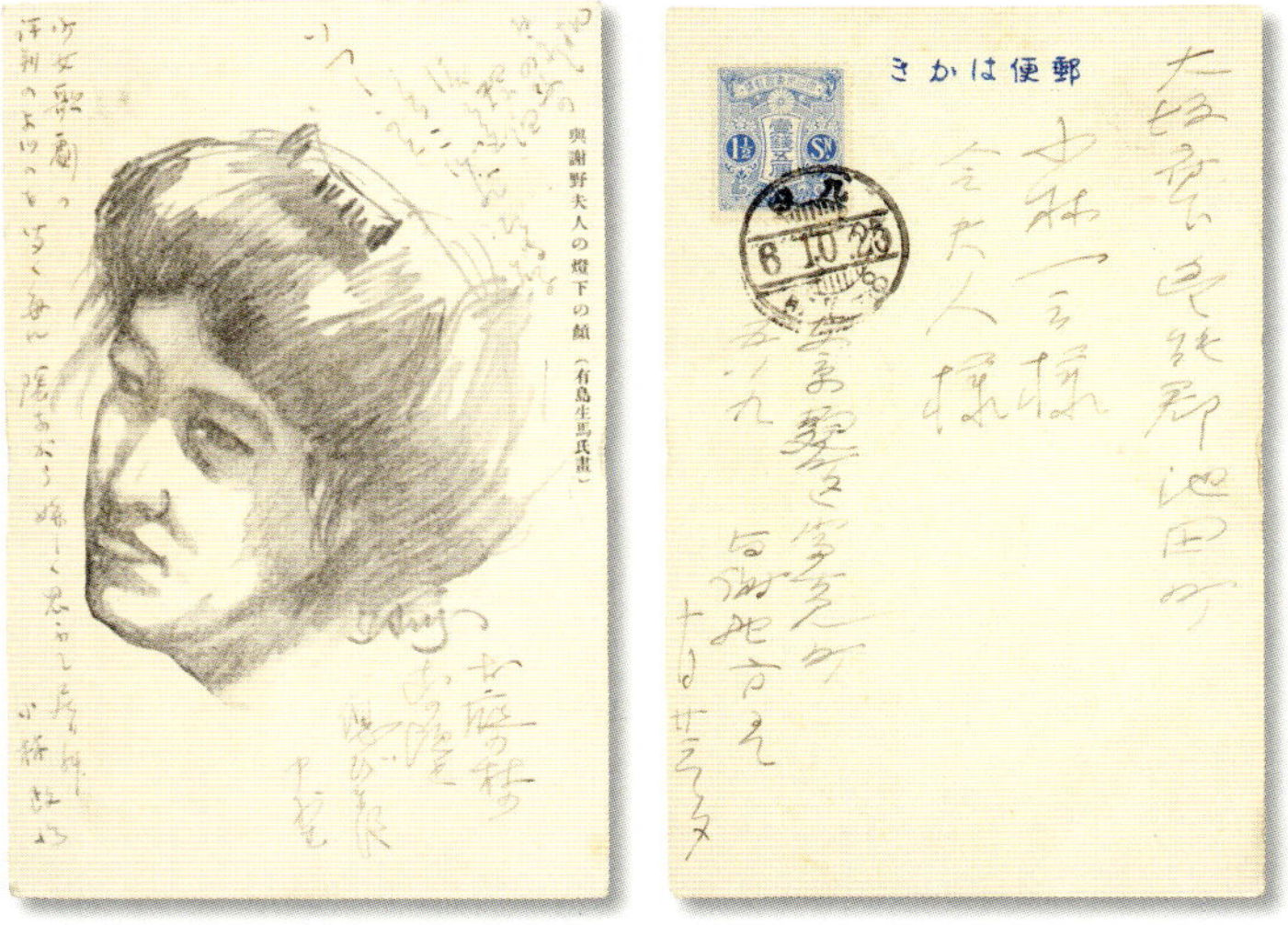

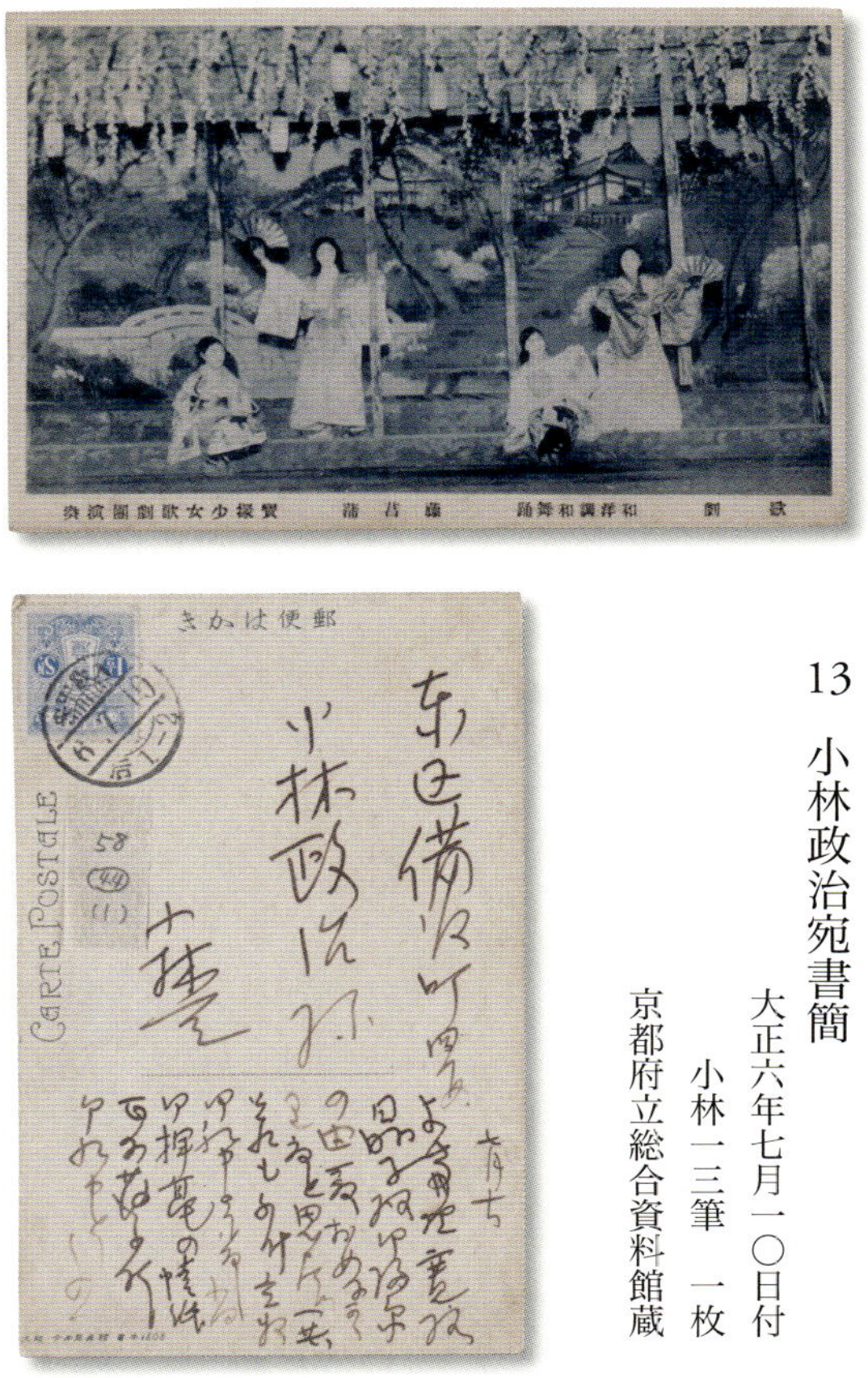

13
小林政治宛書簡
大正六年七月一〇日付
小林一三筆　一枚
京都府立総合資料館蔵

14
小林一三宛書簡
大正六年一〇月二三日付
小林政治筆　一枚
池田文庫蔵

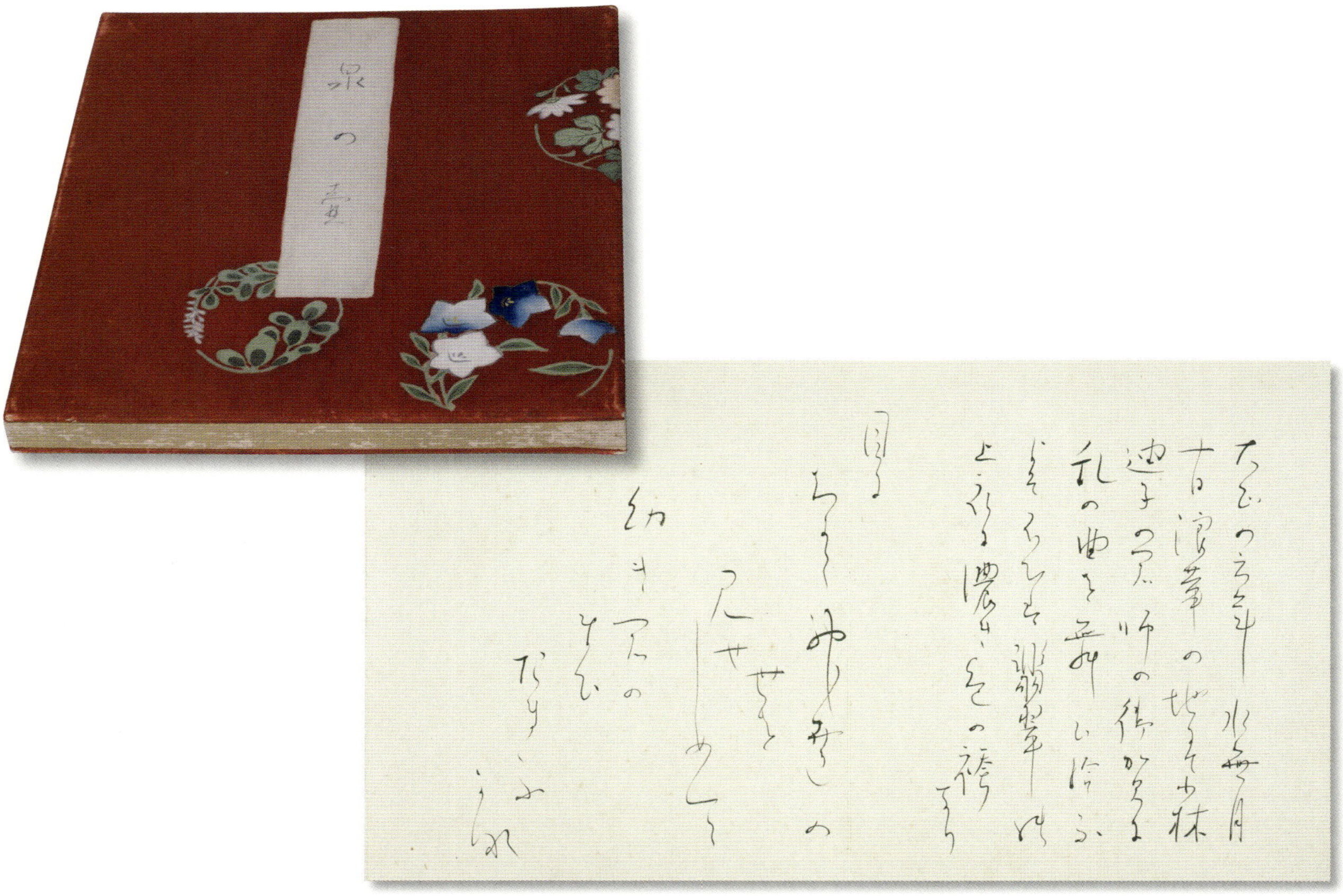

15
歌帖「泉の壺」　与謝野晶子筆　一帖　大正六年
京都府立総合資料館蔵

16 和歌短冊「夕かぜは」 与謝野晶子・河野鉄南筆 一枚 大正六年 覚応寺蔵

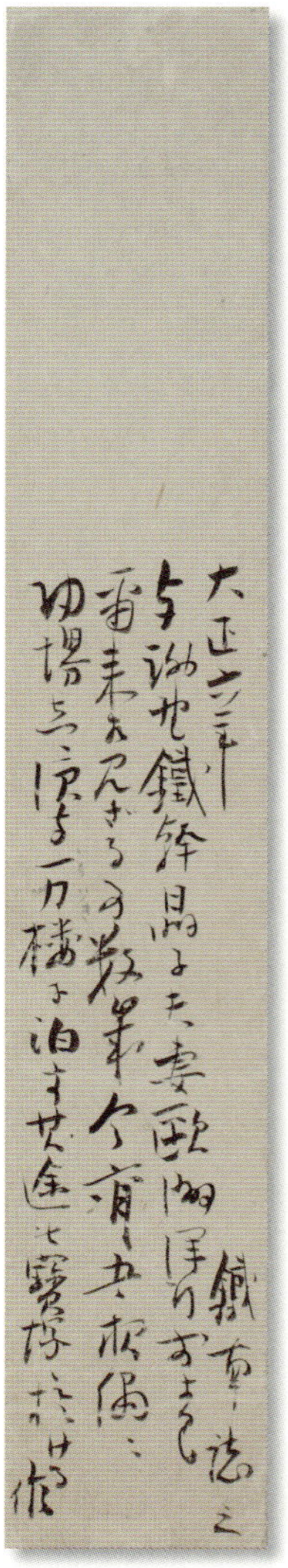

（裏）

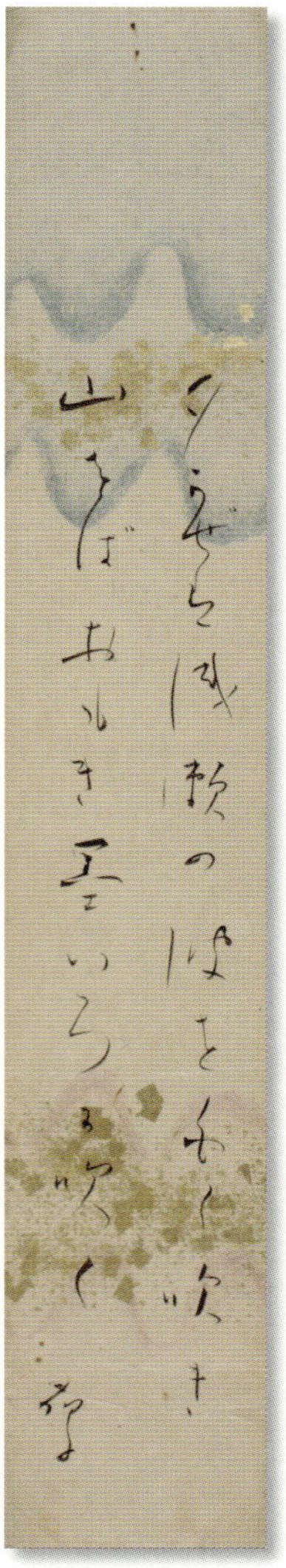

（表）

17 和歌懐紙「紅き絹」 与謝野晶子筆 一枚 大正六年

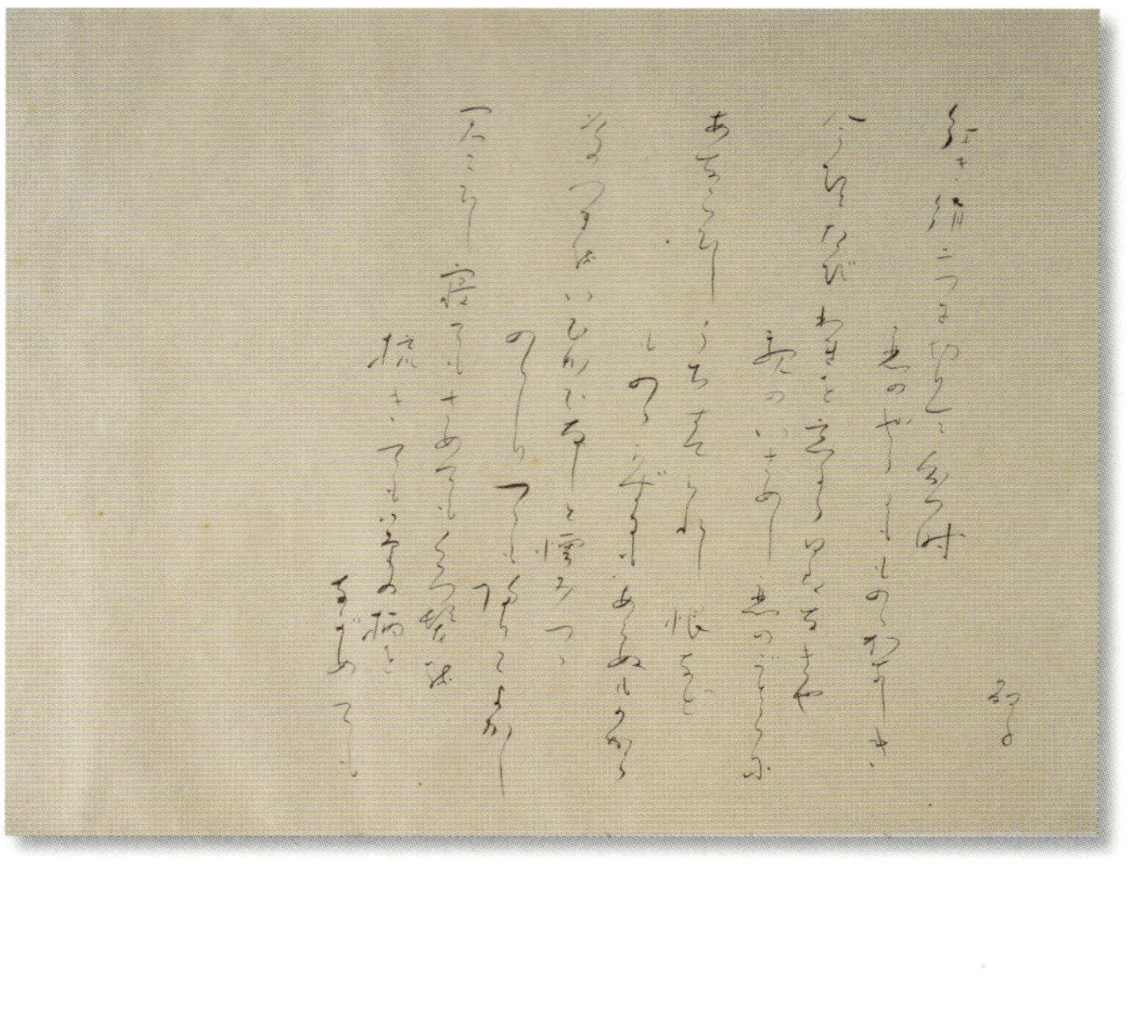

18 和歌懐紙「紺青の」 与謝野晶子筆 一枚 大正六年

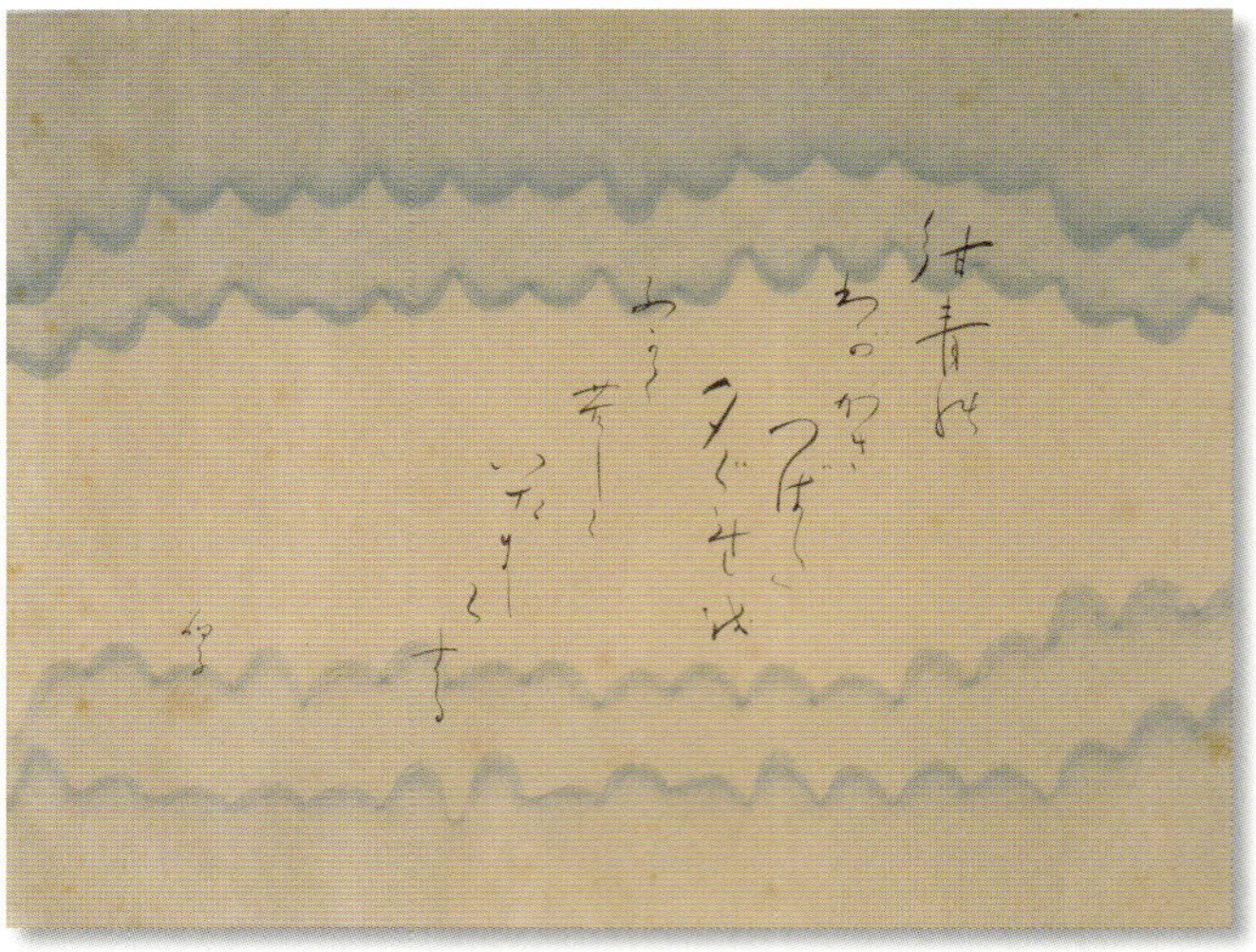

19
和歌懐紙「芝居より」
与謝野晶子筆　一枚
大正六年

20
和歌懐紙「ふれがたき」
与謝野寛筆　一枚
大正六年

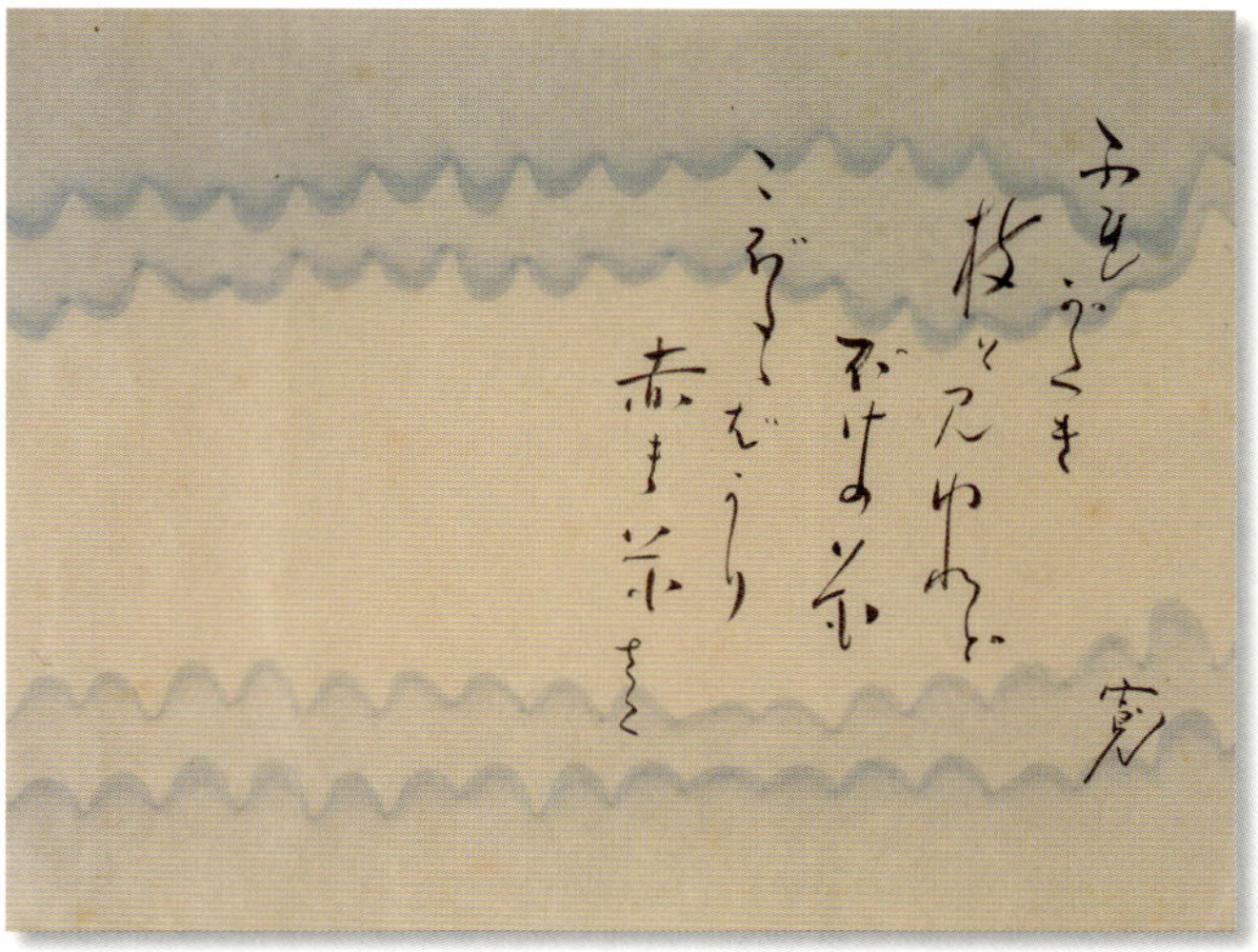

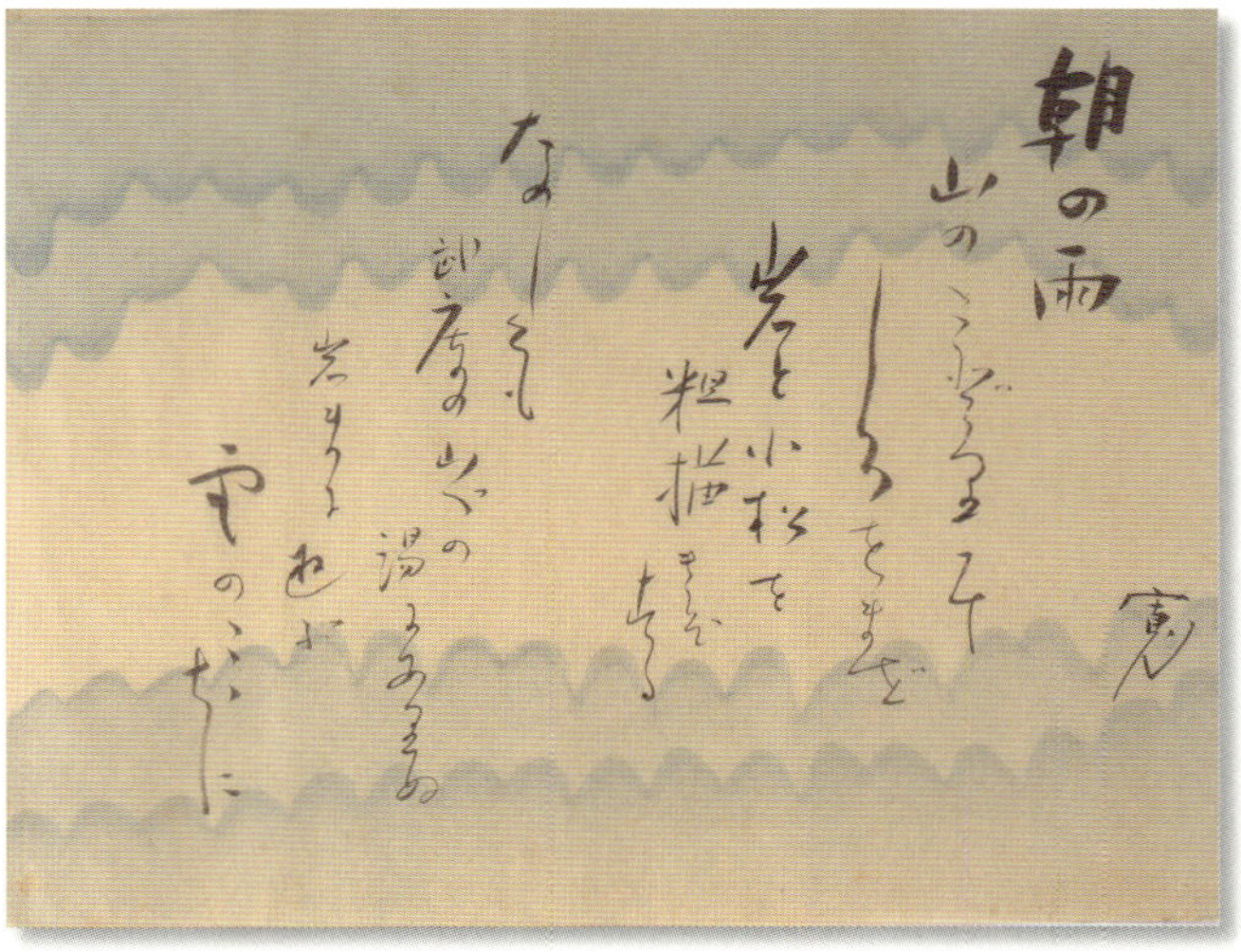

21
和歌懐紙「朝の雨」
与謝野寛筆　一枚
大正六年

22
和歌懐紙「行方なき」
与謝野寛筆　一枚
大正六年

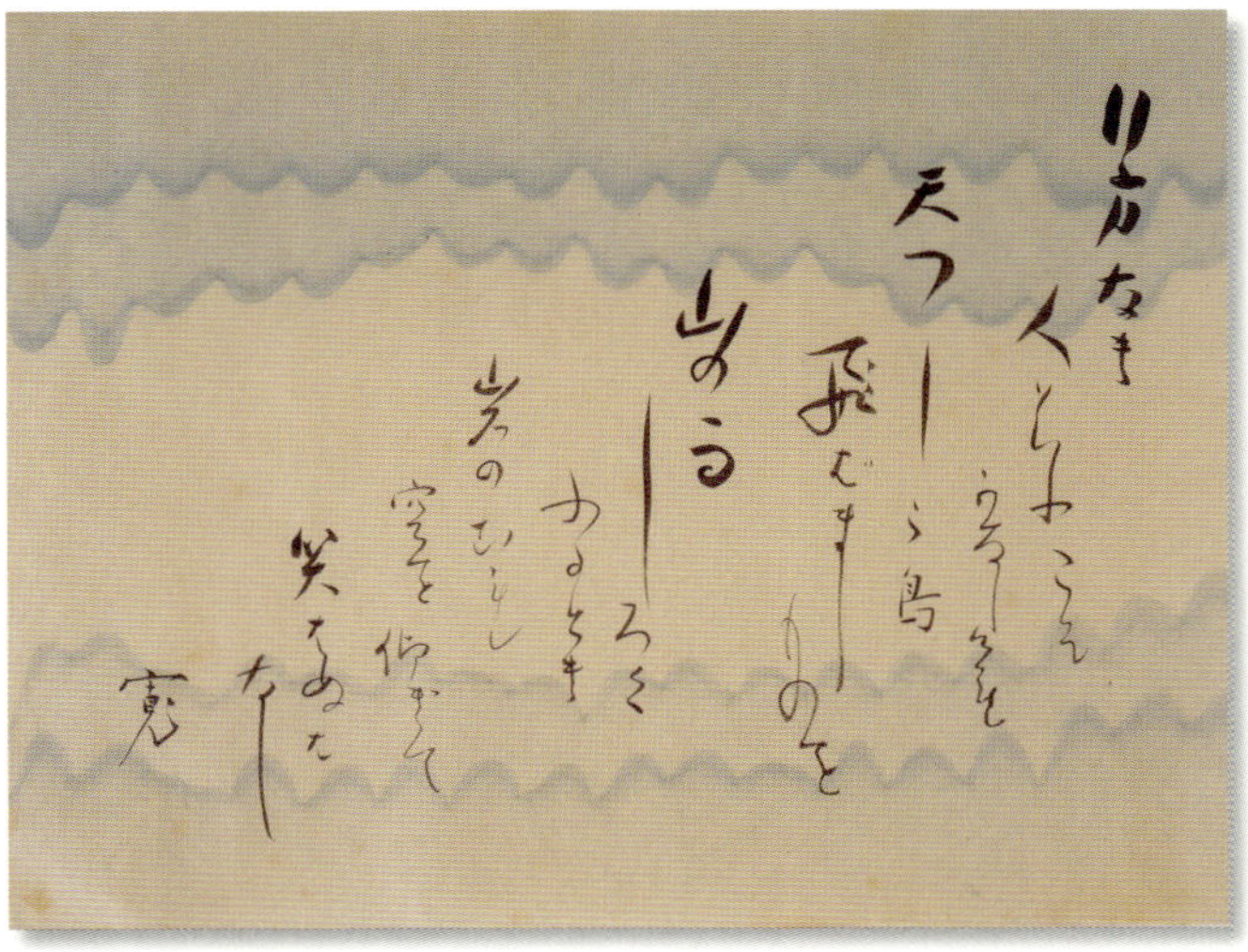

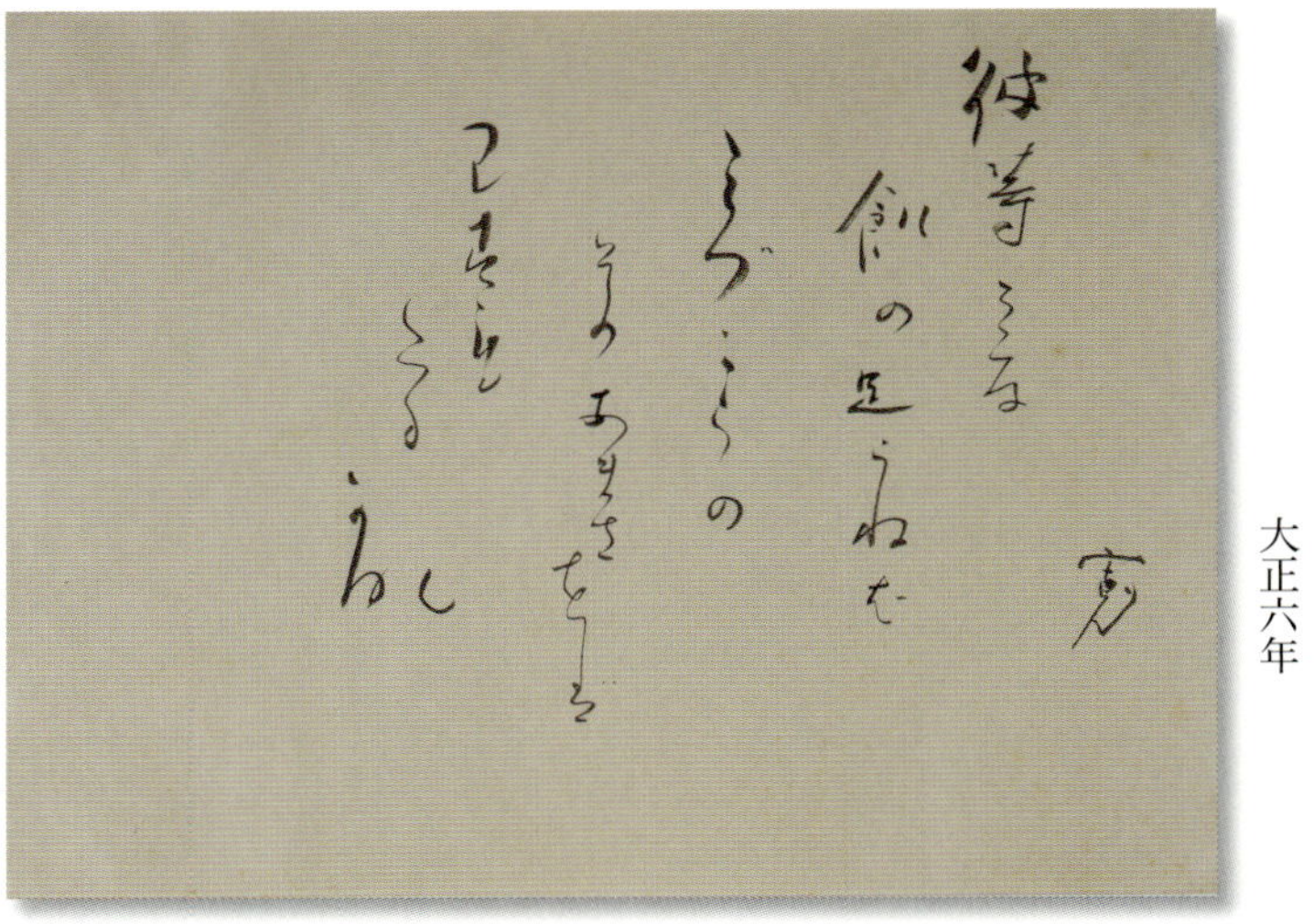

23 和歌懐紙「彼等みな」
与謝野寛筆 一枚
大正六年

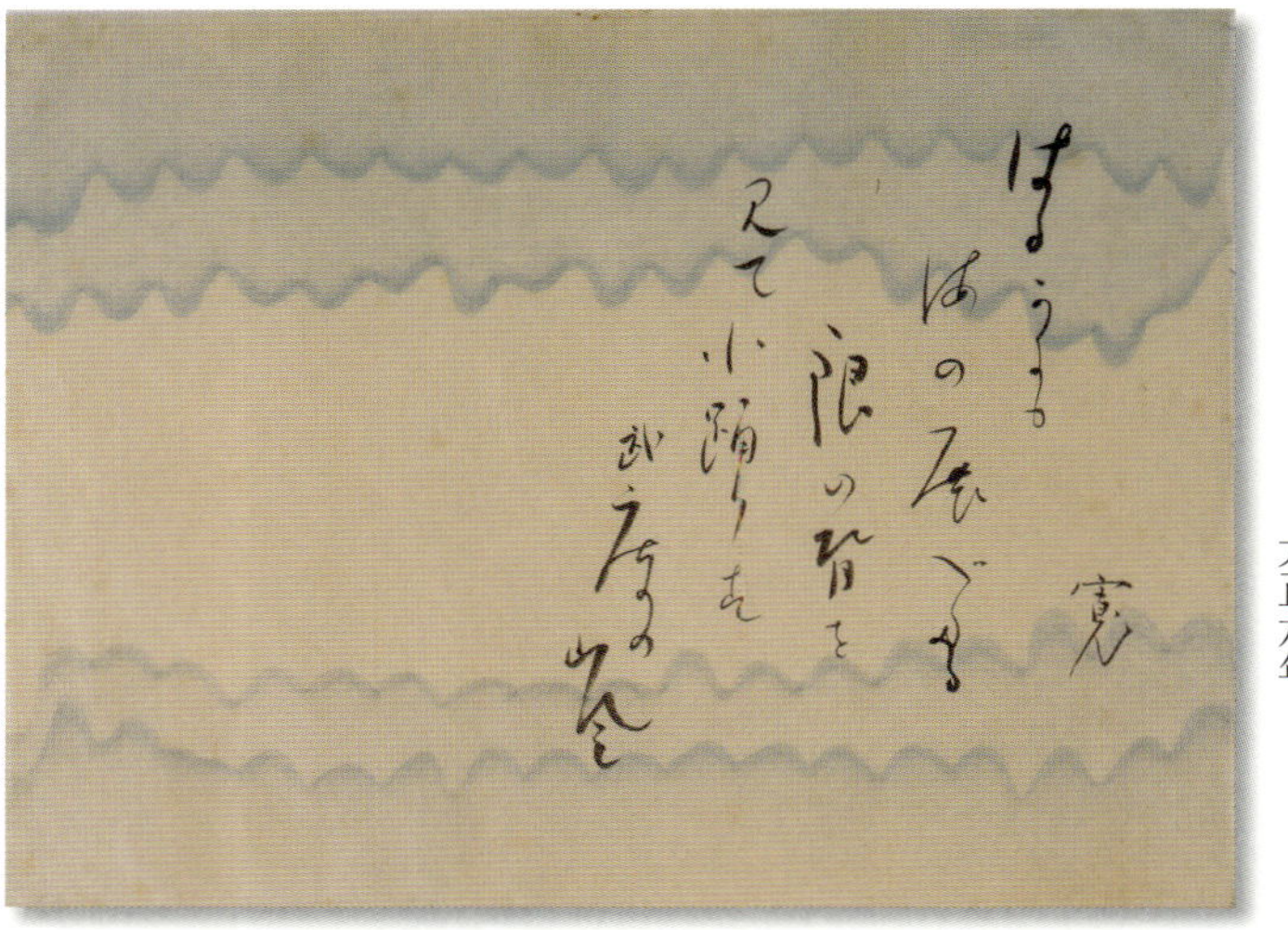

24 和歌懐紙「はるかにも」
与謝野寛筆 一枚
大正六年

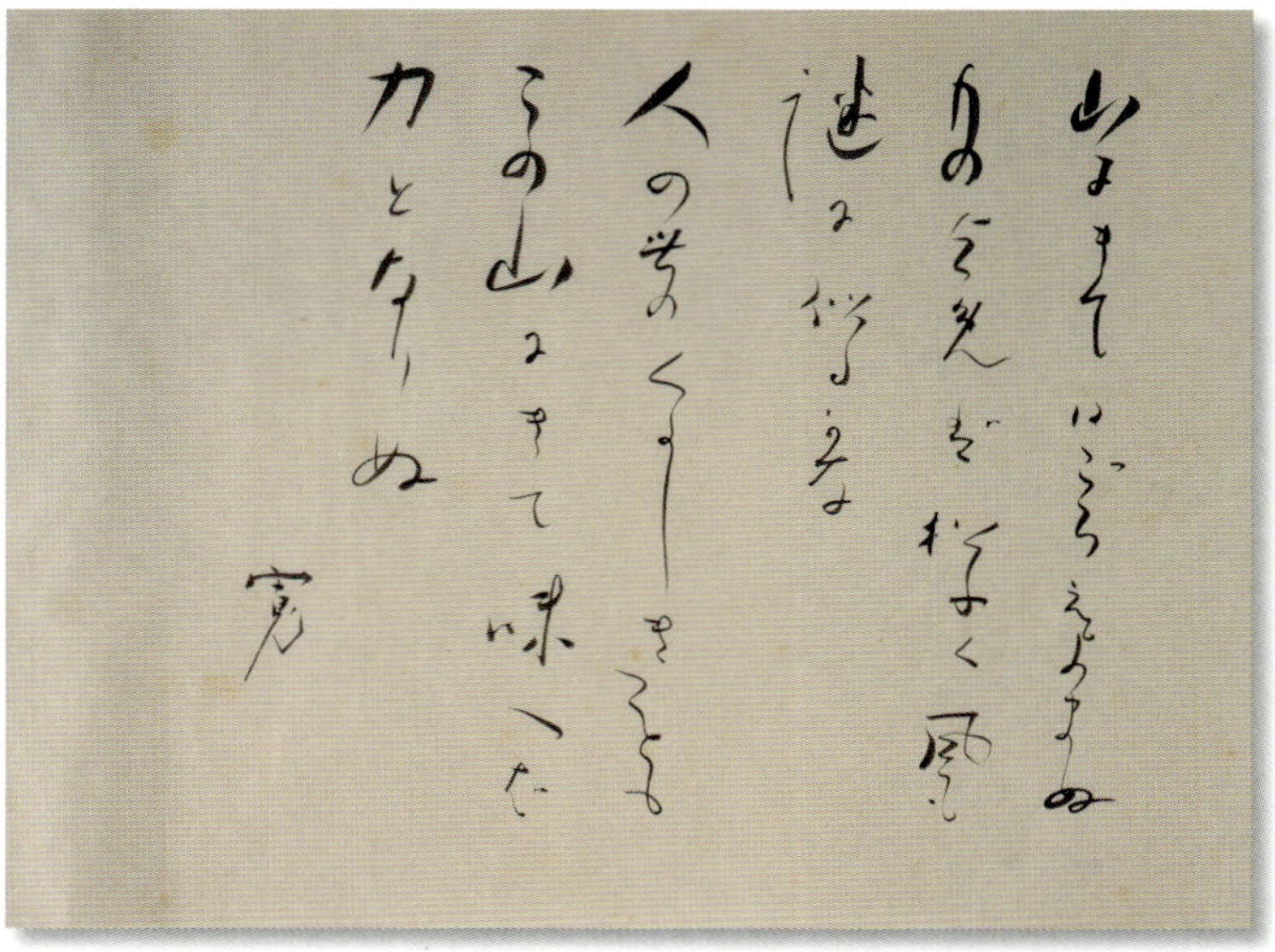

25 和歌懐紙「山にきて」
与謝野寛筆 一枚
大正六年

第Ⅲ章

晶子「源氏物語礼讃歌」の展開

この Ⅲ章では、晶子と「源氏物語礼讃歌」について焦点をあてた。

晶子は、詠歌活動の他に、古典の現代語訳などでも知られている。その中でも特筆すべきなのが『新訳源氏物語』『新新訳源氏物語』である。晶子が最初に『新訳源氏物語』として世間に発表したのは明治四五（一九一二）年、『新新訳源氏物語』が刊行されたのは、昭和一三（一九三八）年のことであった。

晶子「源氏物語礼讃歌」は、大正六（一九一七）年に来阪したさいに、秋成の「源氏物語五十四首短冊貼交屏風」を一三の家で見たことが大きな要因となって生まれた。晶子は一三に、世間に発表するつもりはないと、源氏の歌を書き記した五四枚の短冊を贈った。しかし、結果として、「明星」に発表されたことをはじめとして、短冊や歌帖、屏風、巻子などに揮毫されていったのである。ここではその変遷の様子をとりあげた。

26

源氏物語五十四首短冊貼交屛風
上田秋成筆　六曲一双　江戸時代

（右隻）

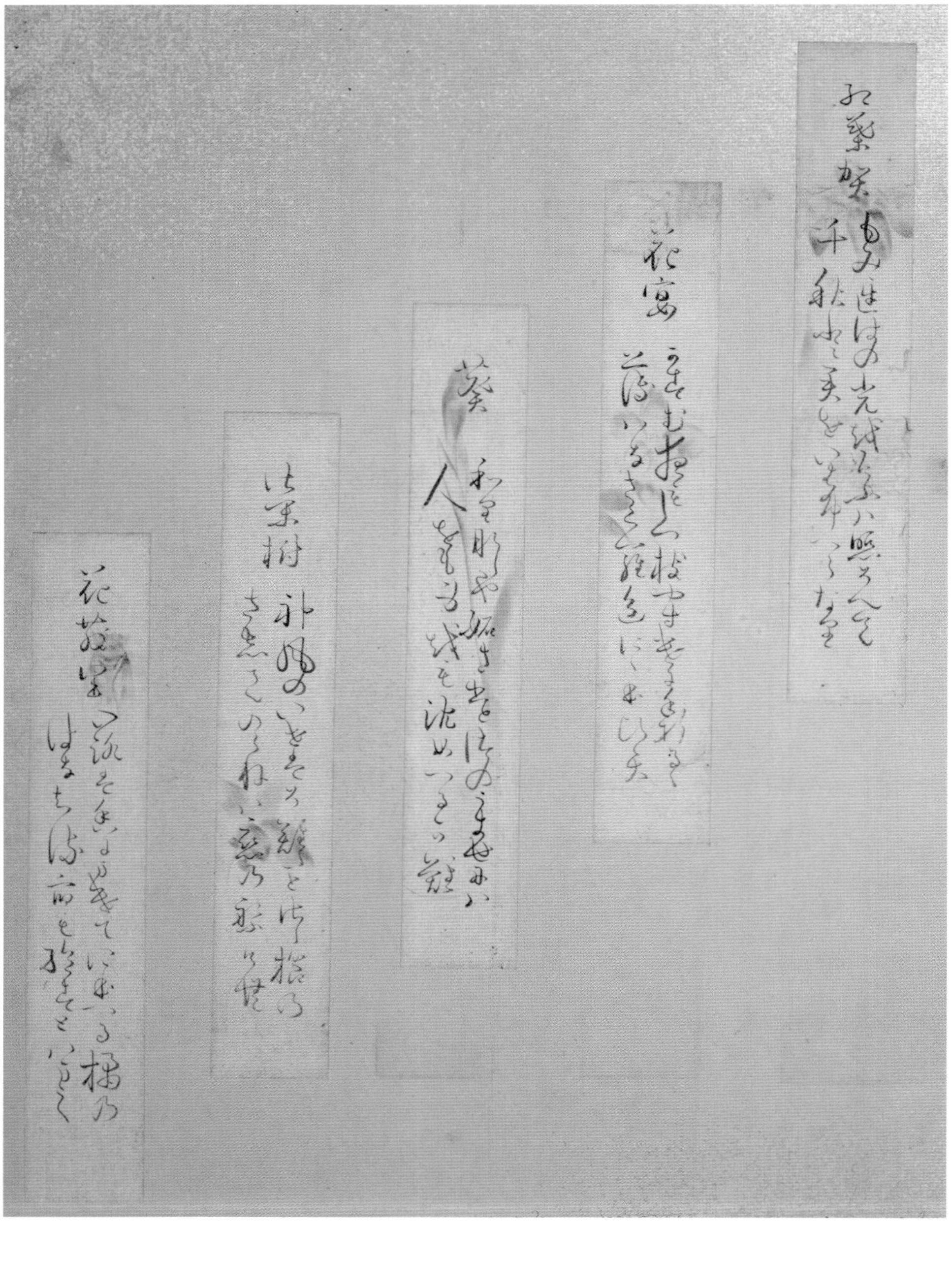
（部分拡大）

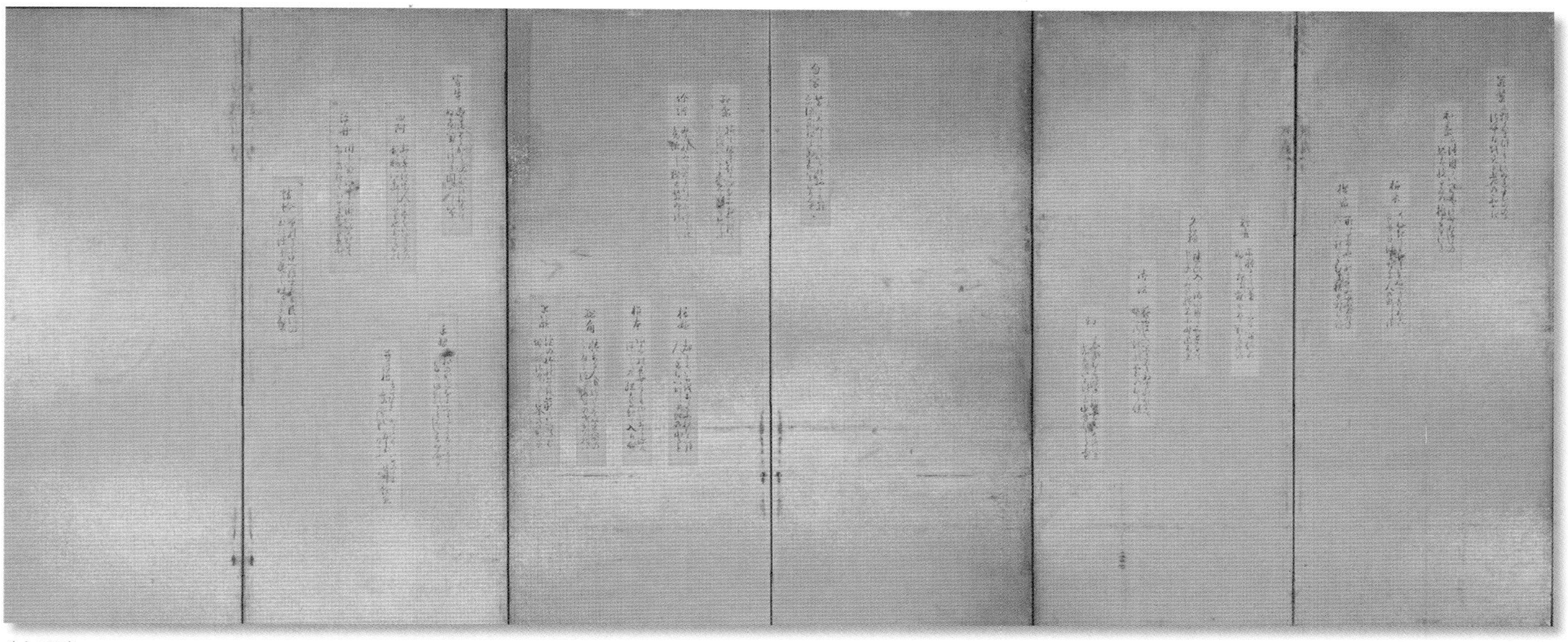

（左隻）

27 和歌短冊「源氏物語十八首」

上田秋成筆　一八枚　江戸時代

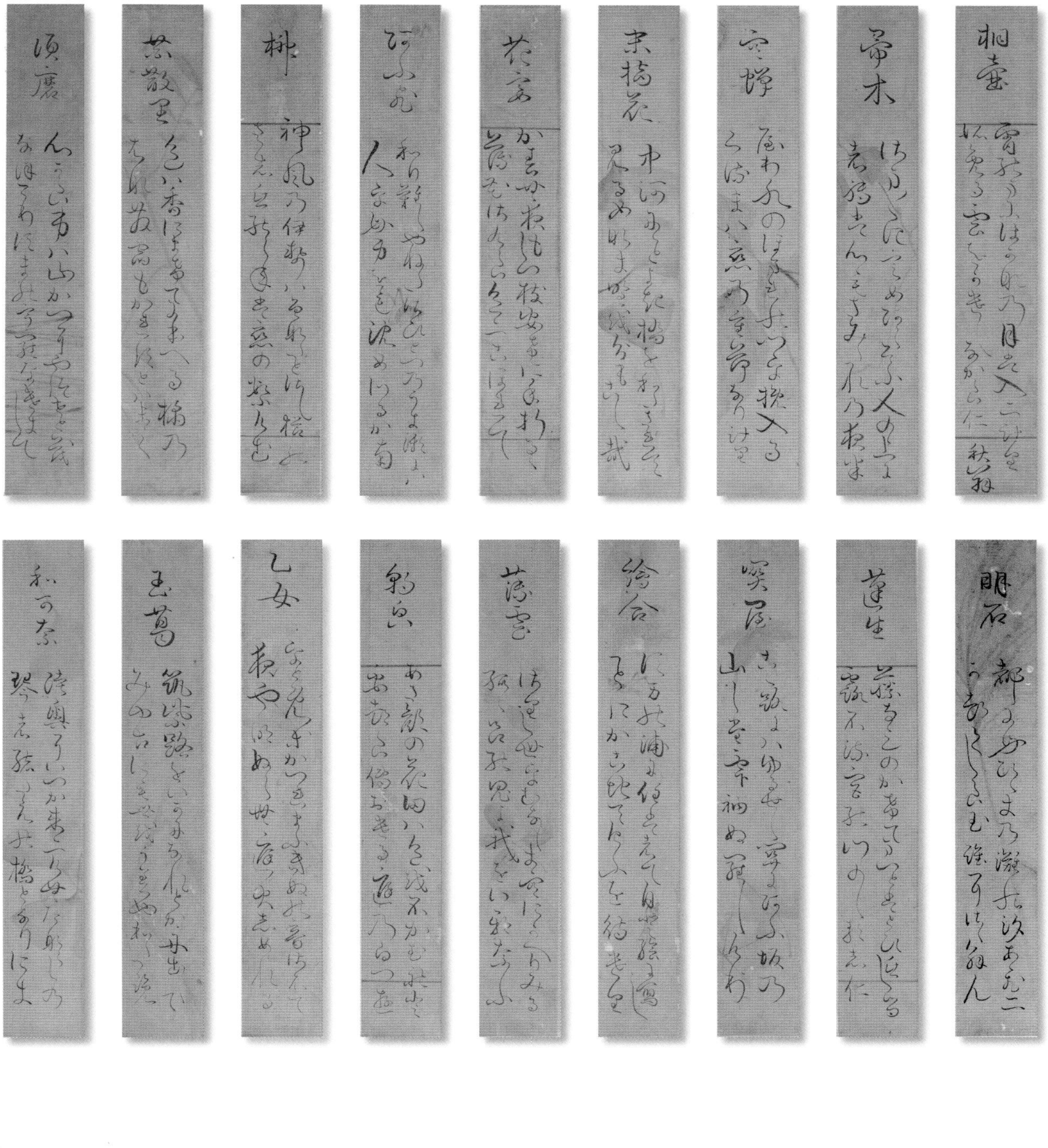

28　小林一三宛書簡　大正九年一月二五日付
与謝野晶子筆　一通　池田文庫蔵

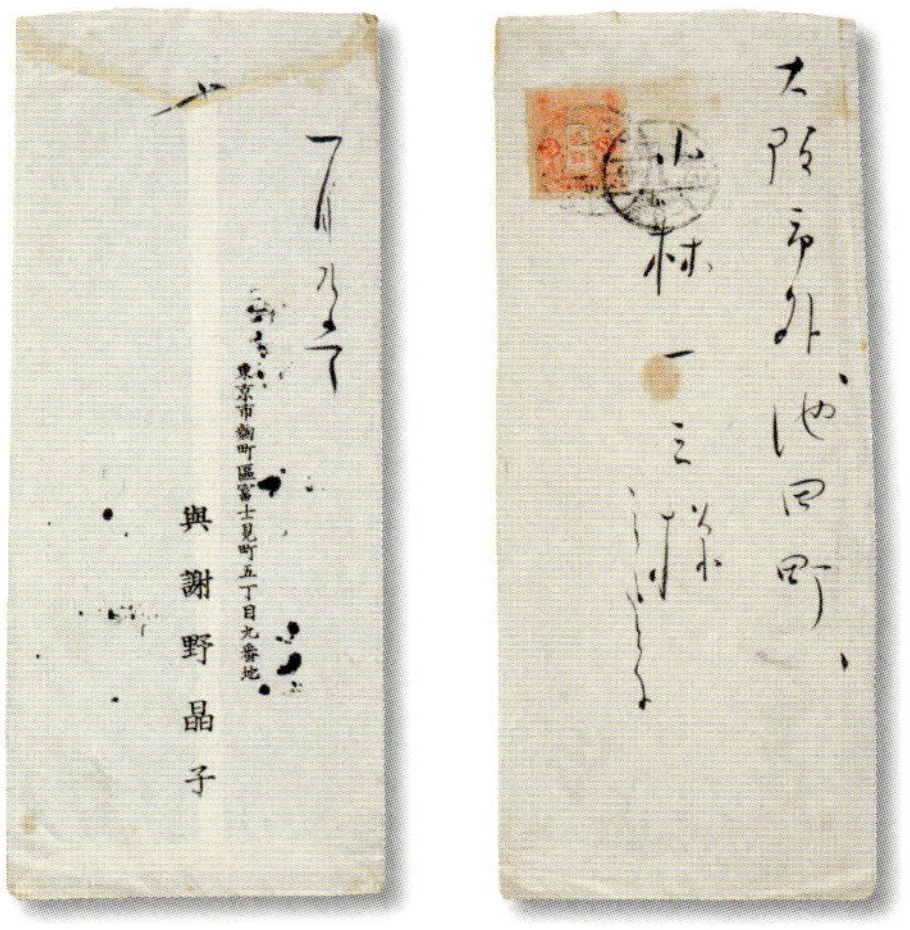

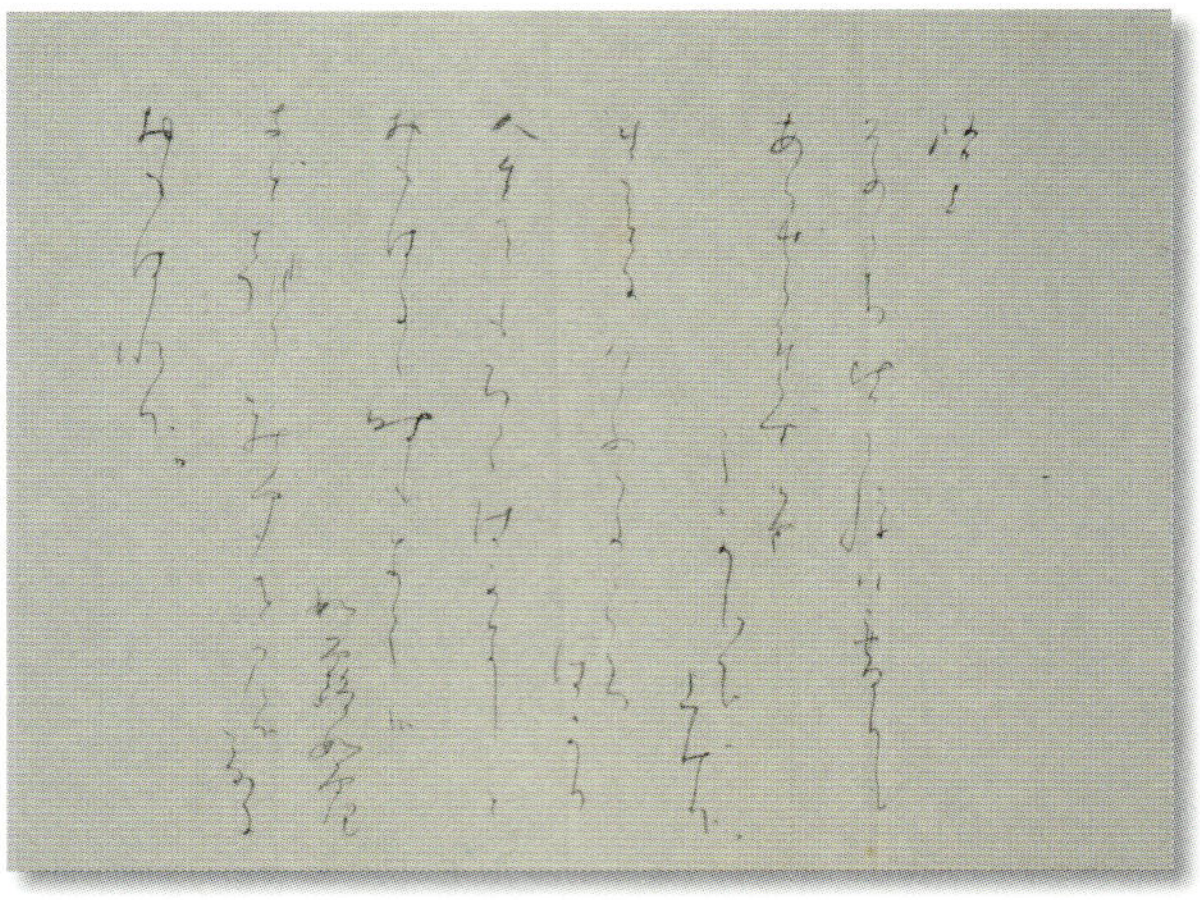

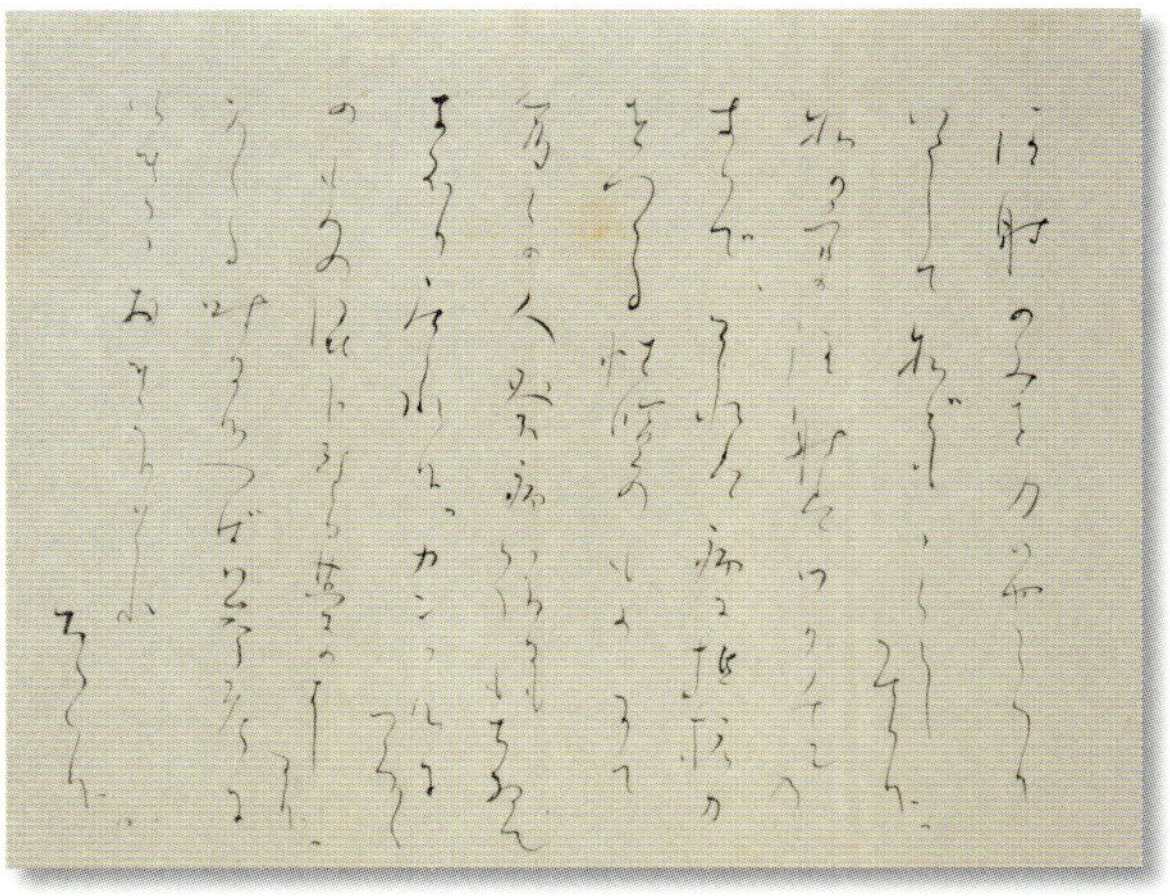

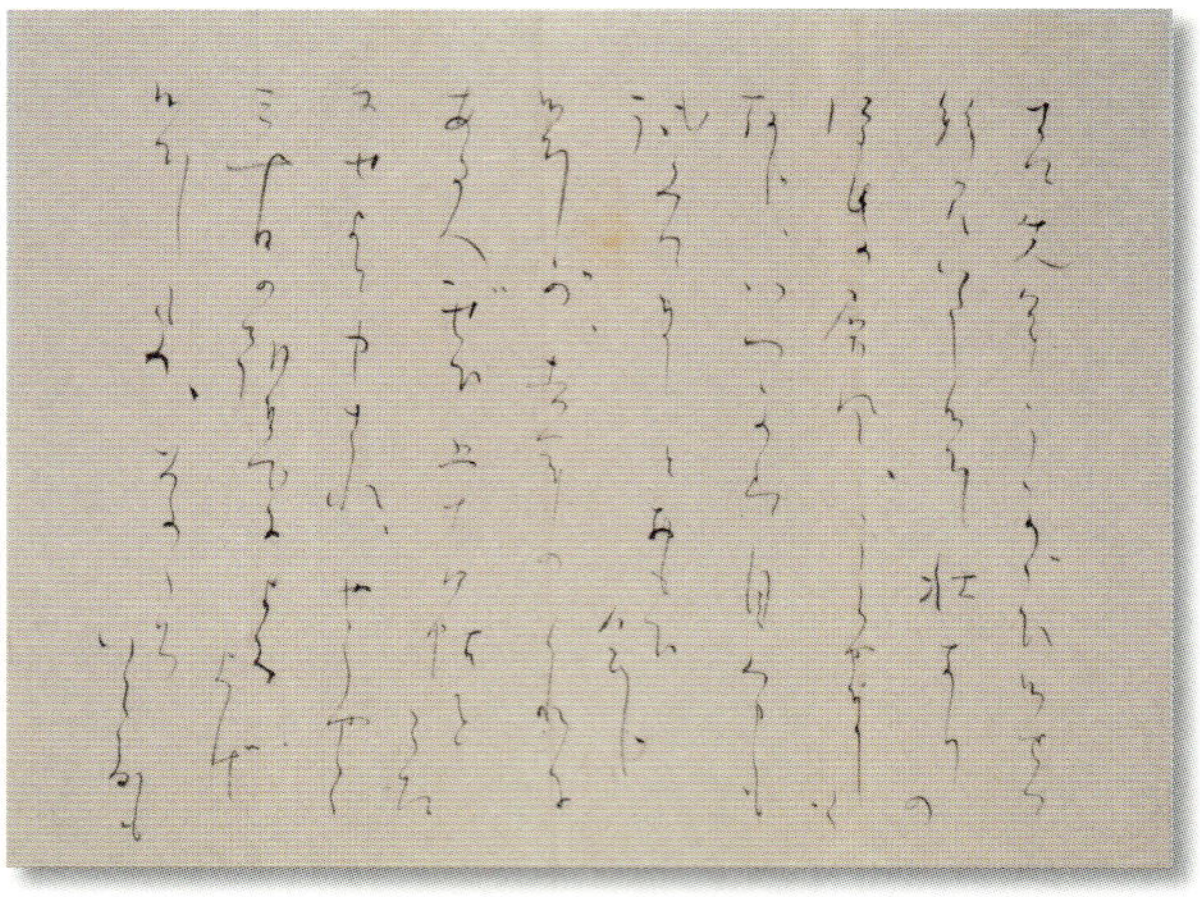

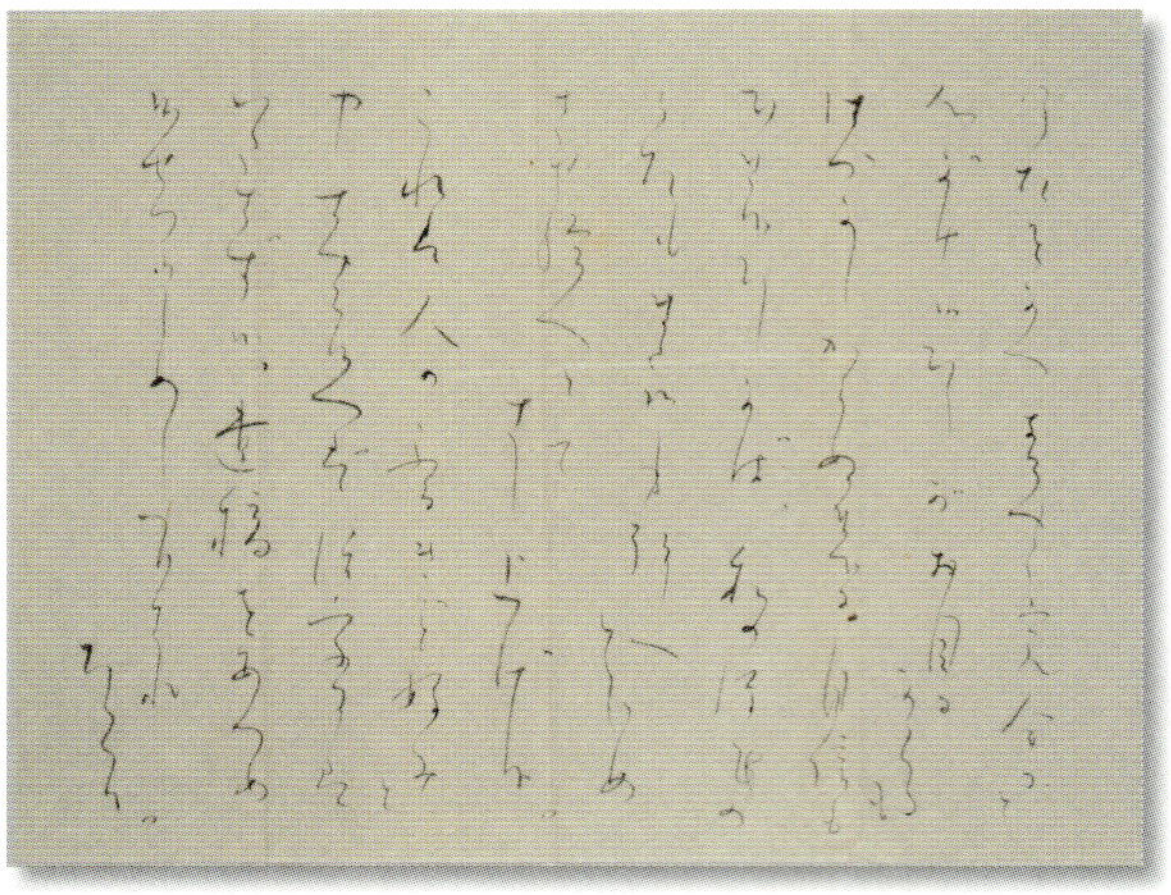

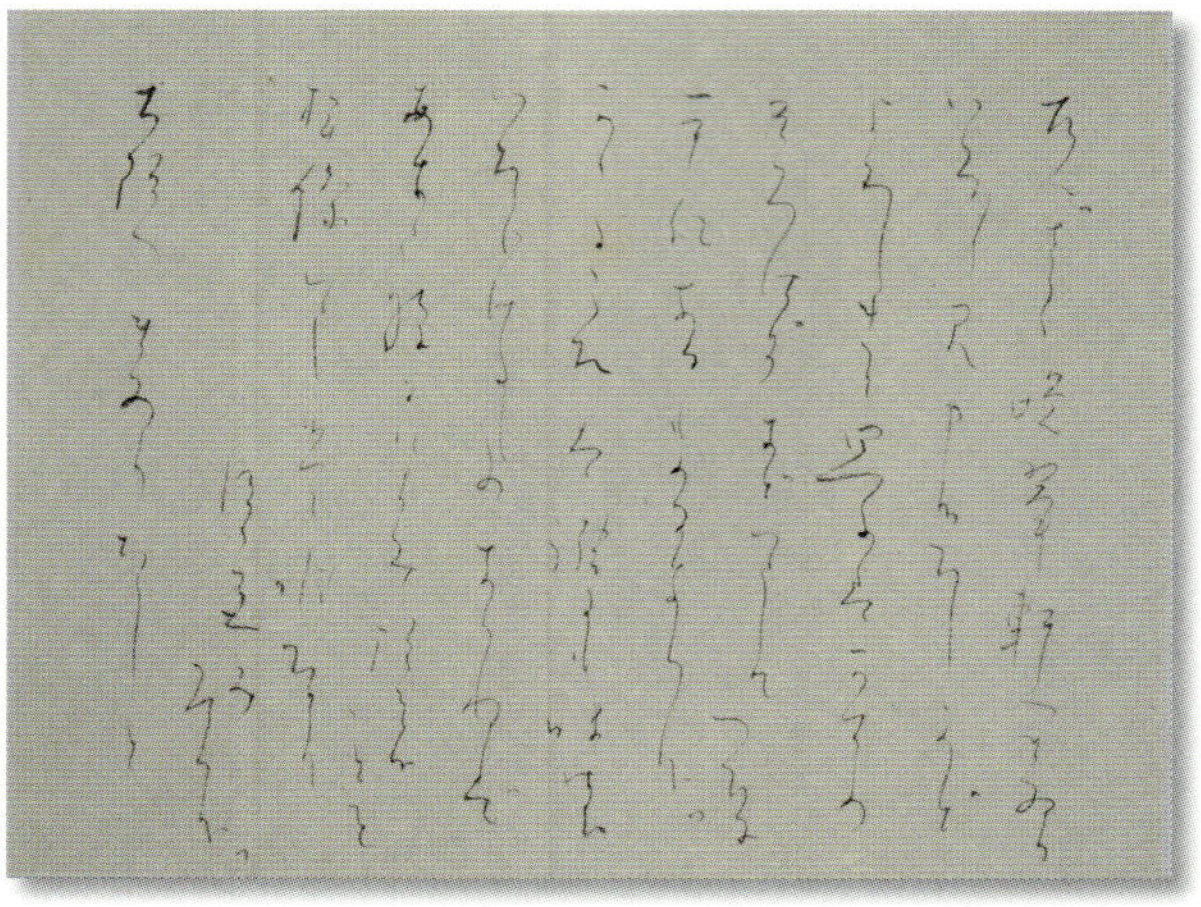

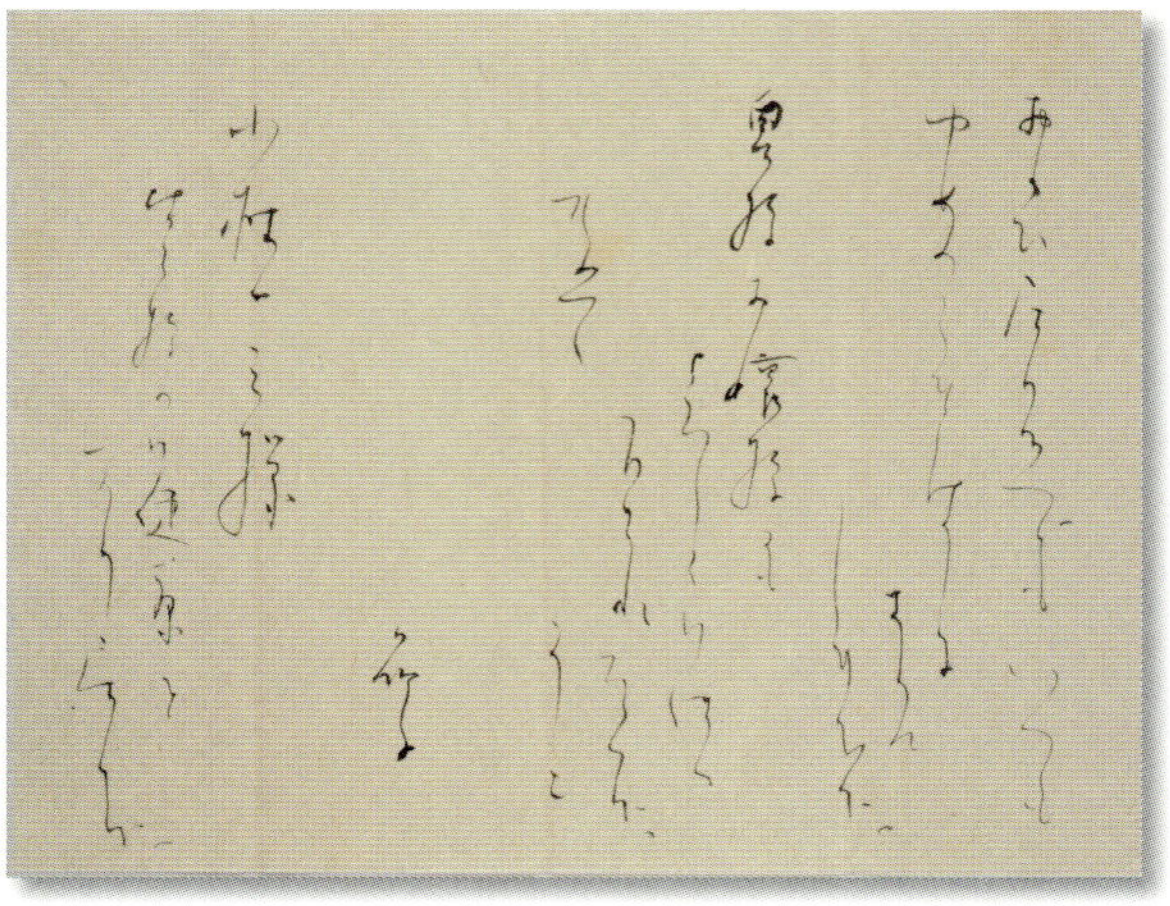

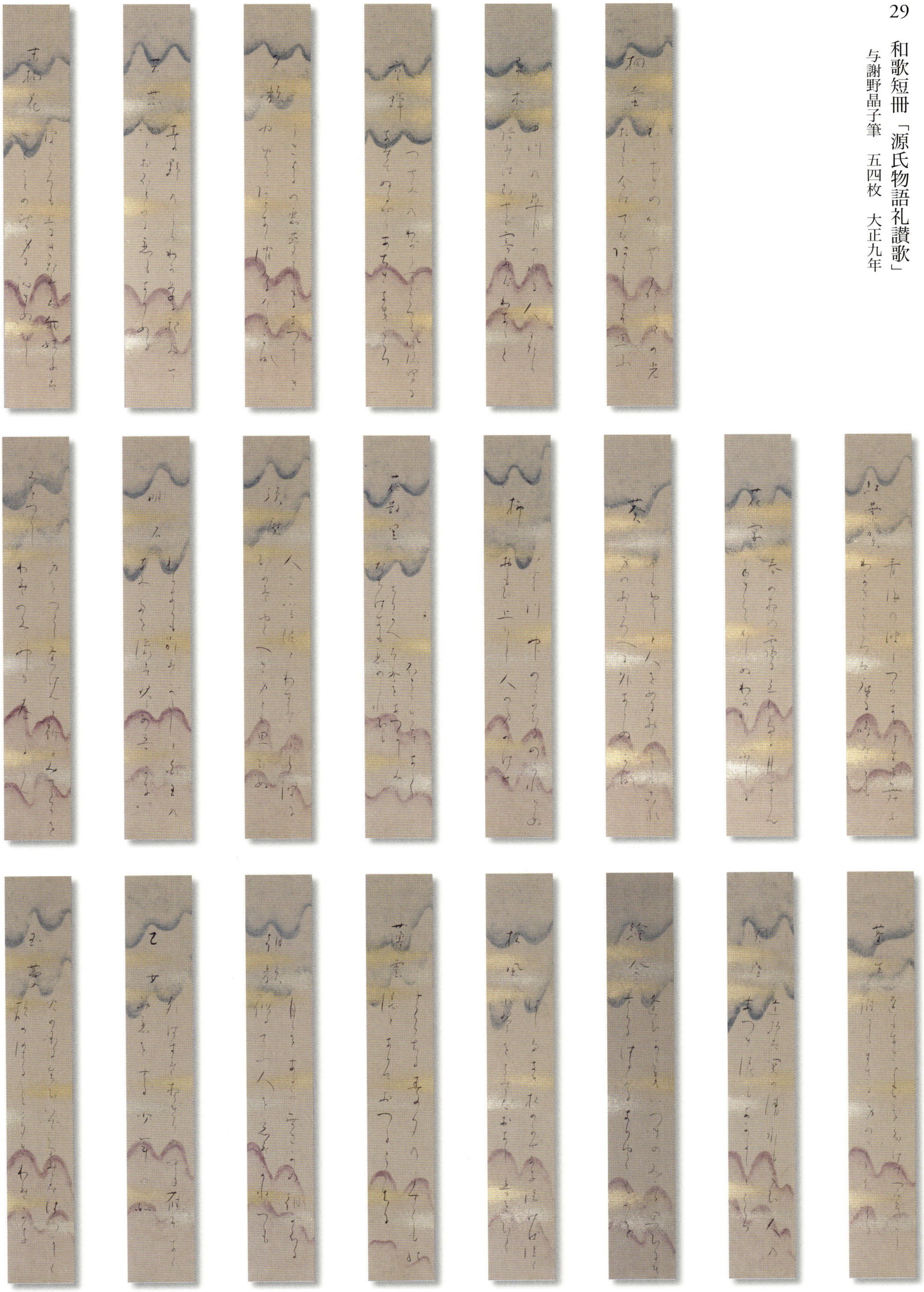

29

和歌短冊「源氏物語礼讃歌」

与謝野晶子筆　五四枚　大正九年

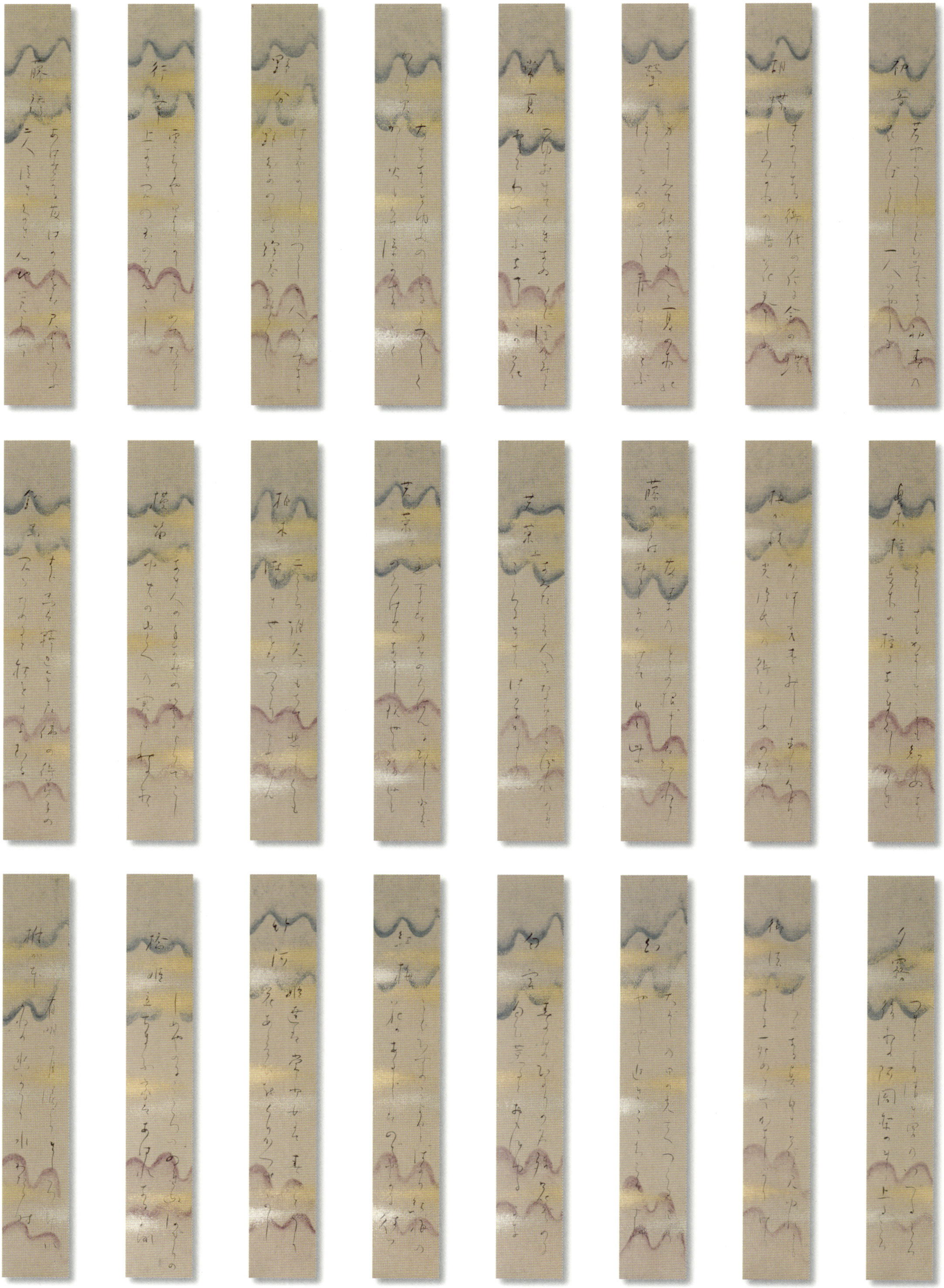

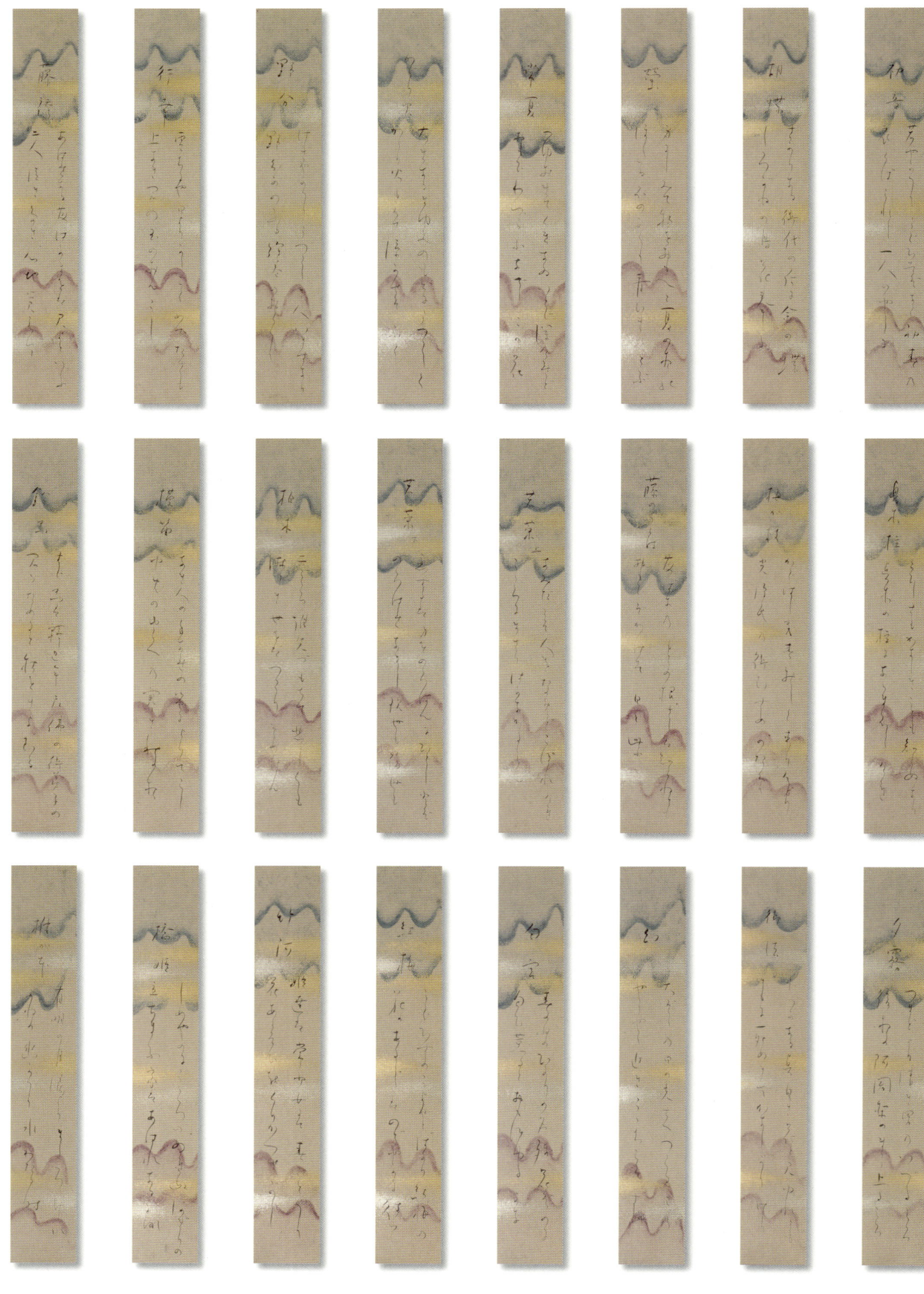

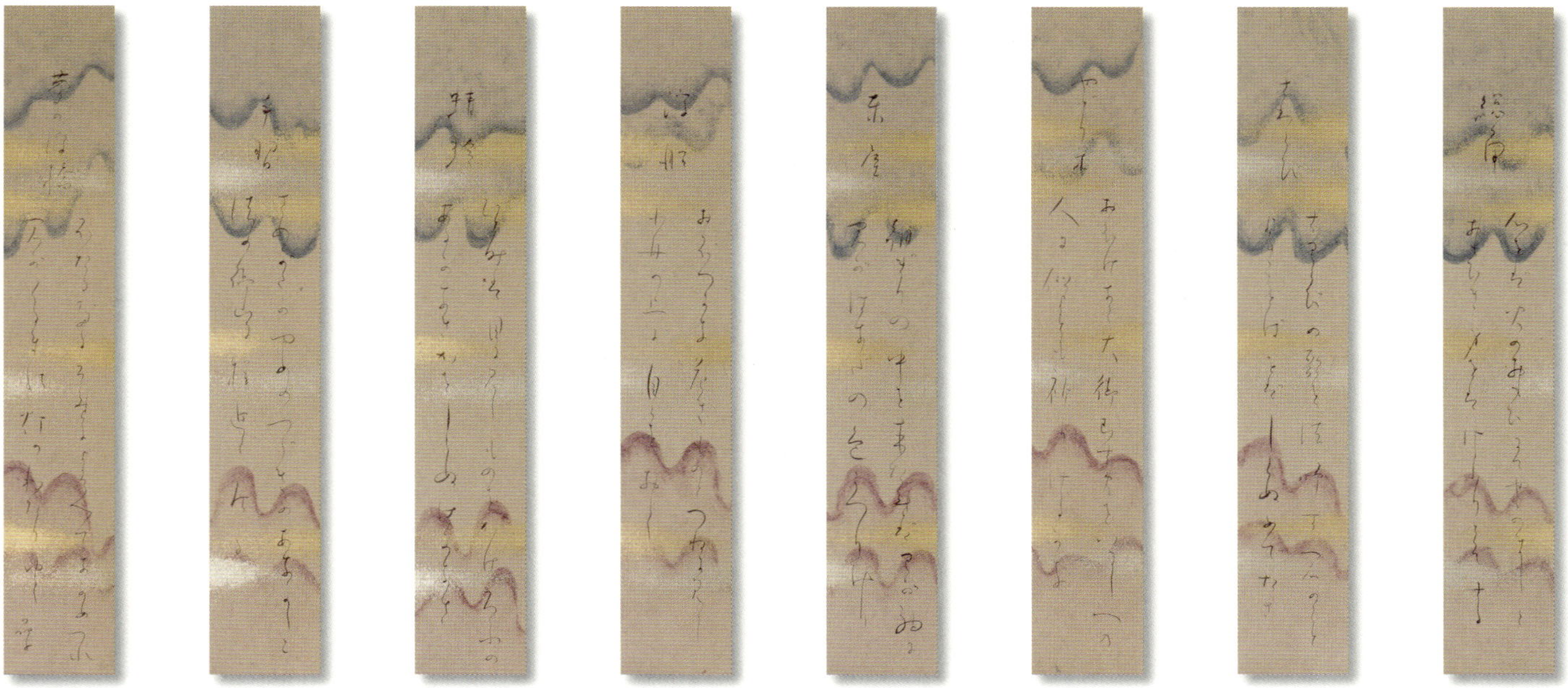

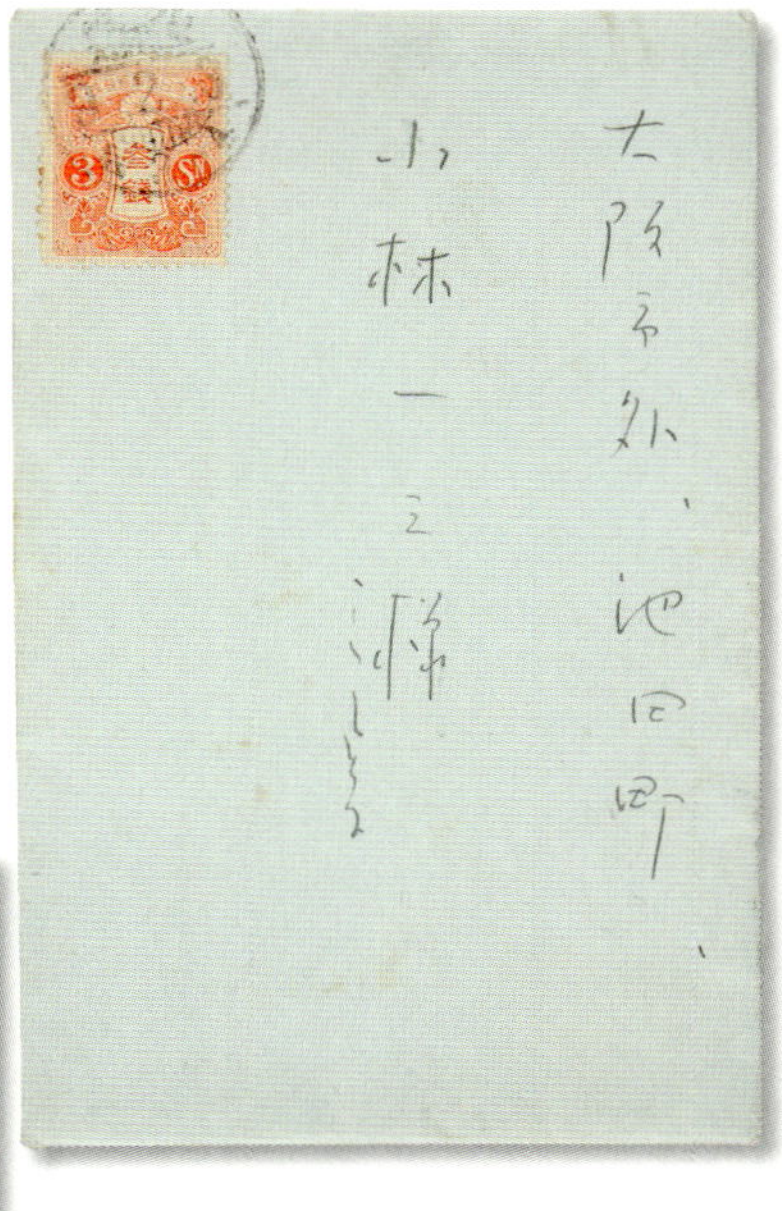

30　小林一三宛書簡　大正九年二月三日付
与謝野晶子筆　一通　池田文庫蔵

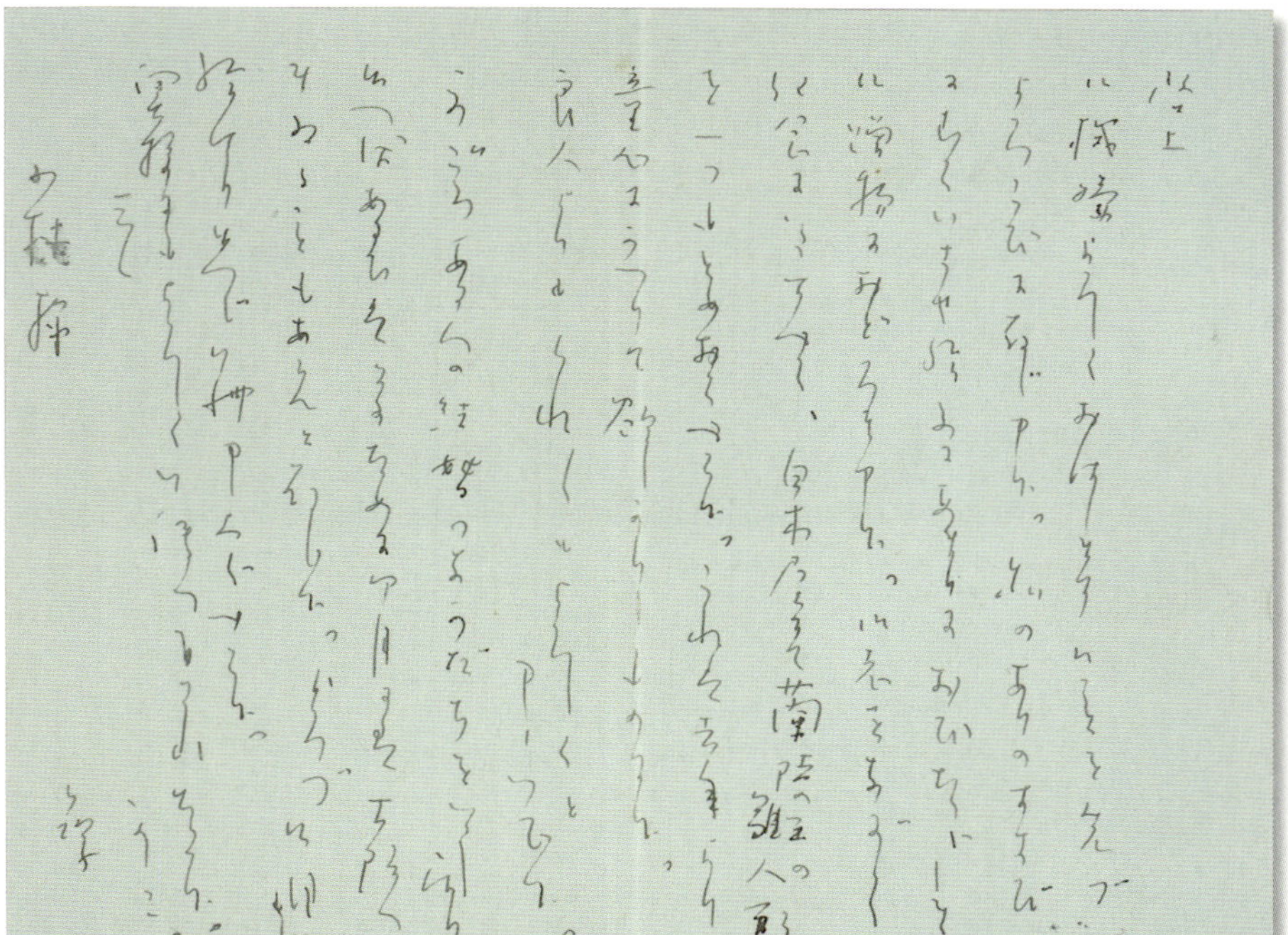

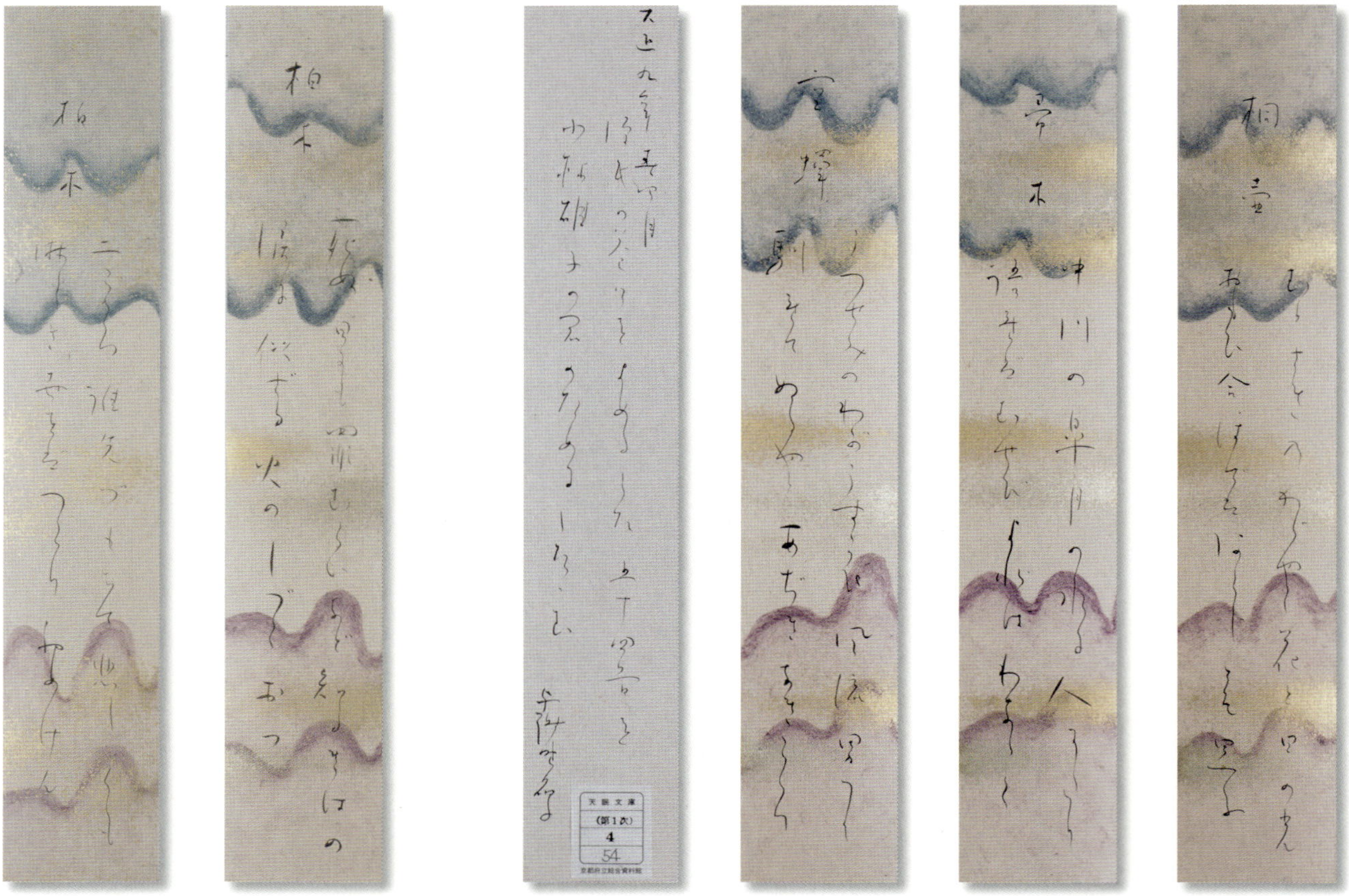

31
和歌短冊「源氏物語礼讃歌」
与謝野晶子筆　五五枚の内　大正九年　京都府立総合資料館蔵

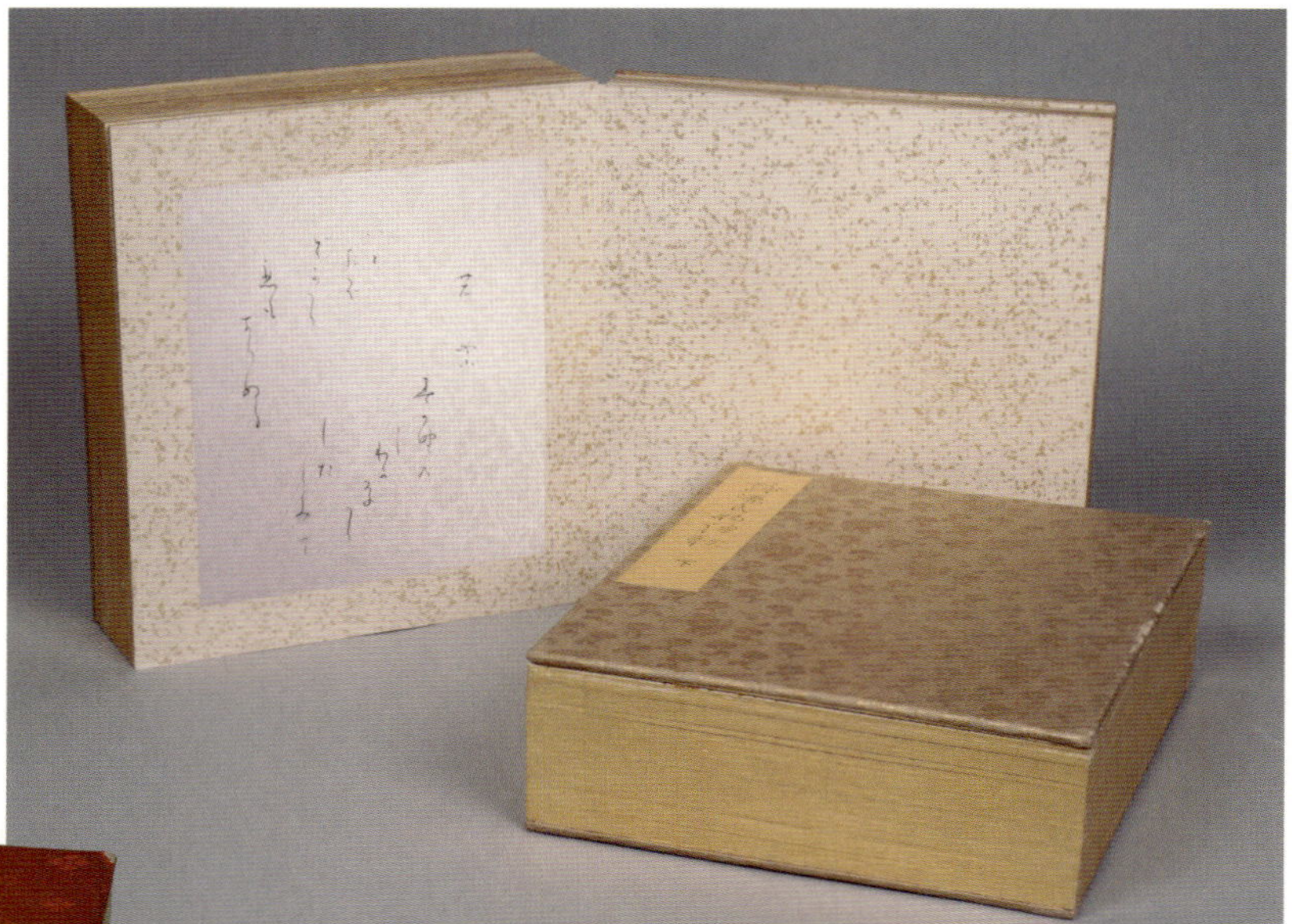

33
歌帖「源氏物語礼讃歌」
与謝野晶子筆　二帖　大正九年頃
堺市博物館蔵

34
歌帖「源氏物語の讃」
与謝野晶子筆　一帖　昭和六年頃
京都府立総合資料館蔵

32
和歌巻子「源氏物語礼讃歌」
与謝野晶子筆　一巻　昭和一四年

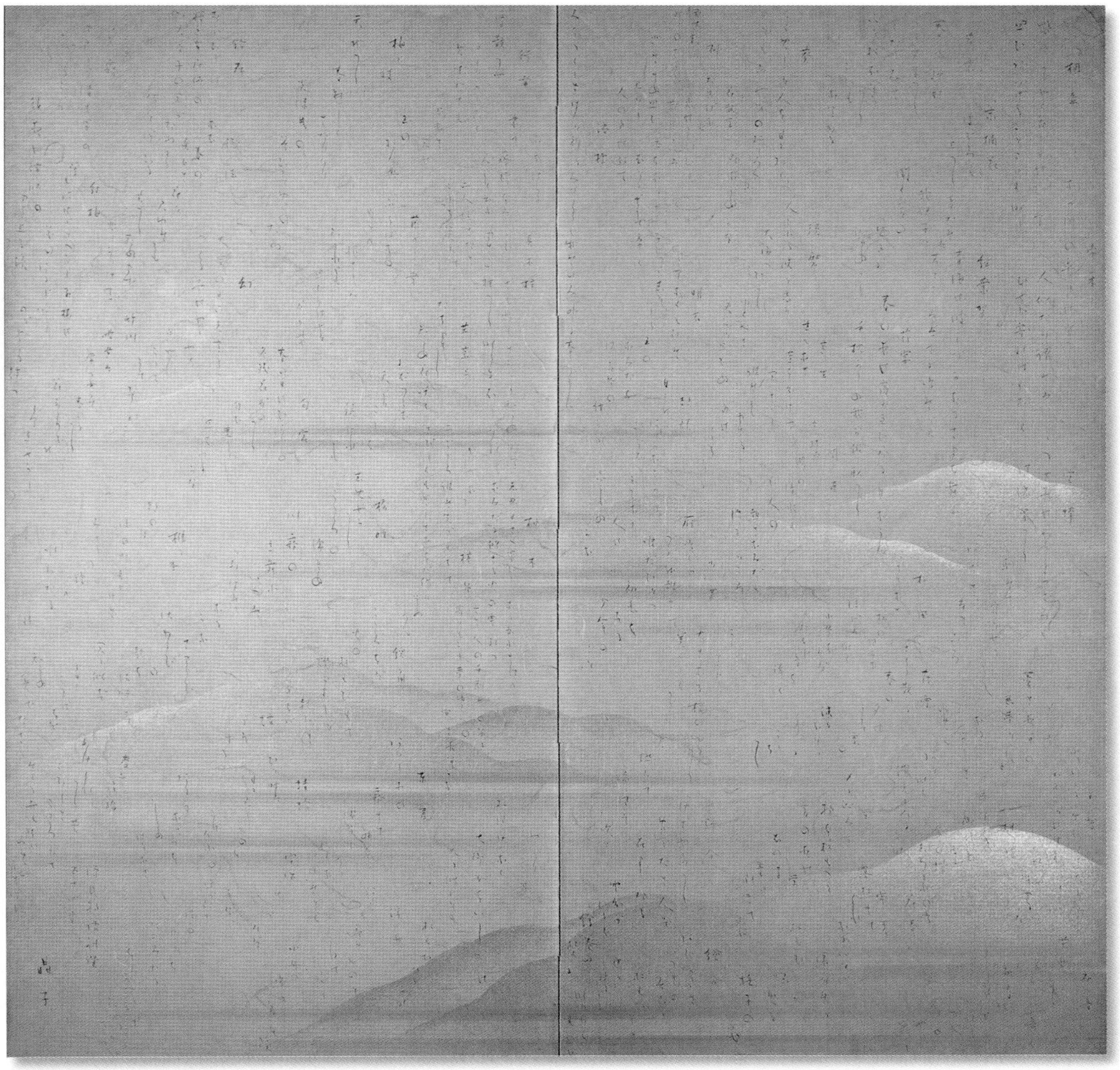

35
和歌屛風「源氏物語礼讃歌」
与謝野晶子筆　二曲一隻　昭和一四年
神戸親和女子大学附属図書館蔵

36
『新訳源氏物語』上巻
与謝野晶子著　金尾文淵堂刊　一冊　明治四五年　初版
堺市立中央図書館蔵

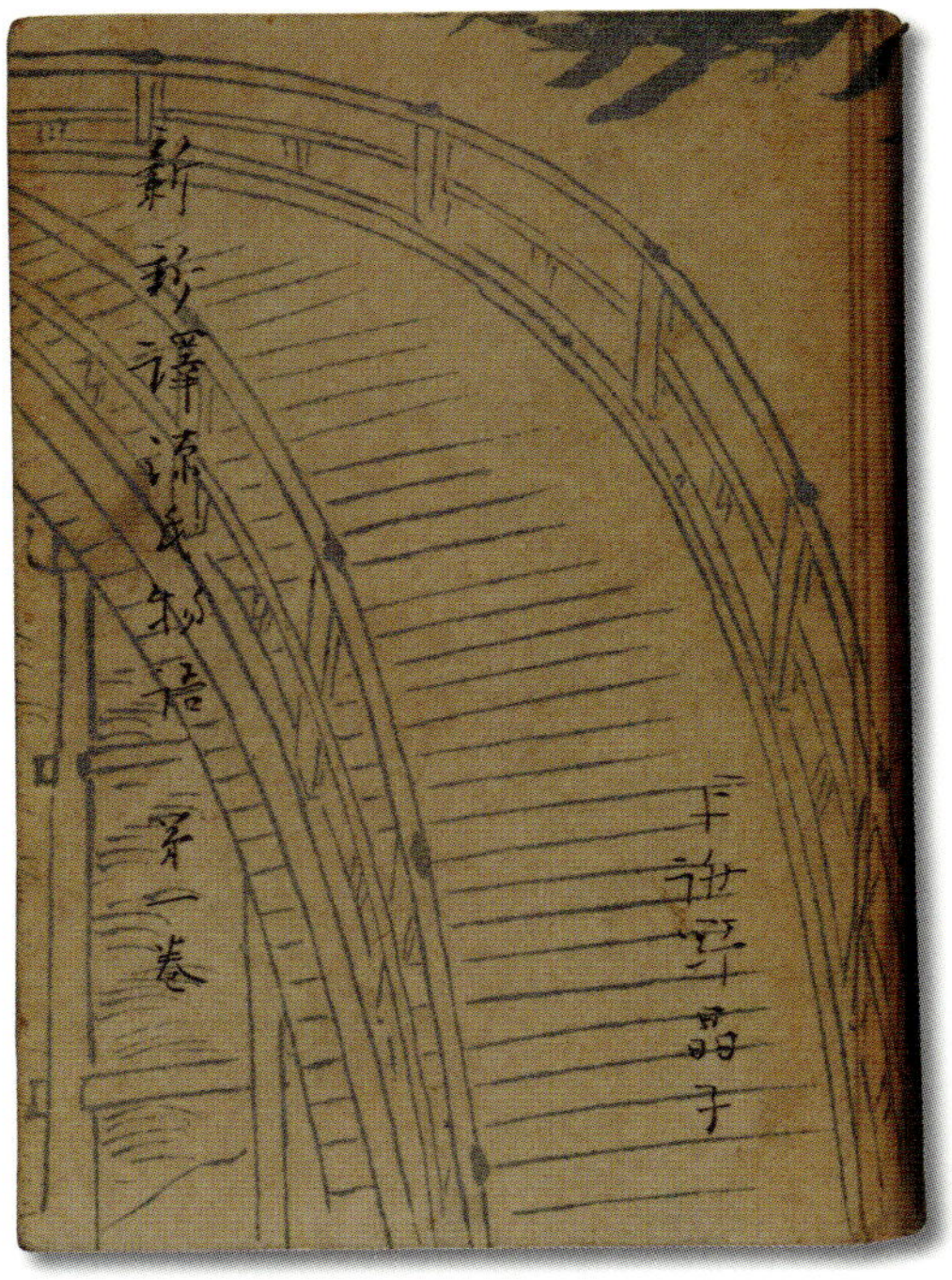

37
『新新訳源氏物語』第一巻
与謝野晶子著　金尾文淵堂刊　一冊　昭和一三年　初版
堺市立中央図書館蔵

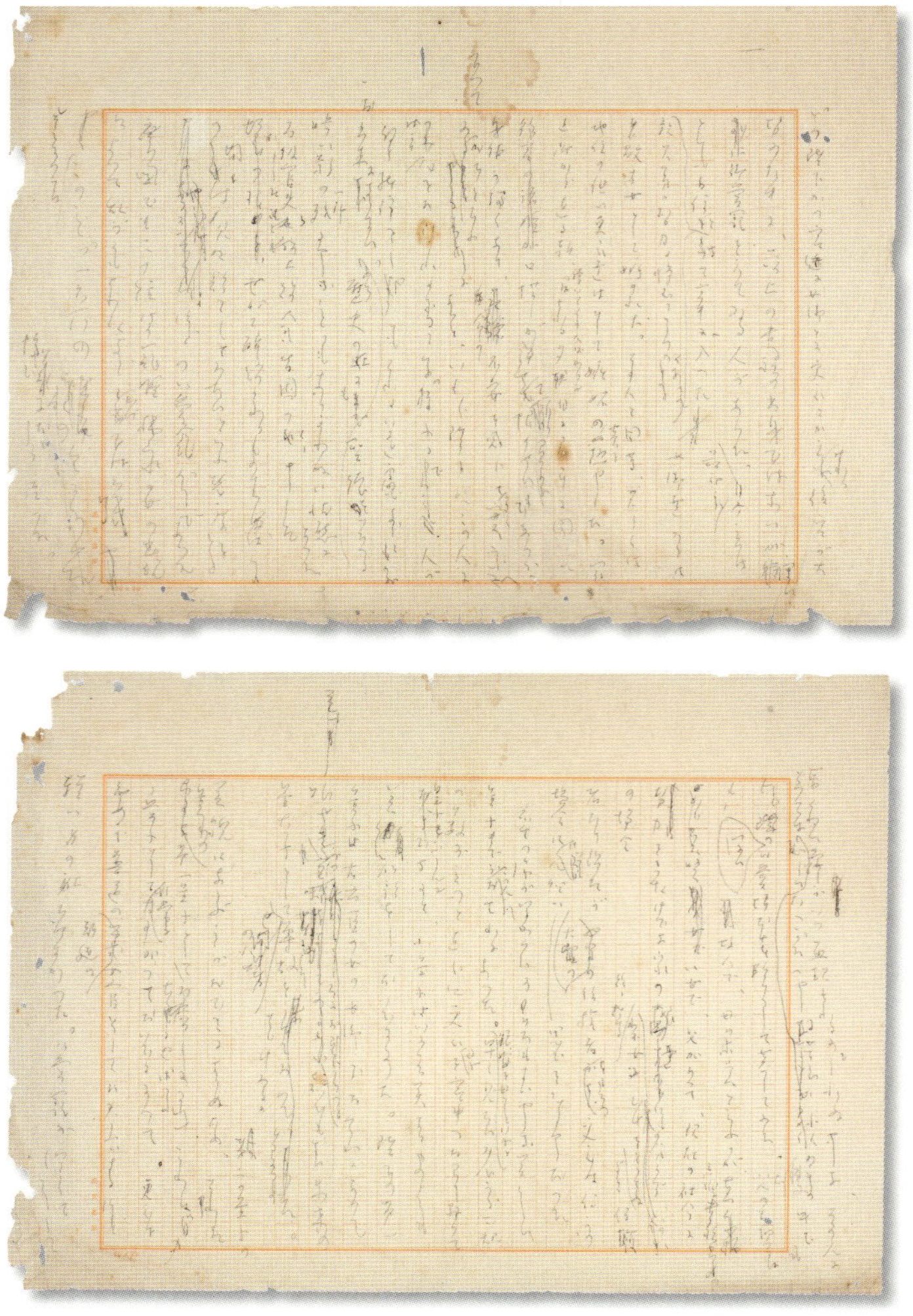

38
原稿『新新訳源氏物語』「桐壺」
与謝野晶子筆　二枚　昭和七年～一〇年
堺市（堺市立文化館与謝野晶子文芸館）蔵

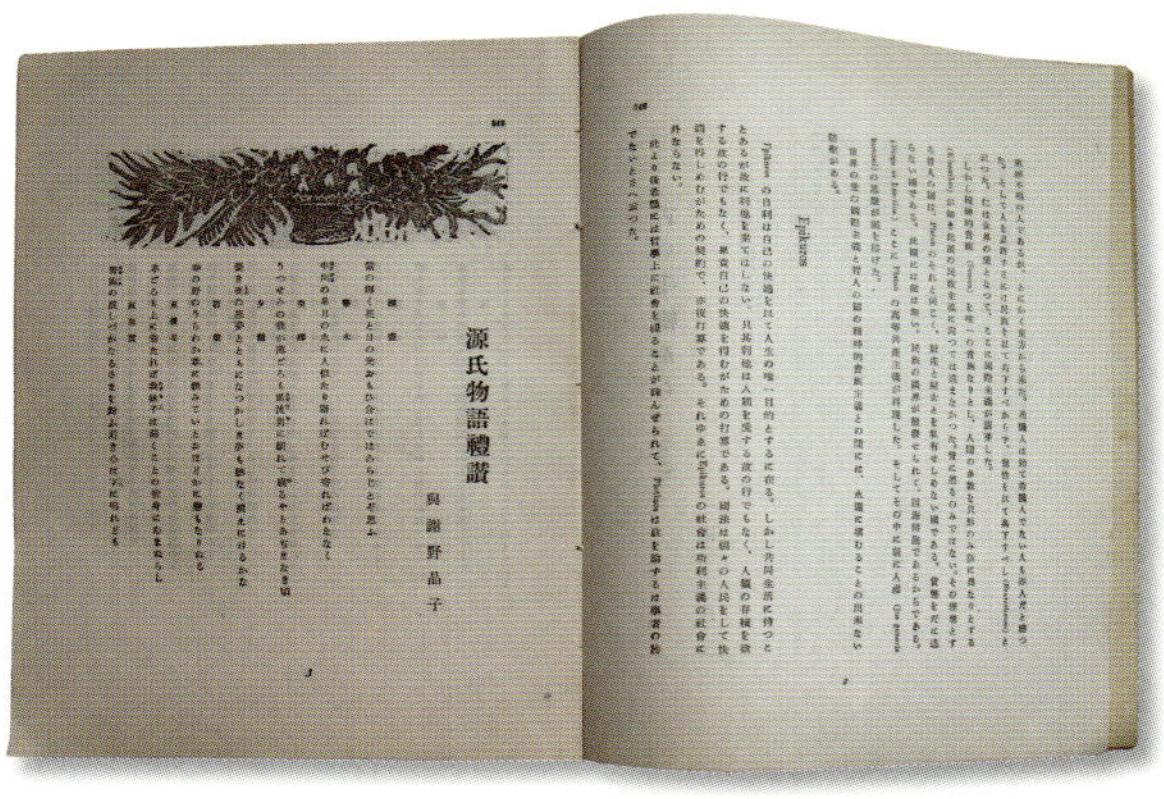

39
「明星」
「明星」発行所刊
一冊　大正一一年一月　池田文庫蔵

第Ⅳ章

晶子の詠歌活動

ここでは晶子の詠歌活動に焦点をあてた。当館が所蔵している短冊は、「源氏物語礼讃歌」の短冊を除くと三三点ある。明治三九（一九〇六）年～四五（一九一二）年の間に刊行された歌集に所収されたものが多く、最多は『春泥集』（明治四四年刊行）に所収された和歌を書いた短冊である。これは、恐らくはこのあたりの年代を中心にして、一三と晶子の交流が始まったと考えてよいであろう。明治四四年は、「歌百首屛風」の頒布会が行われた年でもある。一三は「歌百首屛風」を購入しなかったとはいえ、晶子から自作の購入を求められて購入したのであろう。

また、短冊と色紙で同じ歌を書いた作品もある。これは、晶子がその和歌を好んでいたことの表れといえる。

その他の晶子の詠作活動では、高島屋において開催された百選会との関わりも欠かすことはできない。

40

和歌短冊「なほ夢に」与謝野晶子筆　一枚

なほ夢に物の初めのこゝろをば送る枕のなつかしきかな　晶子

41

和歌短冊「初春の」与謝野晶子筆　一枚

丑　初春の雪の降れども母牛の乳の香立ちてあたゝかきかな　晶子

42

和歌短冊「恋といふ」与謝野晶子筆　一枚

恋といふ身にしむことを正月の七日ばかりは思はずもがな　晶子

43

和歌短冊「孔雀の尾」与謝野晶子筆　一枚

孔雀の尾ひろがる如くあてやかに春の初めとなりにけるかな　晶子

44

和歌短冊「あしたより」与謝野晶子筆　一枚

あしたより春の雪ふるあてやかに勧進帳の強力のごと　晶子

45

和歌短冊「天上と」与謝野晶子筆　一枚

天上とこの世とおほくことならぬあかしを示す白ぎくの花　晶子

46

和歌短冊「ちりゆくる」与謝野晶子筆　一枚

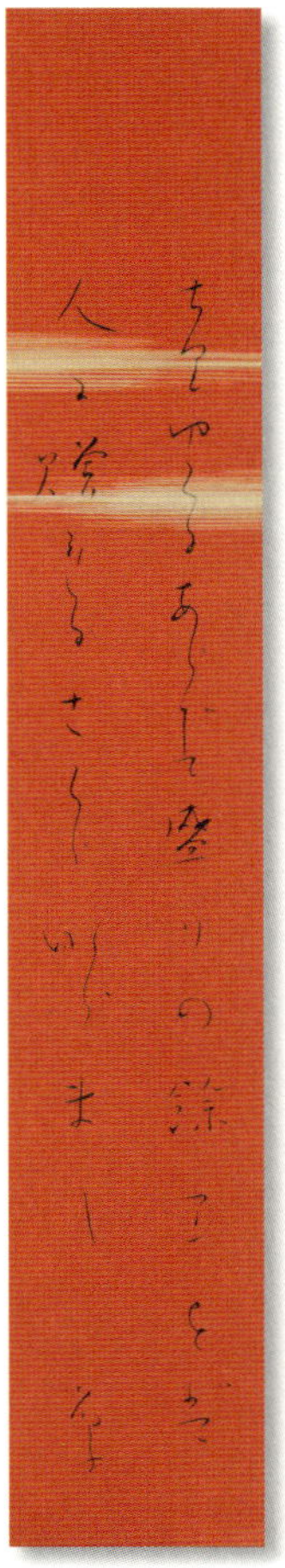

ちりゆくるあらば盛りの余りをば人に贈れるさくらならまし　晶子

47

和歌短冊「春の夜の」与謝野晶子筆　一枚

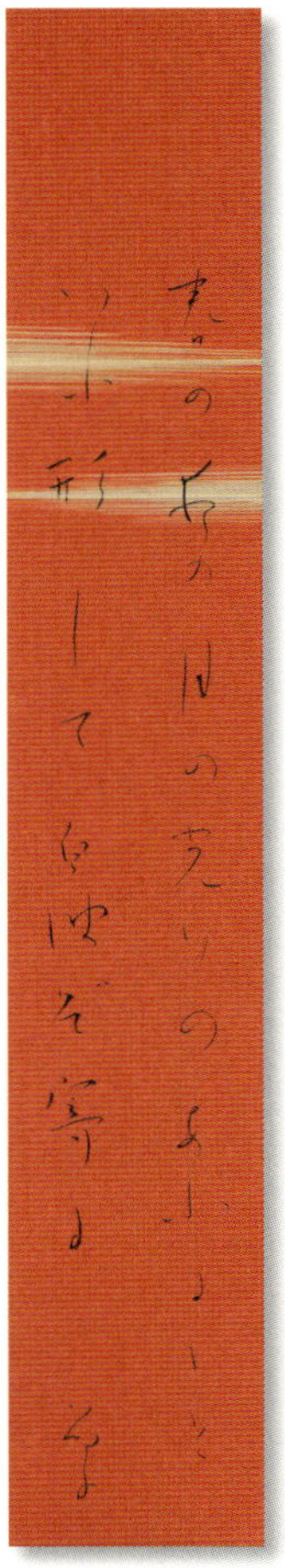

春の夜の月の光りのあふるゝといふ形して白波ぞ寄る　晶子

48

和歌短冊「光さし」与謝野晶子筆　一枚

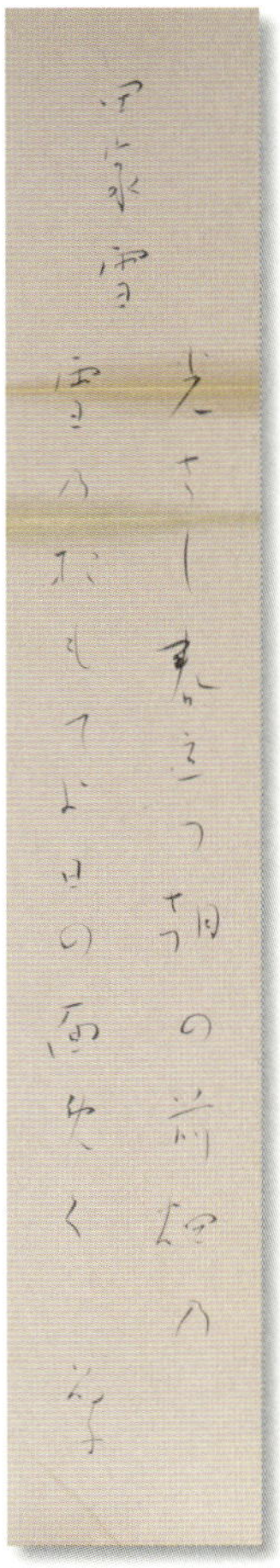

田家雪

光さし春立つ朝の前畑の雪のおもてよ日の面めく　晶子

49

和歌短冊「井の神も」与謝野晶子筆　一枚

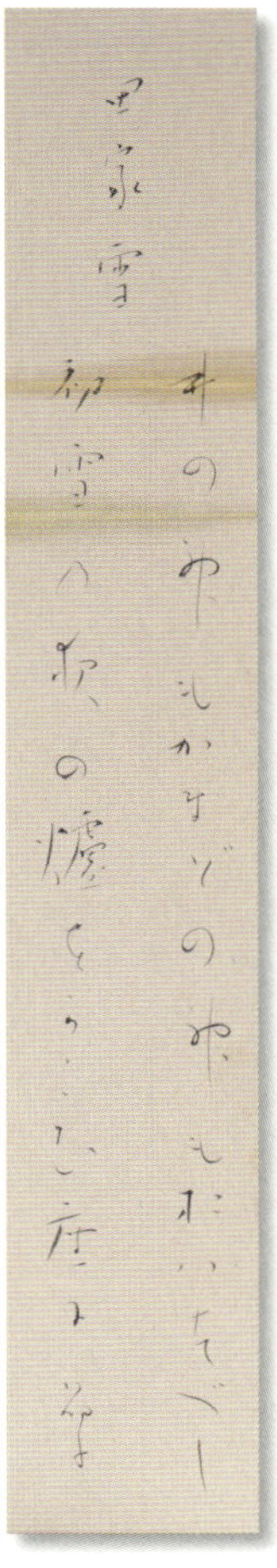

田家雪

井の神もかまどの神もおはすべし初雪の夜の炉をかこむ座に　晶子

50

和歌短冊「すでにして」与謝野晶子筆　一枚

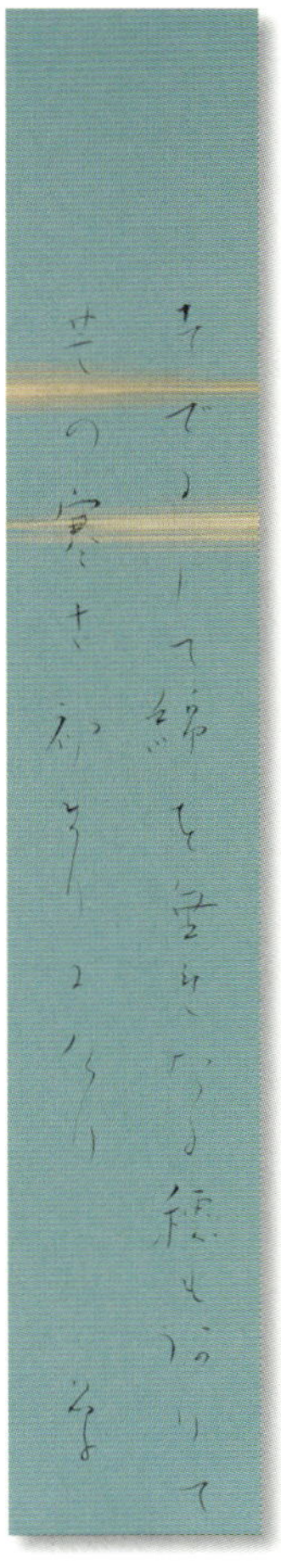

すでにして綿を垂れたる穂もありて芒の寒さ初まりにけり　晶子

51

和歌短冊「皐月よし」与謝野晶子筆　一枚

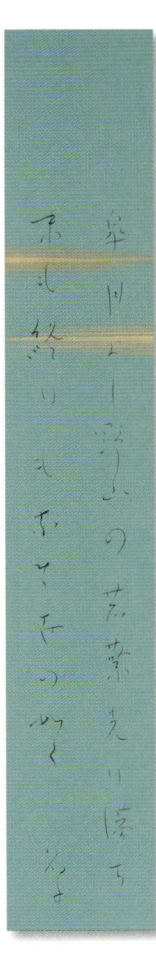

皐月よし野山の若葉光り満ち末も終りもなき世の如く　晶子

52

和歌短冊「恋ごろも」　与謝野晶子筆　一枚

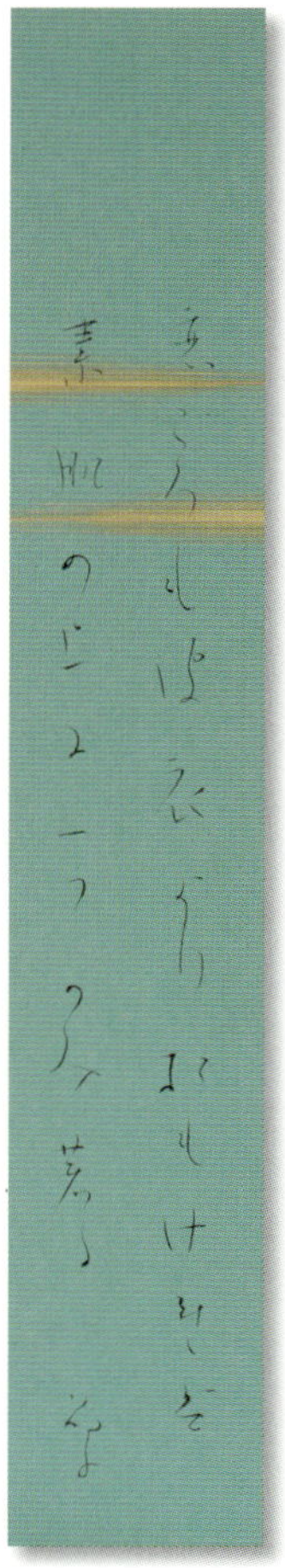

恋ごろも波衣よりおもければ素肌の上に一つのみ着る　晶子

53

和歌短冊「湖を」　与謝野晶子筆　一枚

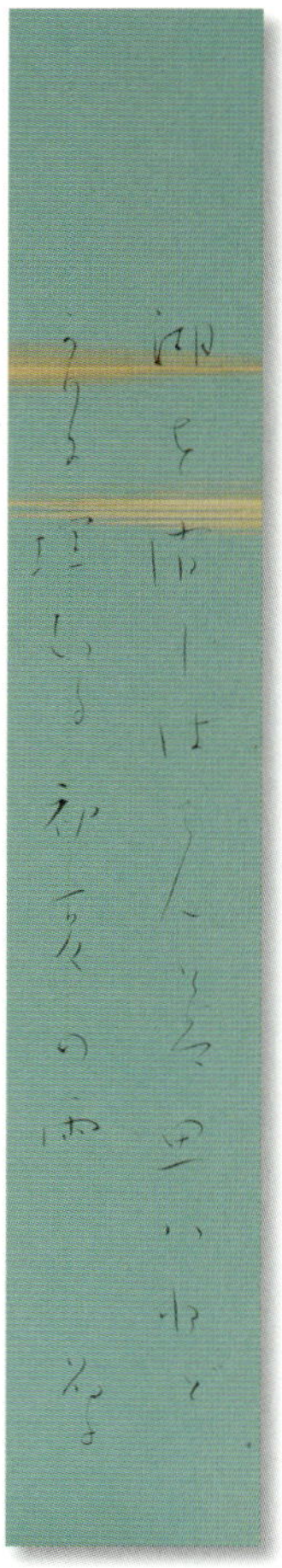

湖を消しはてんとは思はねどかりに埋むる初夏の雨　晶子

54

和歌短冊「丘の上」　与謝野晶子筆　一枚

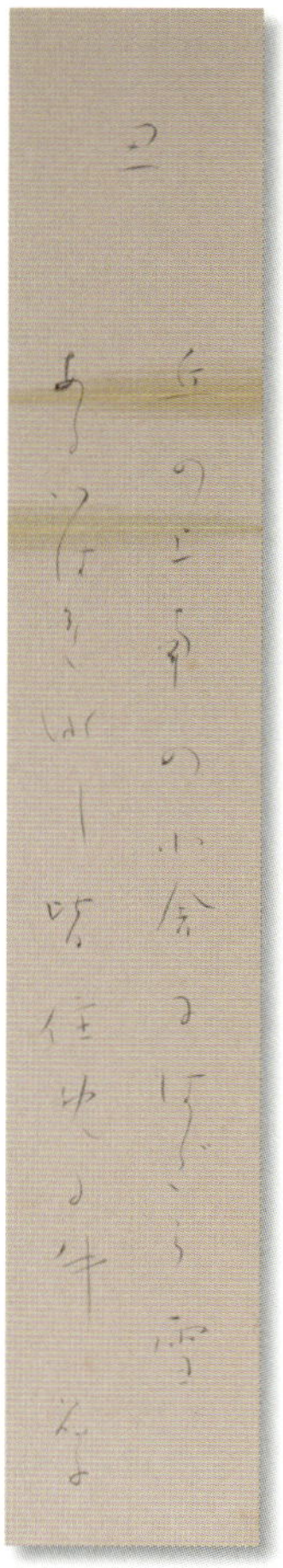

丑

丘の上南の小舎にはだら雪あるいはれなし皆住める牛　晶子

55

和歌短冊「鎌の刃の」　与謝野晶子筆　一枚

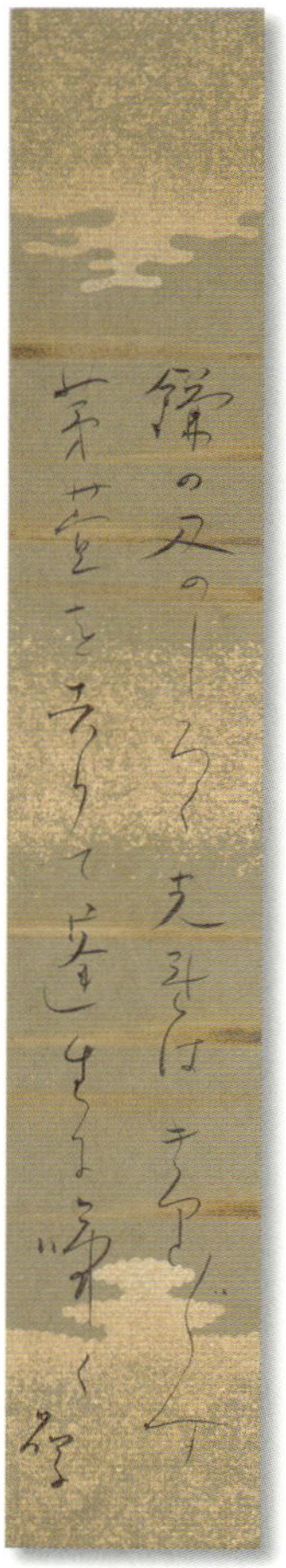

鎌の刃のしろく光ればきりぐす茅萱を去りて蓬生に啼く　晶子

56

和歌短冊「元朝や」　与謝野晶子筆　一枚

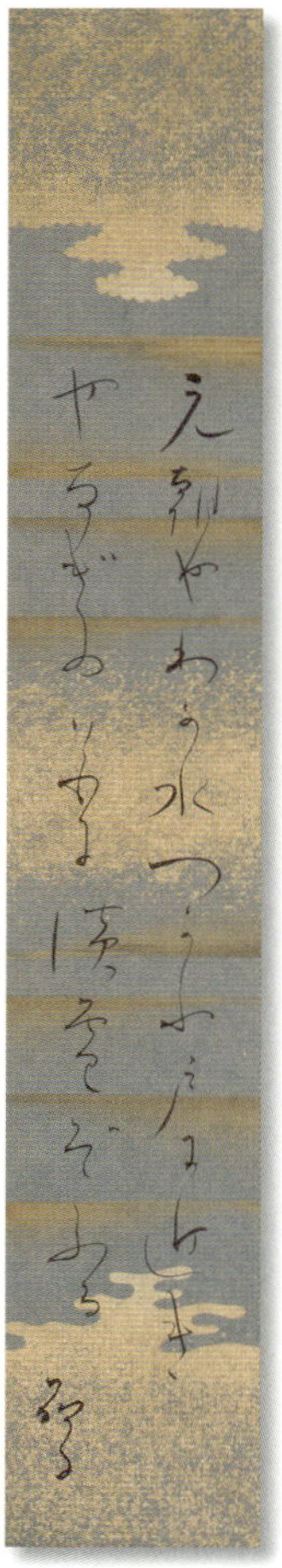

元朝やわか水つかふ戸に近きやなぎの花に淡雪ぞふる　晶子

57

和歌短冊「棕櫚の花」　与謝野晶子筆　一枚

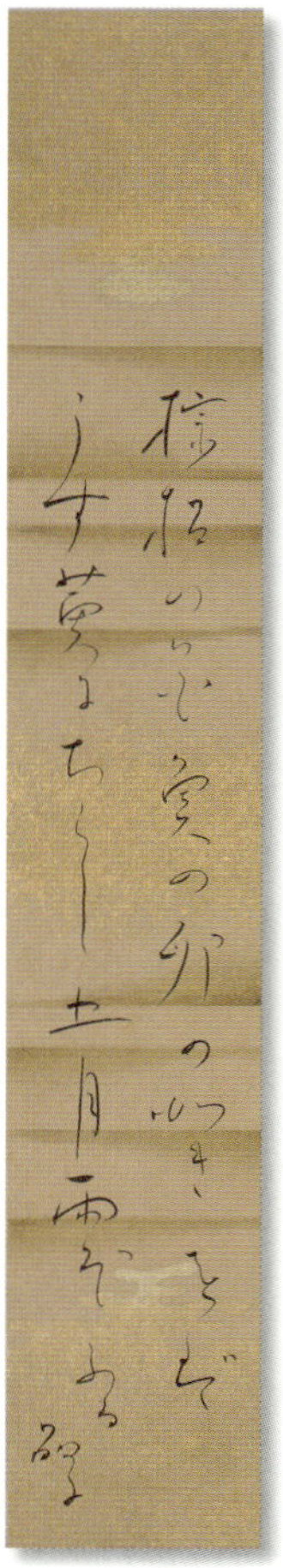

棕櫚の花魚の卵の如きをばうす黄にちらし五月雨ぞふる　晶子

58

和歌短冊「夕かぜは」　与謝野晶子筆　一枚

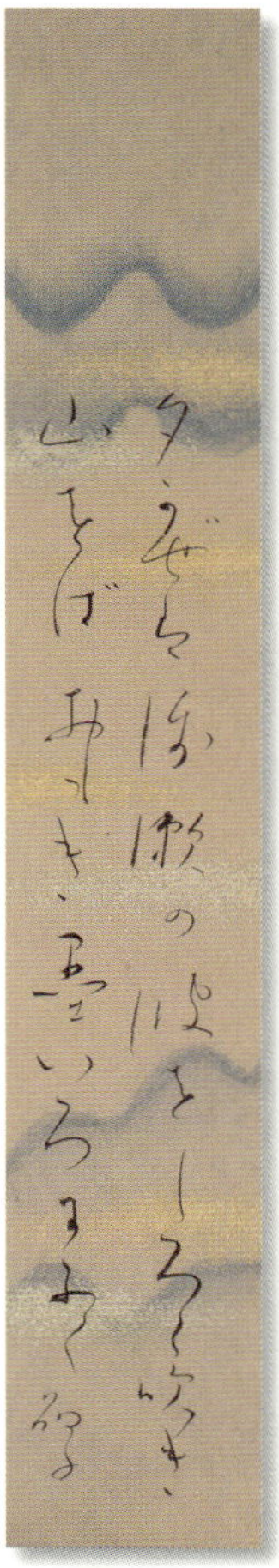

夕かぜは浅瀬の波をしろく吹き山をばおもき墨いろにふく　晶子

59

和歌短冊「磯の道」　与謝野晶子筆　一枚

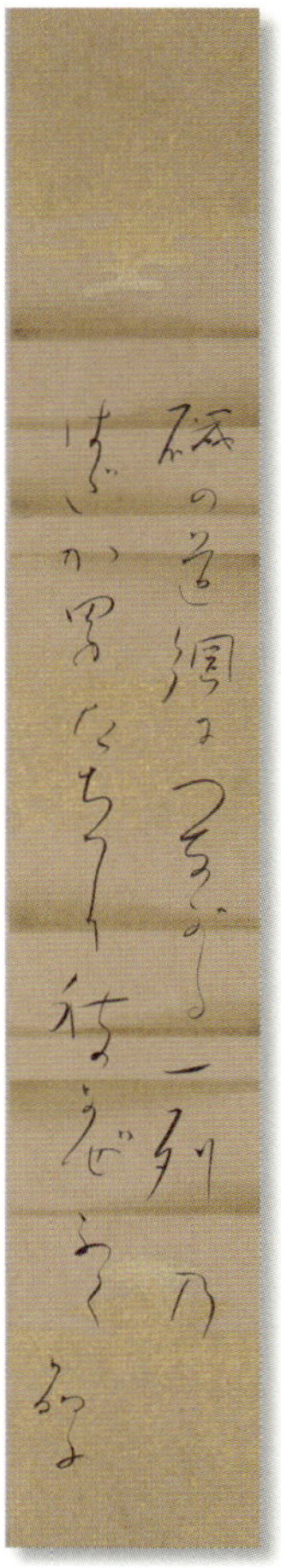

磯の道綱につながる一列のはだか男たちに秋のかぜふく　晶子

60

和歌短冊「人きたり」　与謝野晶子筆　一枚

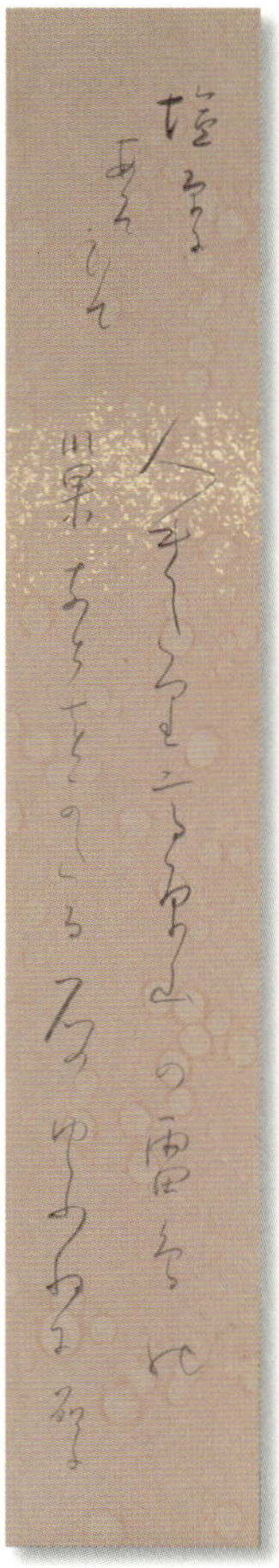

塩原にあそびて　人きたり高原山の雷鳥の巣などをかたる石のゆぶねに　晶子

61

和歌短冊「冬の夜も」　与謝野晶子筆　一枚

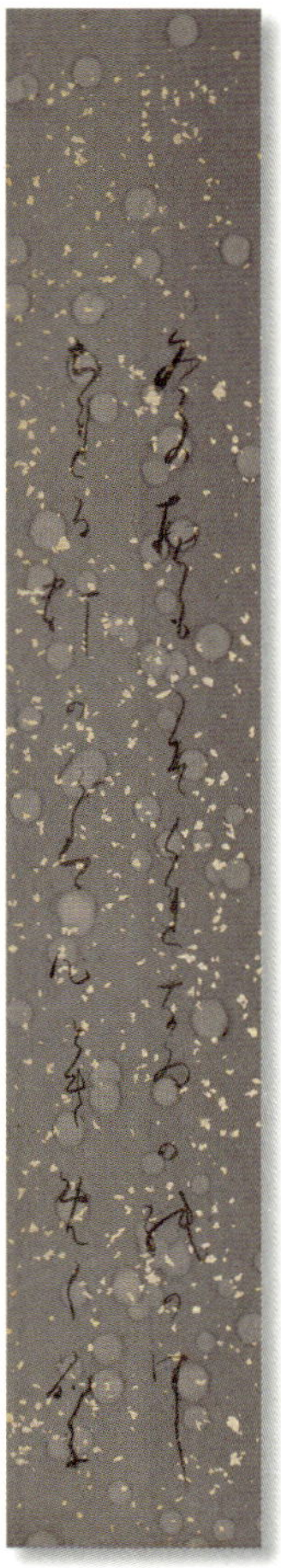

冬の夜もうすくれなゐの紙のはしちれる灯かげは心ときめく　晶子

62

和歌短冊「地はひとつ」　与謝野晶子筆　一枚

地はひとつ大白蓮の花と見ぬ雪の中より日のゝぼるとき　晶子

63

和歌短冊「白うめの」　与謝野晶子筆　一枚

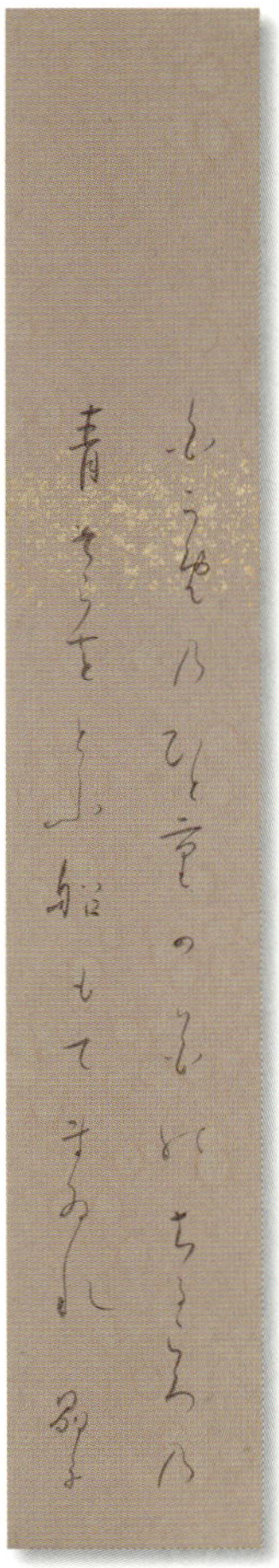

白うめのひと重の花のちるころの青ぞらをとぶ船もてまゐれ　晶子

64

和歌短冊「ほとゝぎす」　与謝野晶子筆　一枚

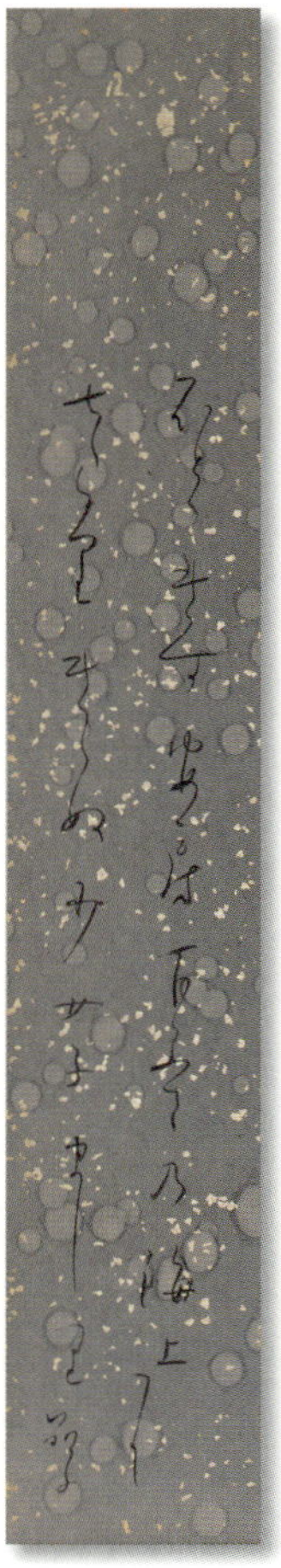

ほとゝぎす安房下ふさの海上に七たりきゝぬ少女子まじり　晶子

65

和歌短冊「みよし野の」　与謝野晶子筆　一枚

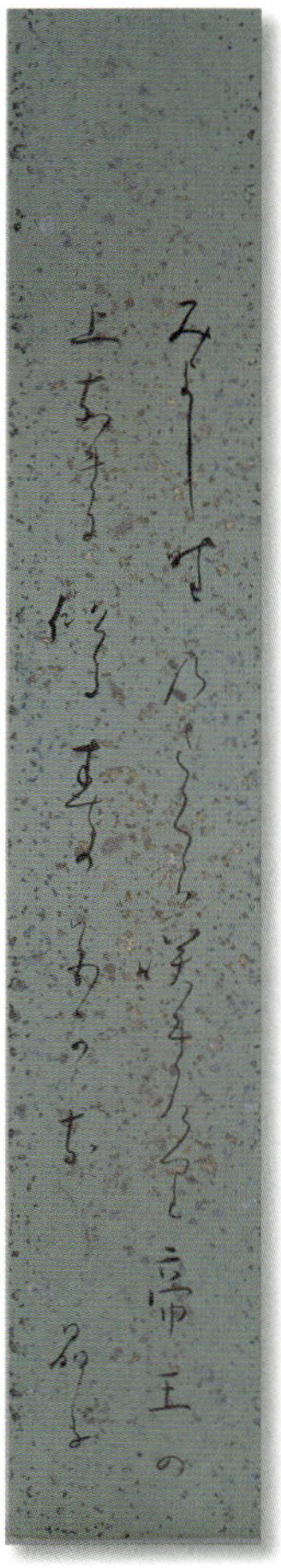

みよし野のさくら咲きけり帝王の上なきに似る春の花かな　晶子

66

和歌短冊「たれまくも」　与謝野晶子筆　一枚

たれまくもとばりも春はひだつくれおもふ人らのたはぶるゝごと　晶子

67

和歌短冊「梅雨さると」　与謝野晶子筆　一枚

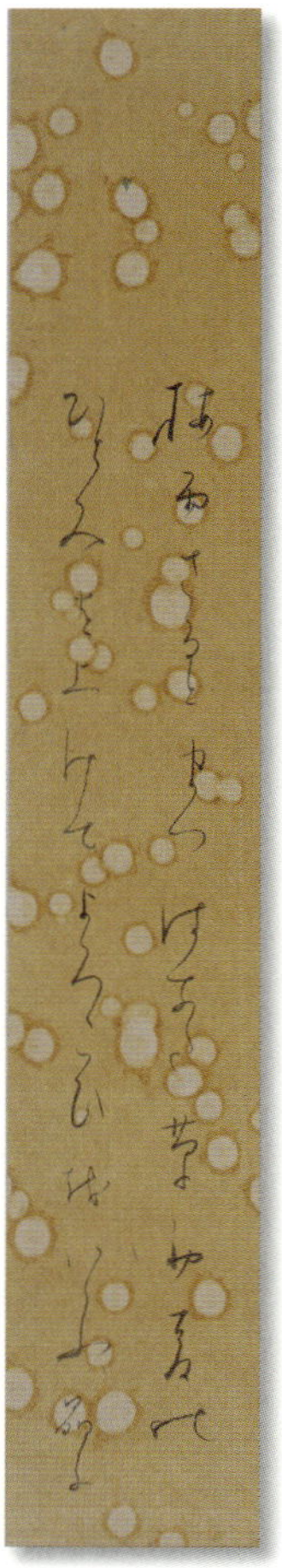

梅雨さるとまづはなだ草初夏のひとみを上げてよろこびをいふ　晶子

68

和歌短冊「わがつくゑ」　与謝野晶子筆　一枚

わがつくゑ袖にはらへどほろゝちる女郎花こそうらさびしけれ　晶子

69

和歌短冊「青海に」　与謝野晶子筆　一枚

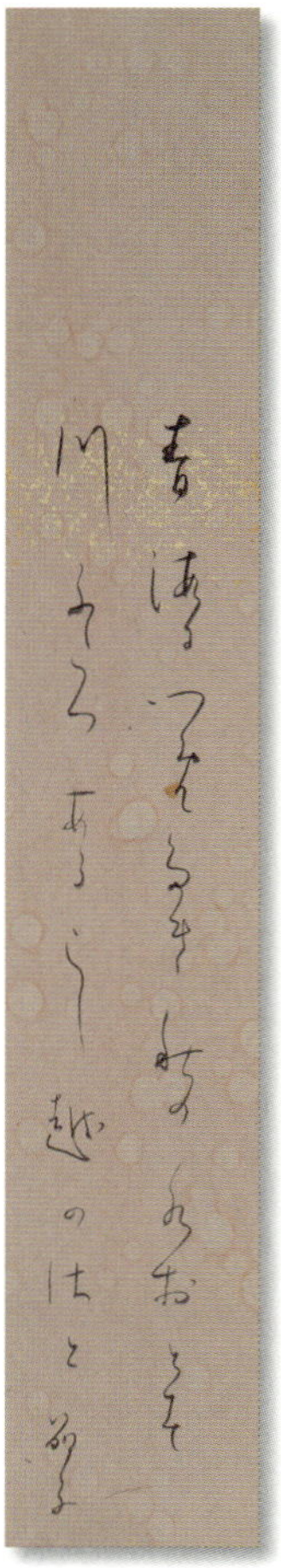

青海につめたき秋の水おとす川ふたつあるこし越のさと　晶子

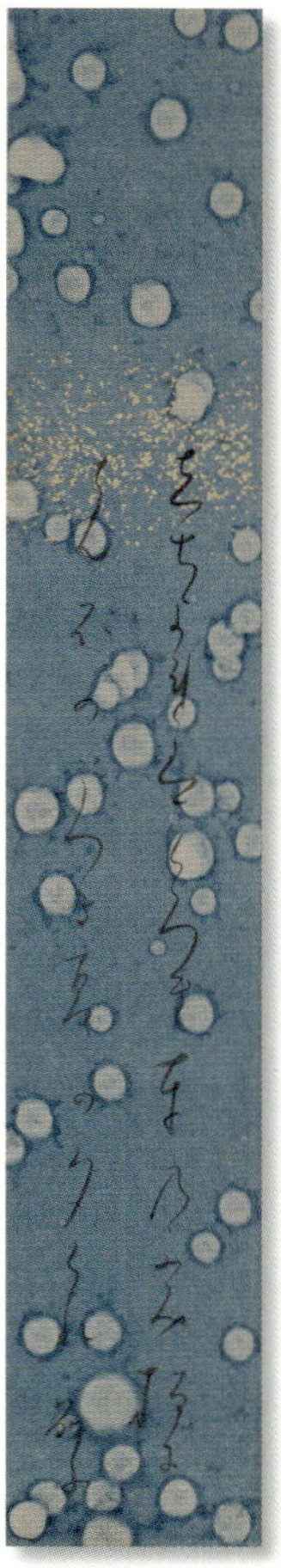

70 和歌短冊「立ちよれば」与謝野晶子筆 一枚

立ちよればくろき車のふみ板にとんぼのうつる夏の夕ぐれ　晶子

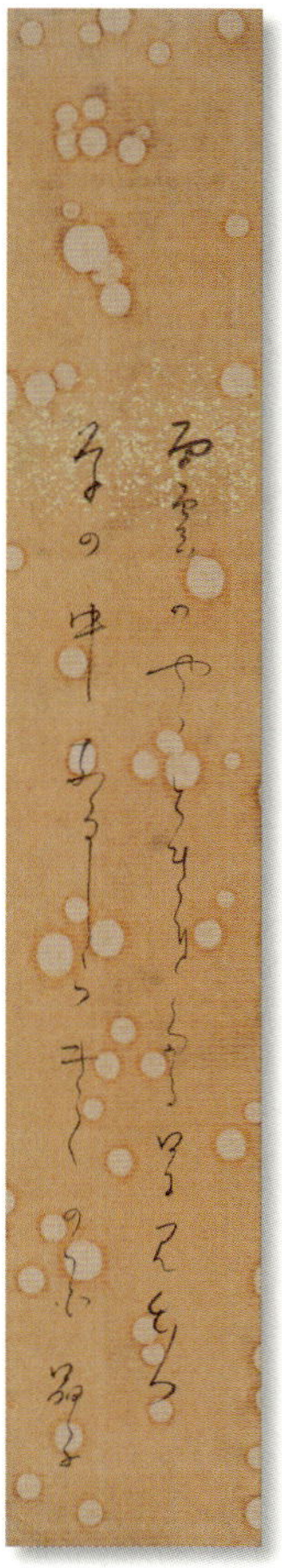

71 和歌短冊「雨雲の」与謝野晶子筆 一枚

雨雲のやゝとぎれたる日に見出つ草の中なるしらぎくの花　晶子

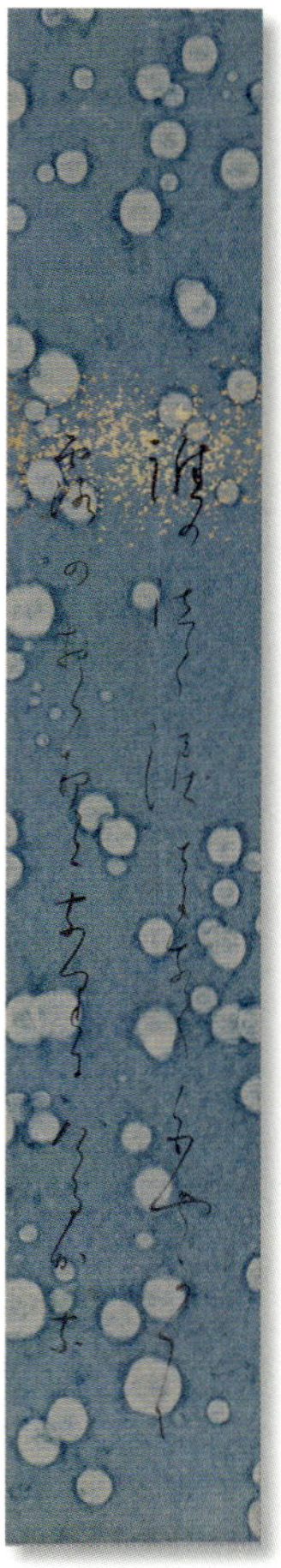

72 和歌短冊「誰の泣く」与謝野晶子筆 一枚

誰の泣く涙ともなく花やかに露のおく夜となりにけるかな

73 和歌色紙「けしの花」与謝野晶子筆 一枚

けしの花
くづれしまゝを
見るごとく
かなしき
ことは
そのまゝに
おく
晶子

74 和歌色紙「こゝちよく」 与謝野晶子筆 一枚

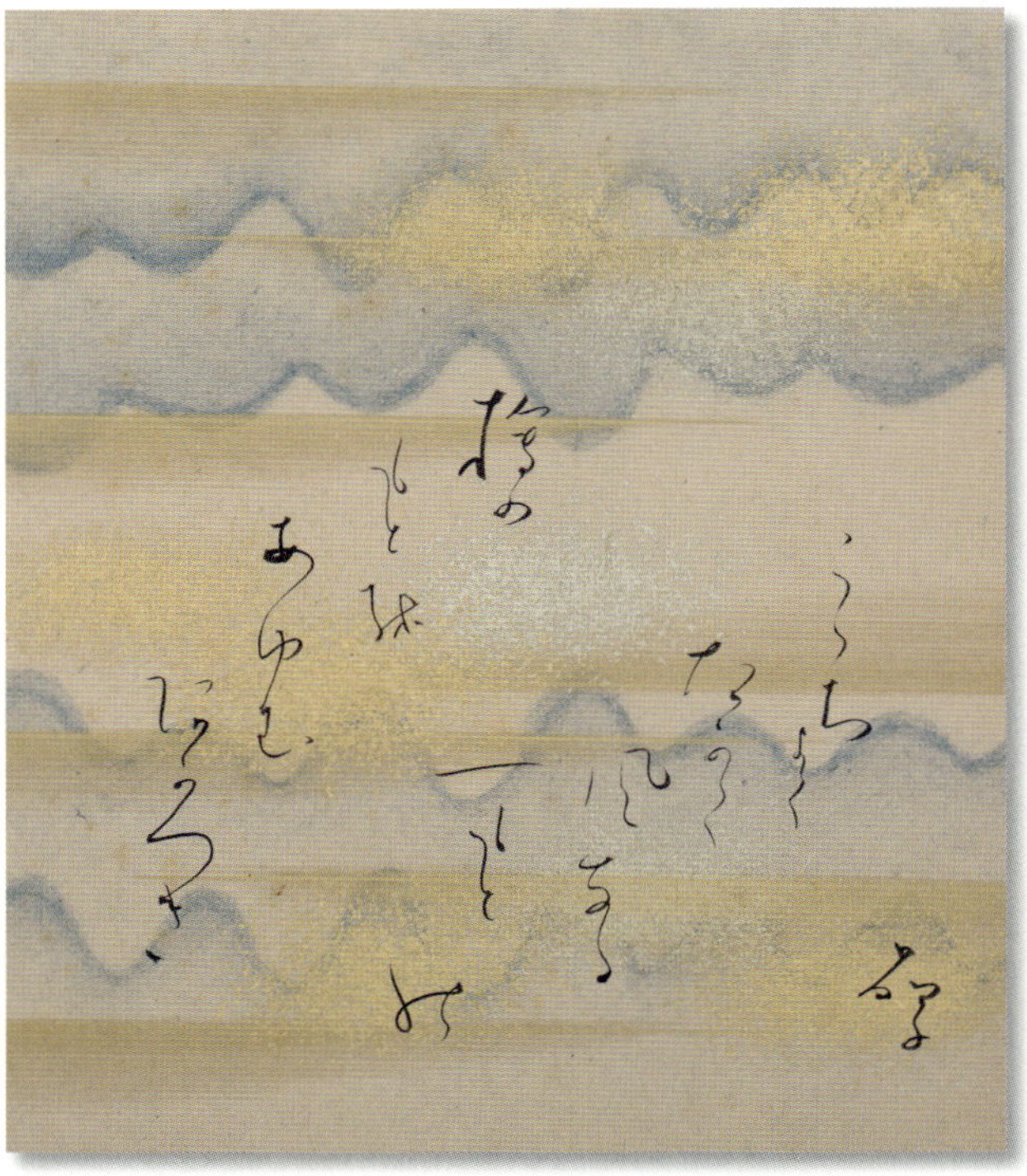

こゝちよく
たかく
風なる
一もとの
桧の
もとを
あゆむ
あかつき
晶子

75 和歌色紙「朝がほの」 与謝野晶子筆 一枚

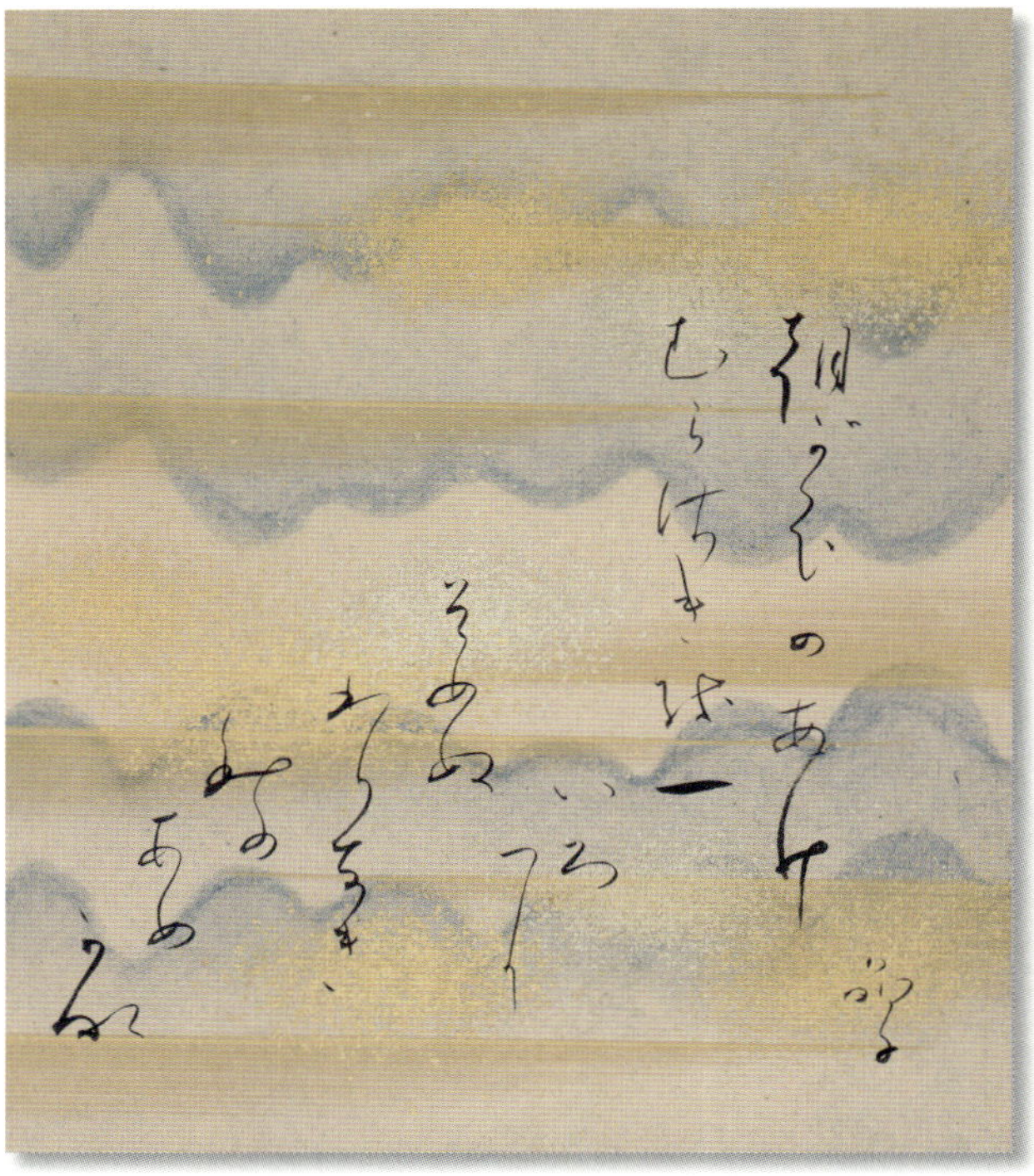

朝がほのあけ
むらさきを一
いろに
そめぬ
わりなき
秋の
あめ
かな
晶子

76 和歌色紙「元朝や」 与謝野晶子筆 一枚

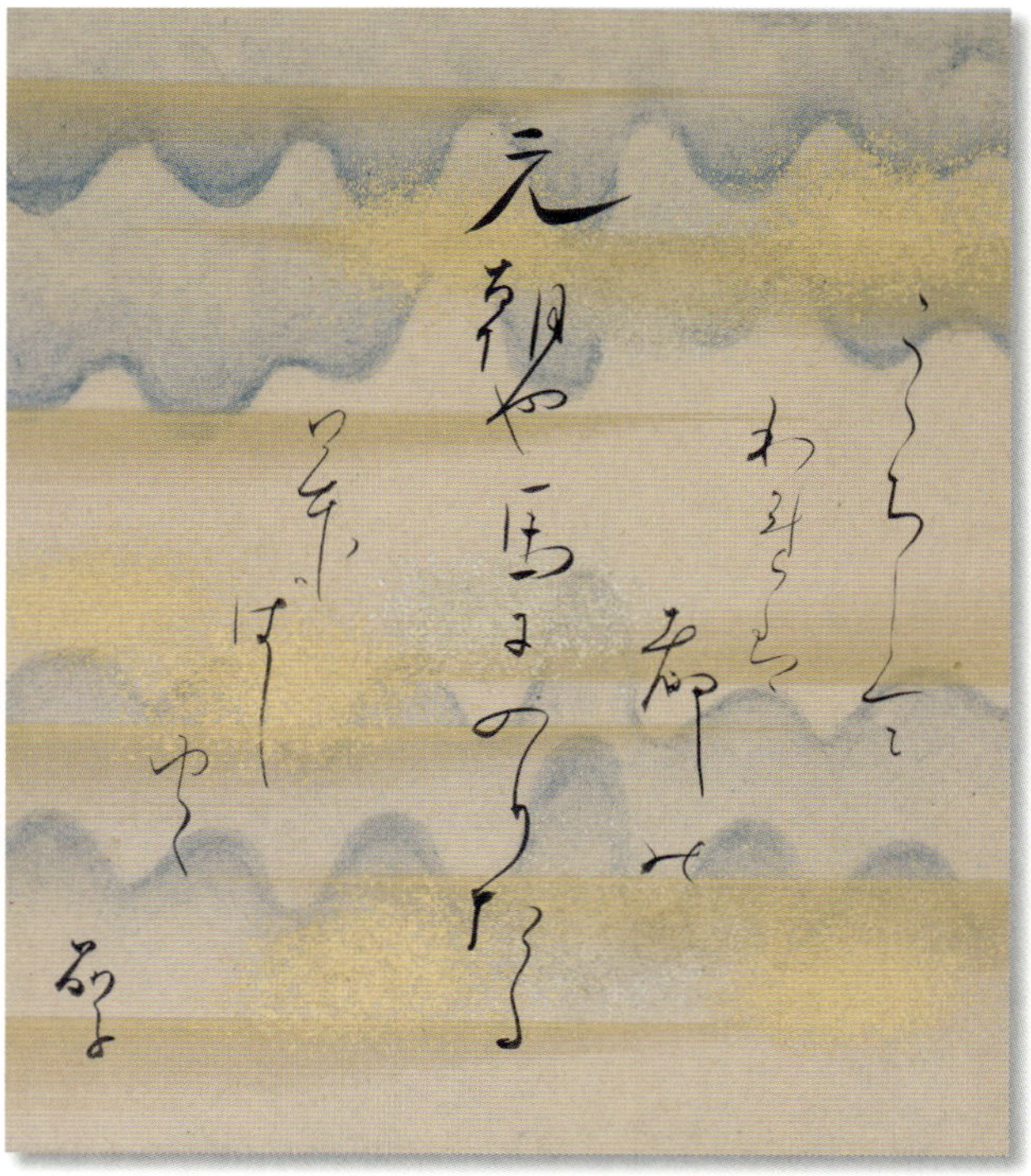

元朝や馬にの
りたる
こゝちして
われは都の
日本ばしゆく
晶子

77 和歌色紙「みよし野の」 与謝野晶子筆 一枚

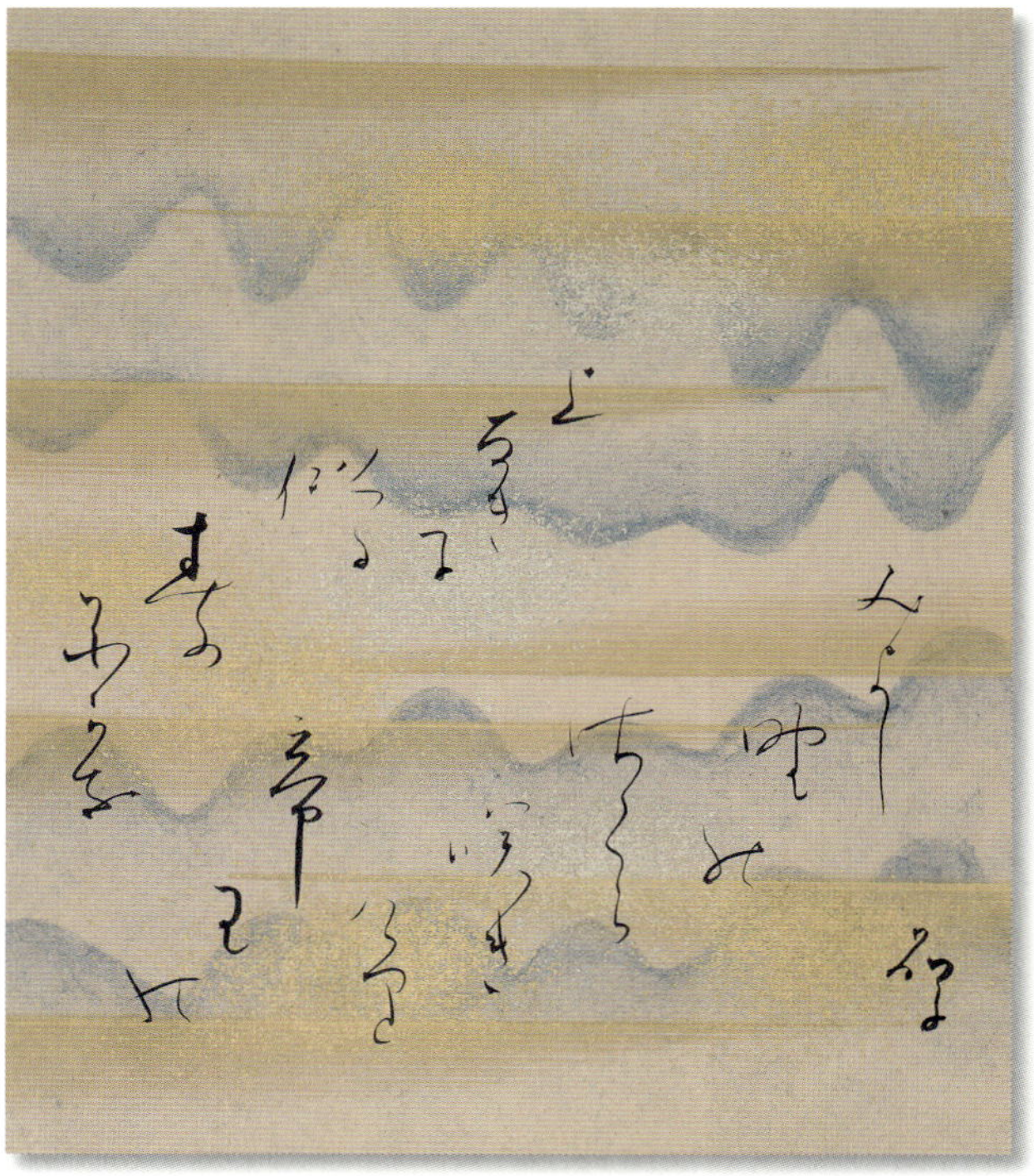

みよし
野の
さくら
咲き
けり
帝王の
上なきに
似る
春の
花かな
晶子

78 和歌画賛「王ならぬ」 与謝野晶子筆・高村光太郎画 一枚 明治四四年

王ならぬ
男のまへに
ひざまづく
はづかしき日の
めぐり来しかな

晶子

79 和歌画賛「かまくらや」 与謝野晶子筆・高村光太郎画 一枚 明治四四年

かまくらや
御仏なれど
釈迦牟尼は
美男に
おはす
夏木立かな

晶子

80 和歌懐紙「いにしへも」 与謝野寛筆 一幅

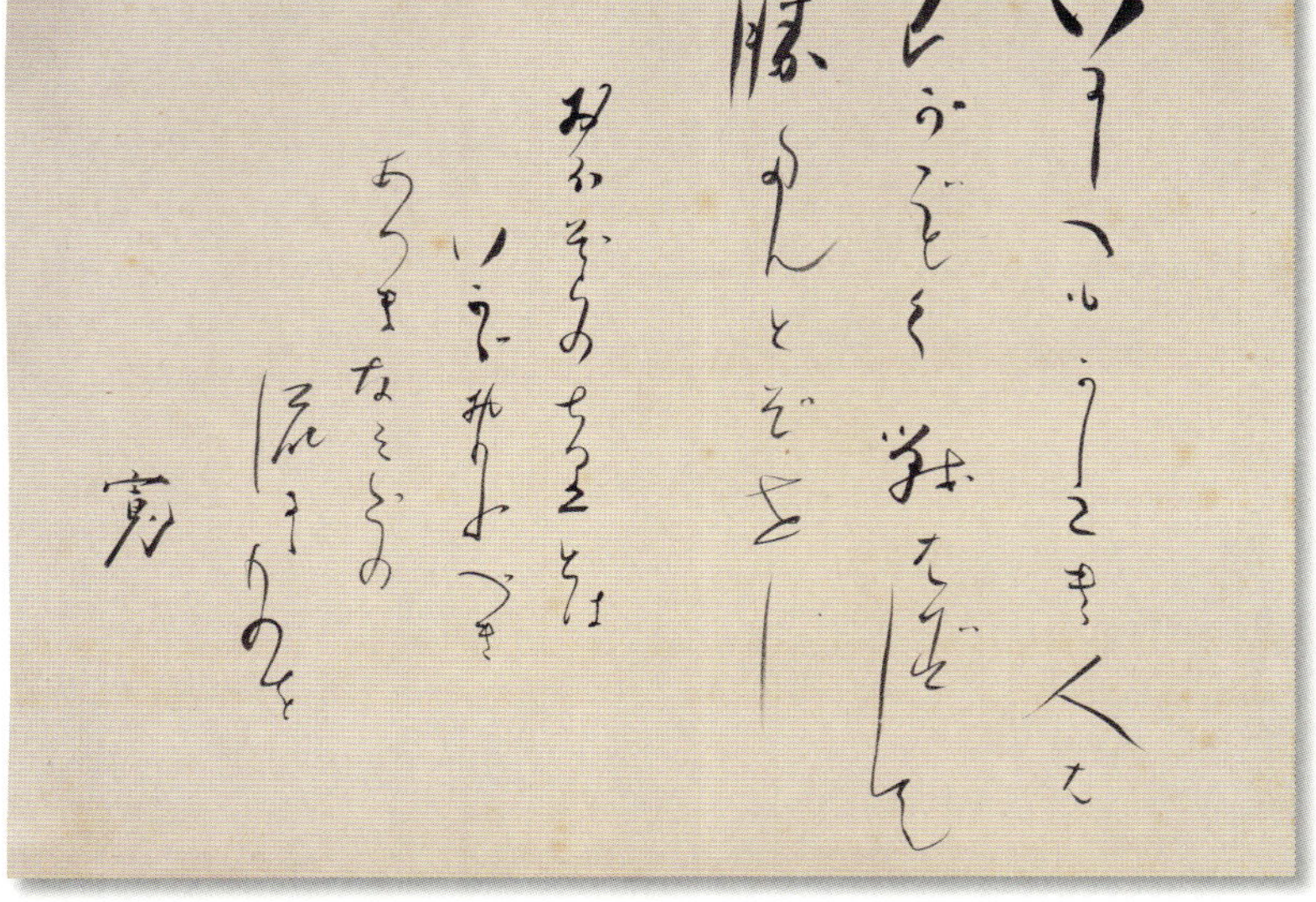

81
和歌画賛「東海の春」　与謝野晶子筆・山下新太郎画　一幅　昭和九年

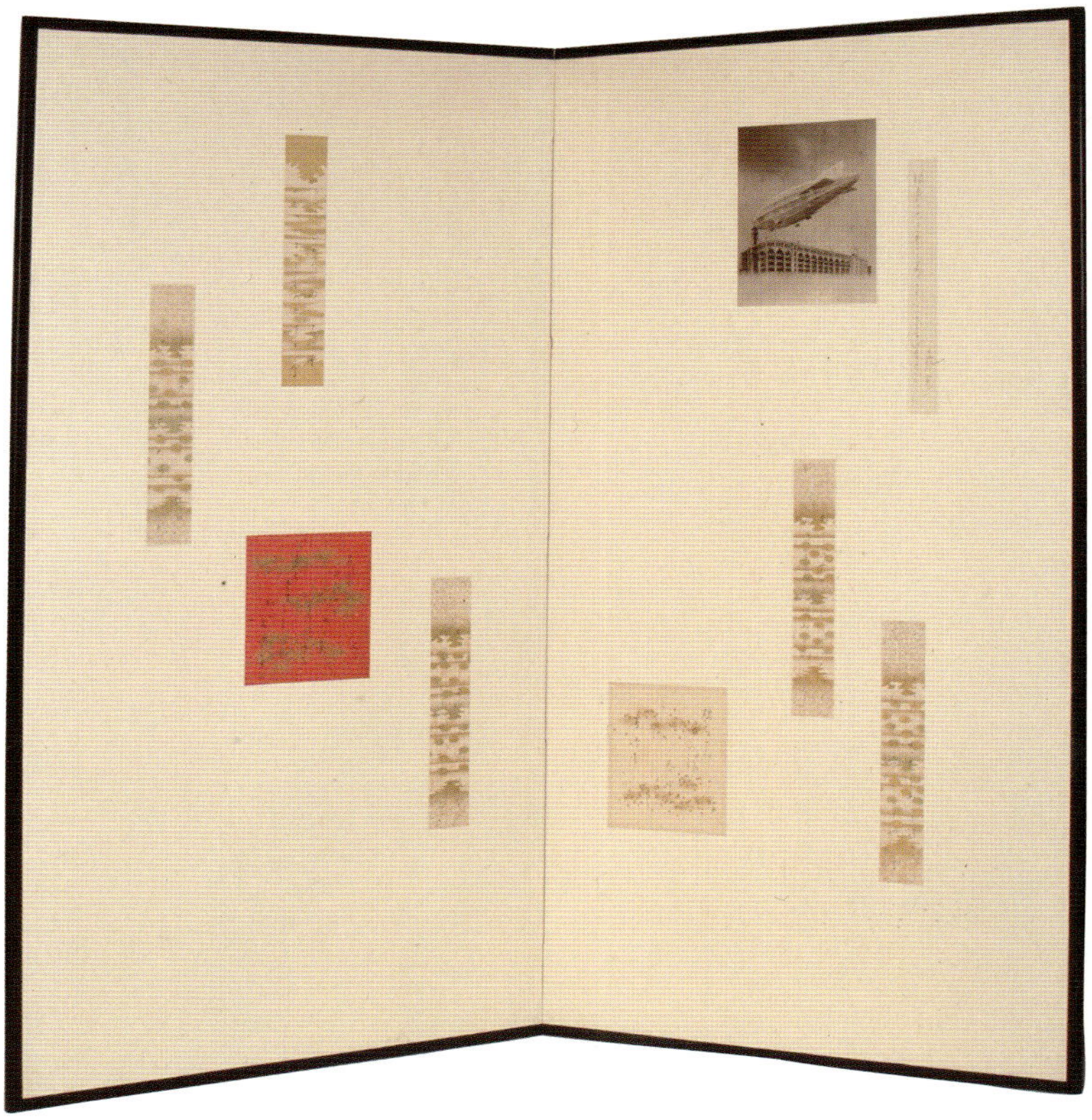

82
和歌短冊貼交屏風　与謝野寛・晶子筆　二曲一隻　高島屋史料館蔵

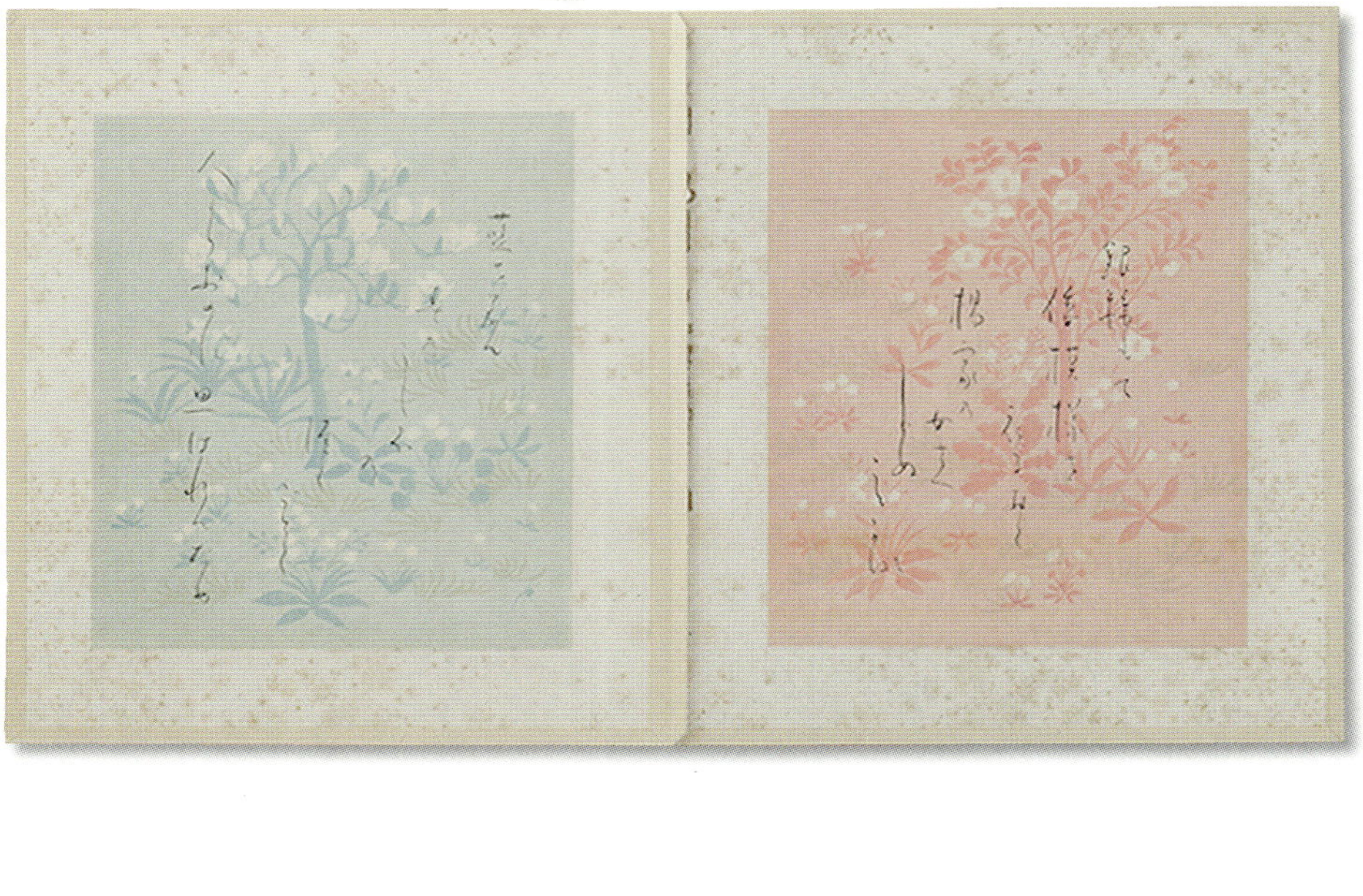

83
歌帖「百選会」　与謝野晶子筆　一帖
高島屋史料館蔵

第V章

晶子の新出書簡

小林一三に送られてきた与謝野寛・晶子からの書簡・はがきはおよそ二〇通、すでに活字にもされ、いずれも今日では二人の文学活動とのかかわりを知る貴重な資料として位置づけられている。さらに、近年あらたに貴重な手紙が三通が発見されたため、ここに章をあらため、その内容の紹介と意義について触れることにする。

①昭和一一年一一月一二日、②同年一一月一四日、③昭和一四年一月一二日の三通で、いずれも晶子の文学年表には新たな一ページを加える必要が生じてくる、長い内容の書簡である。これらによって、寛が梅原龍三郎と親密であったこと、あるいは欧州行きの背景には、すでに留学していた龍三郎をあてにしてのことだったのではないかとの想像も生じてくる。逸翁美術館所蔵のアンドレ・ロートの絵は、実は晶子から購入した作品だったことが、このたびの新資料によって明らかになり、また『新新訳源氏物語』を、旧版と同じく金尾文淵堂から出版するにいたった事情なども知られてくる。

84 小林一三宛書簡

昭和一一年一一月一二日付
与謝野晶子筆　一通

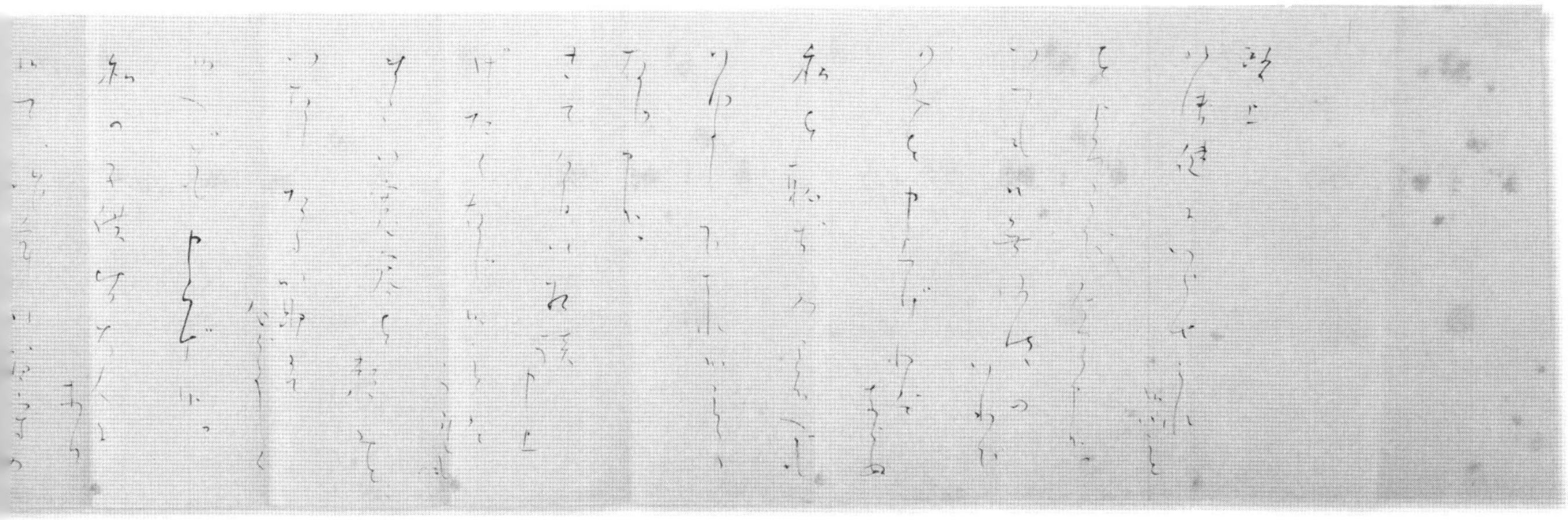

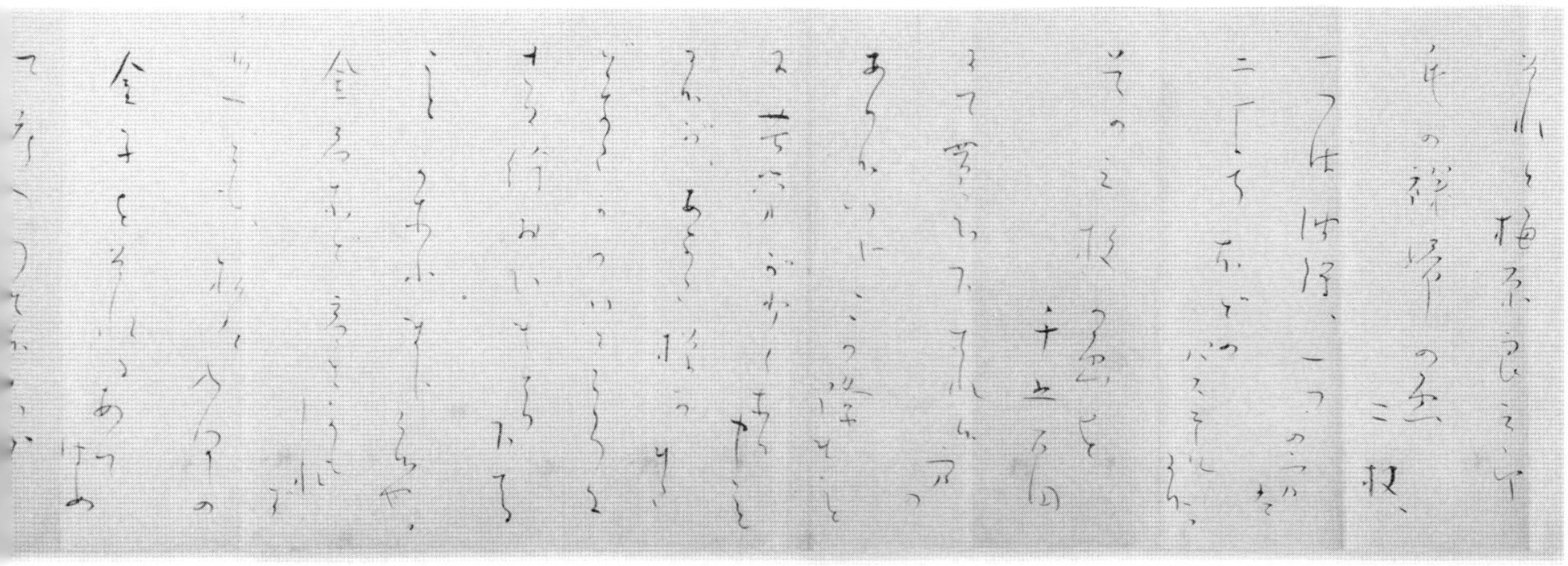

85 小林一三宛書簡

昭和一一年一一月一四日付
与謝野晶子筆　一通

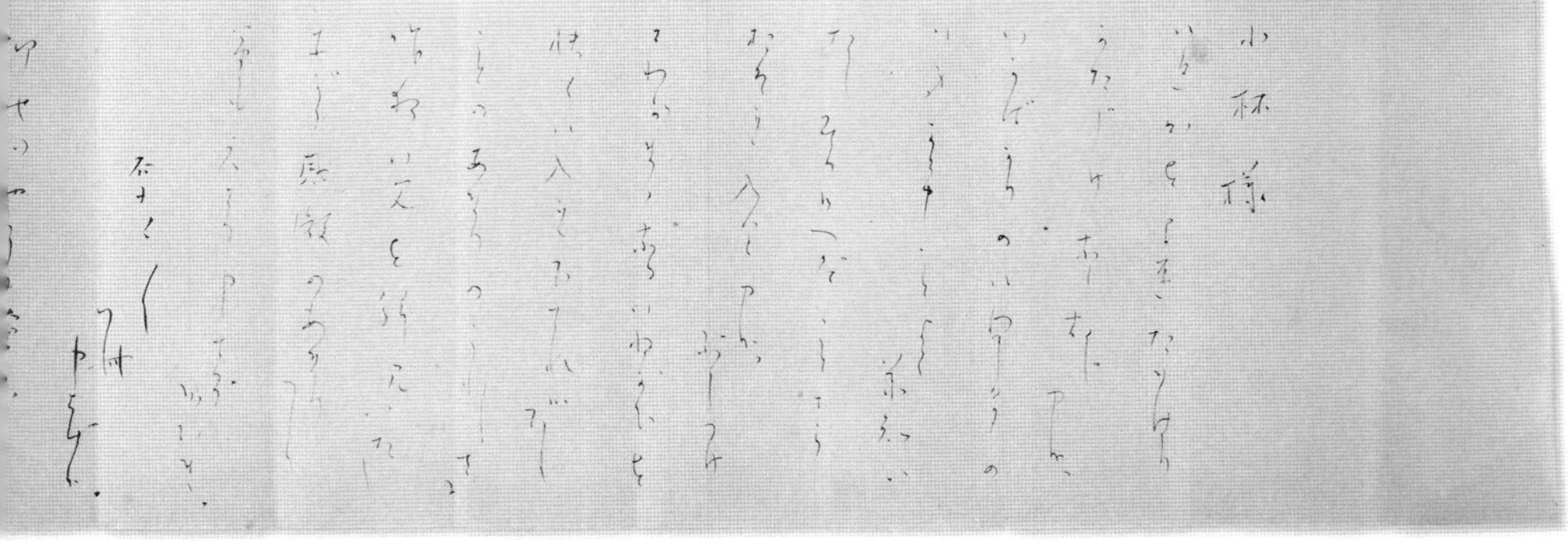

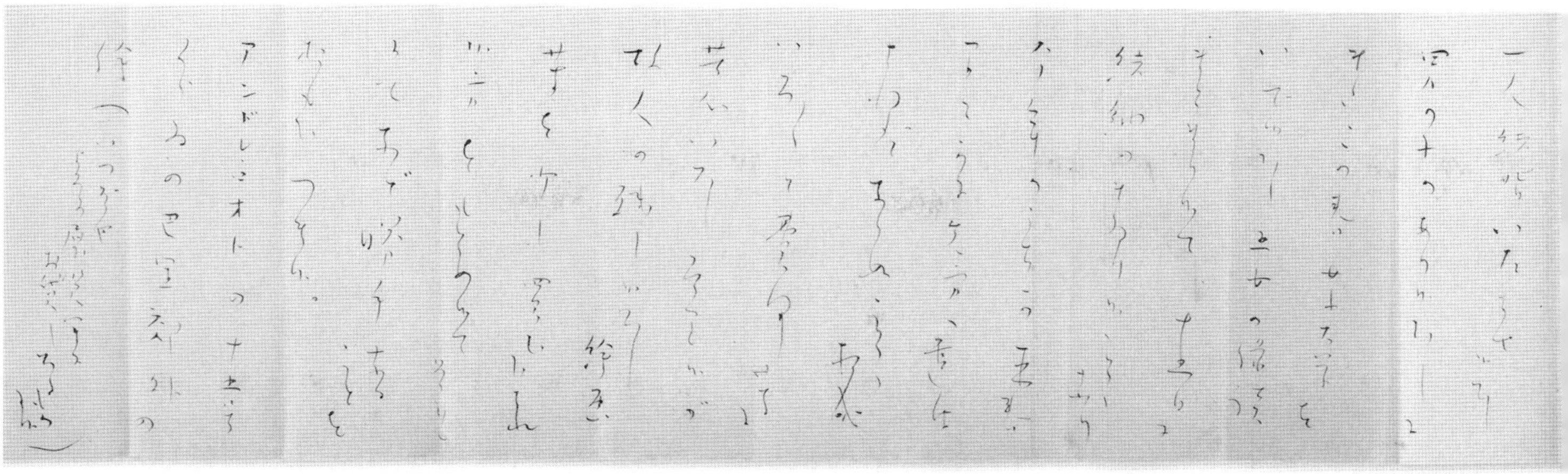

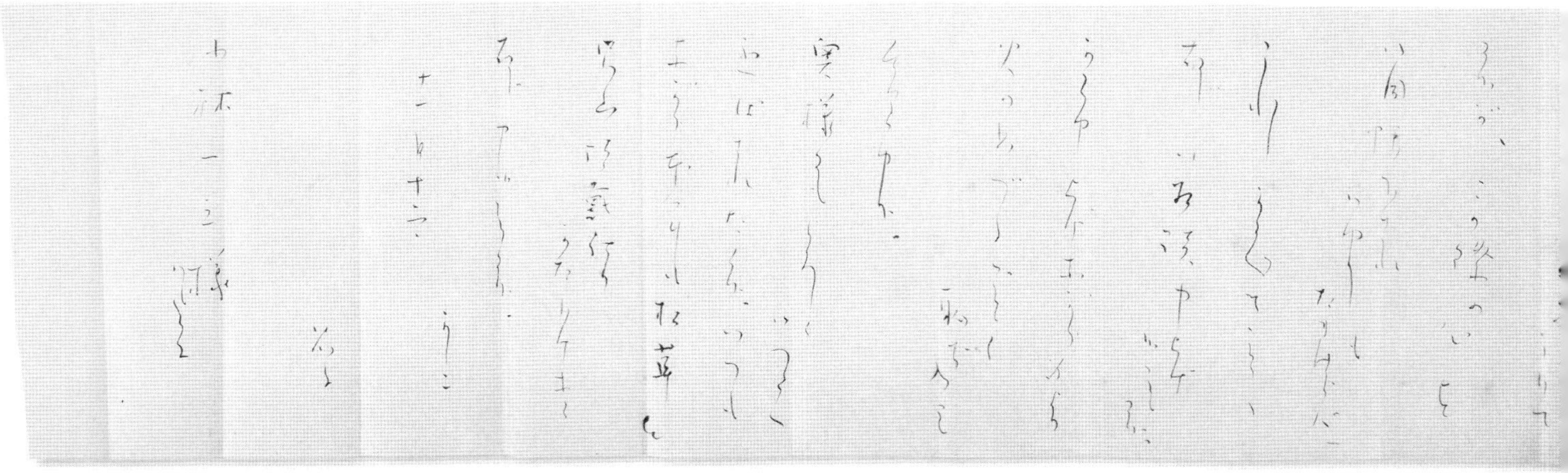

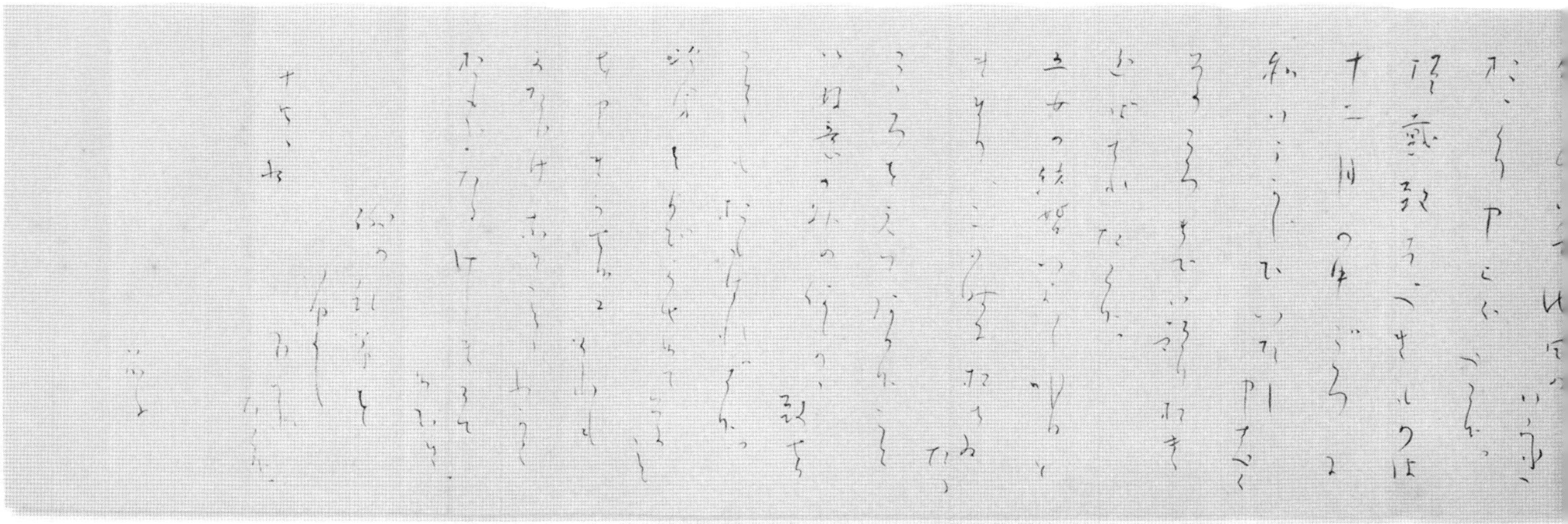

86
風景図　アンドレ・ロート画　一面　一九一〇年

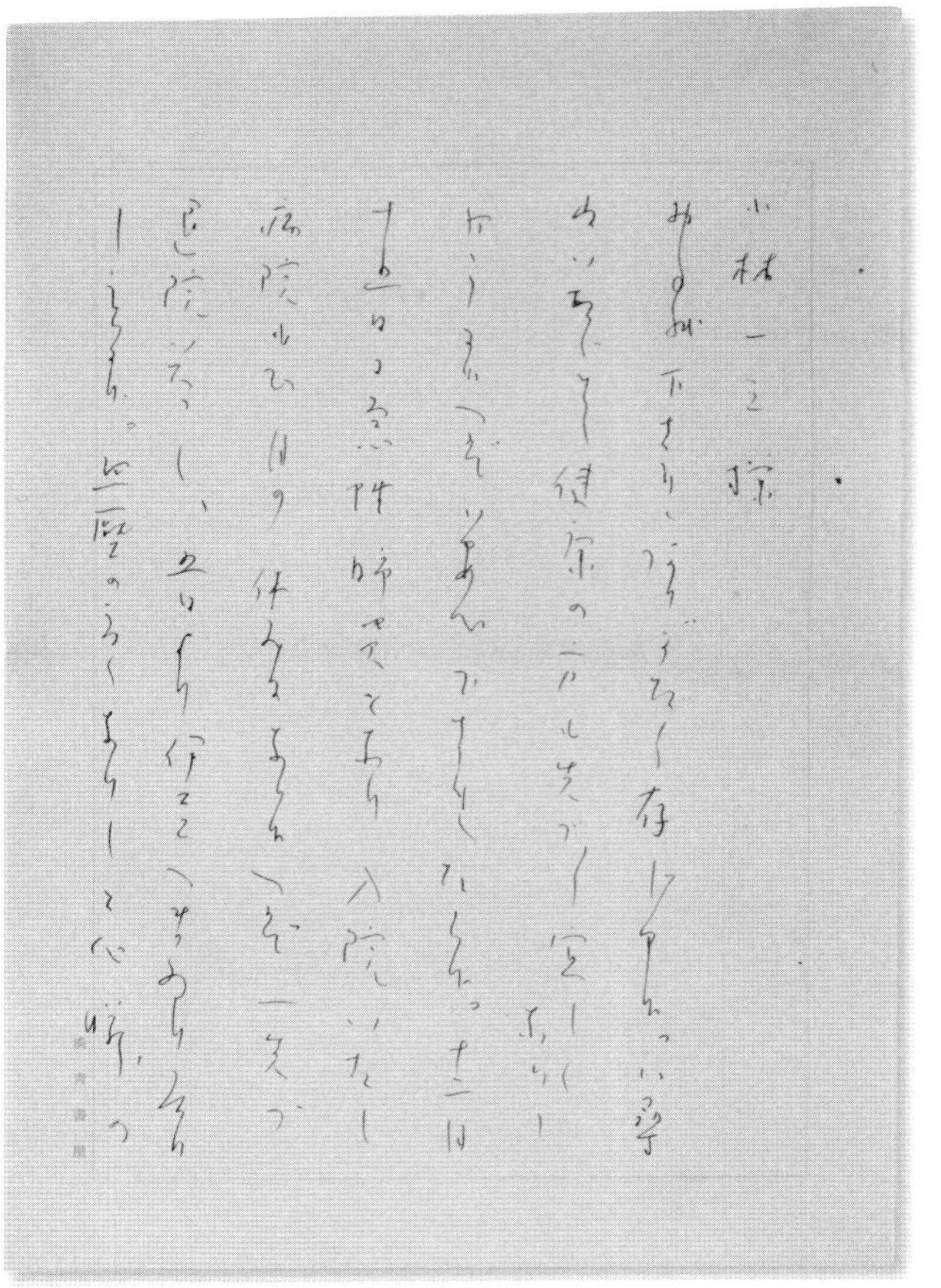
小林一三様

87
小林一三宛書簡　昭和一四年一月二二日付　与謝野晶子筆　一通

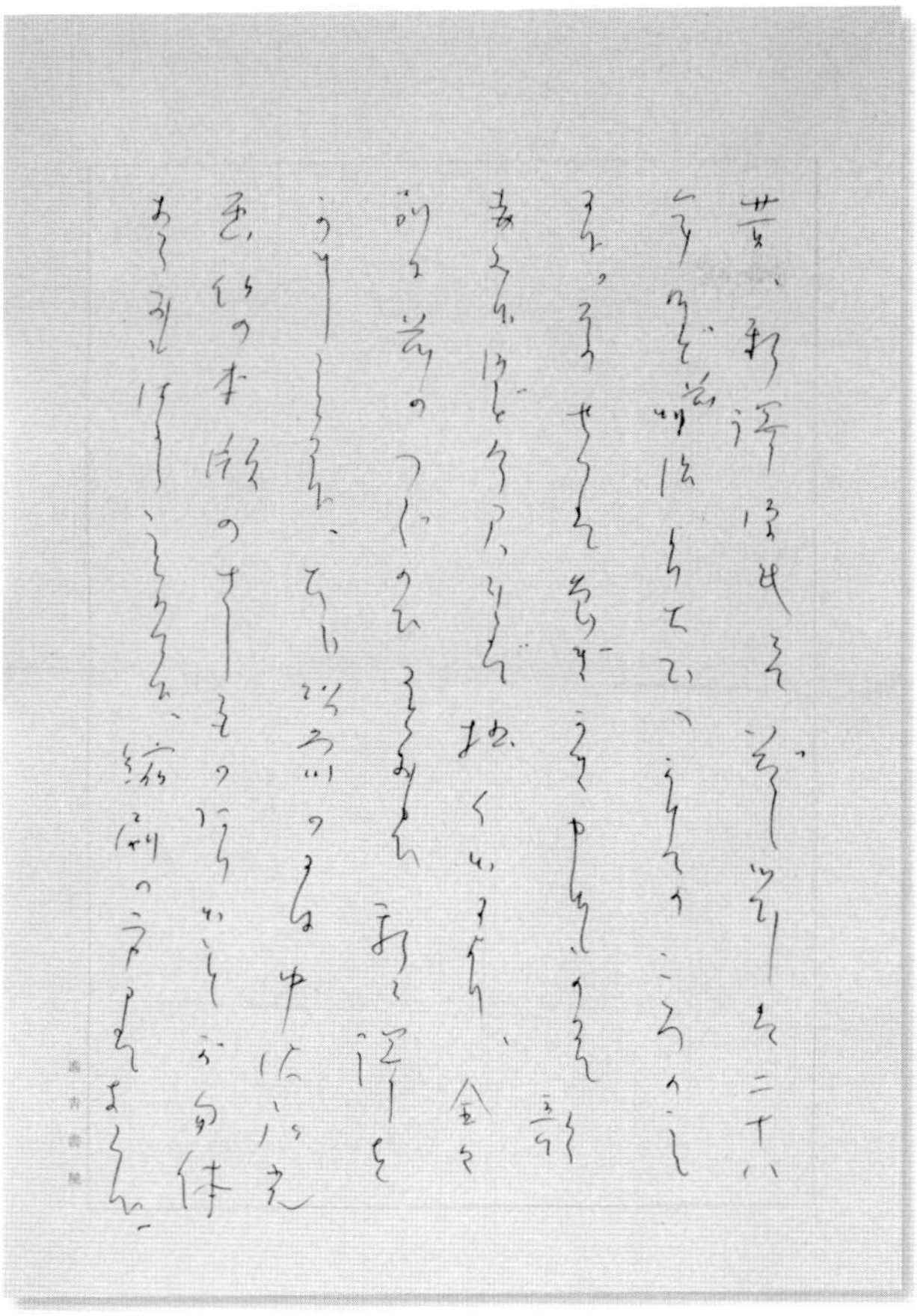

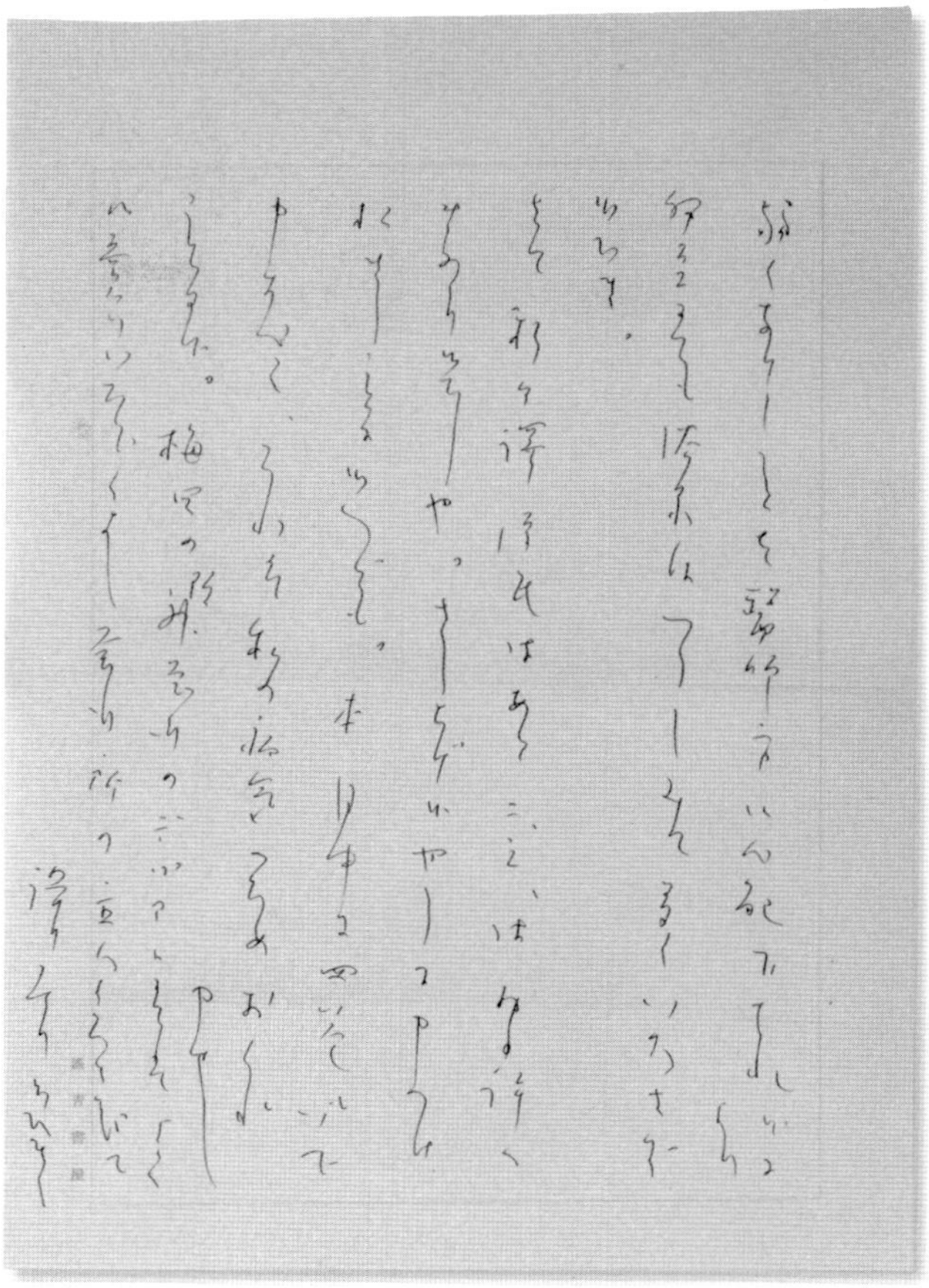

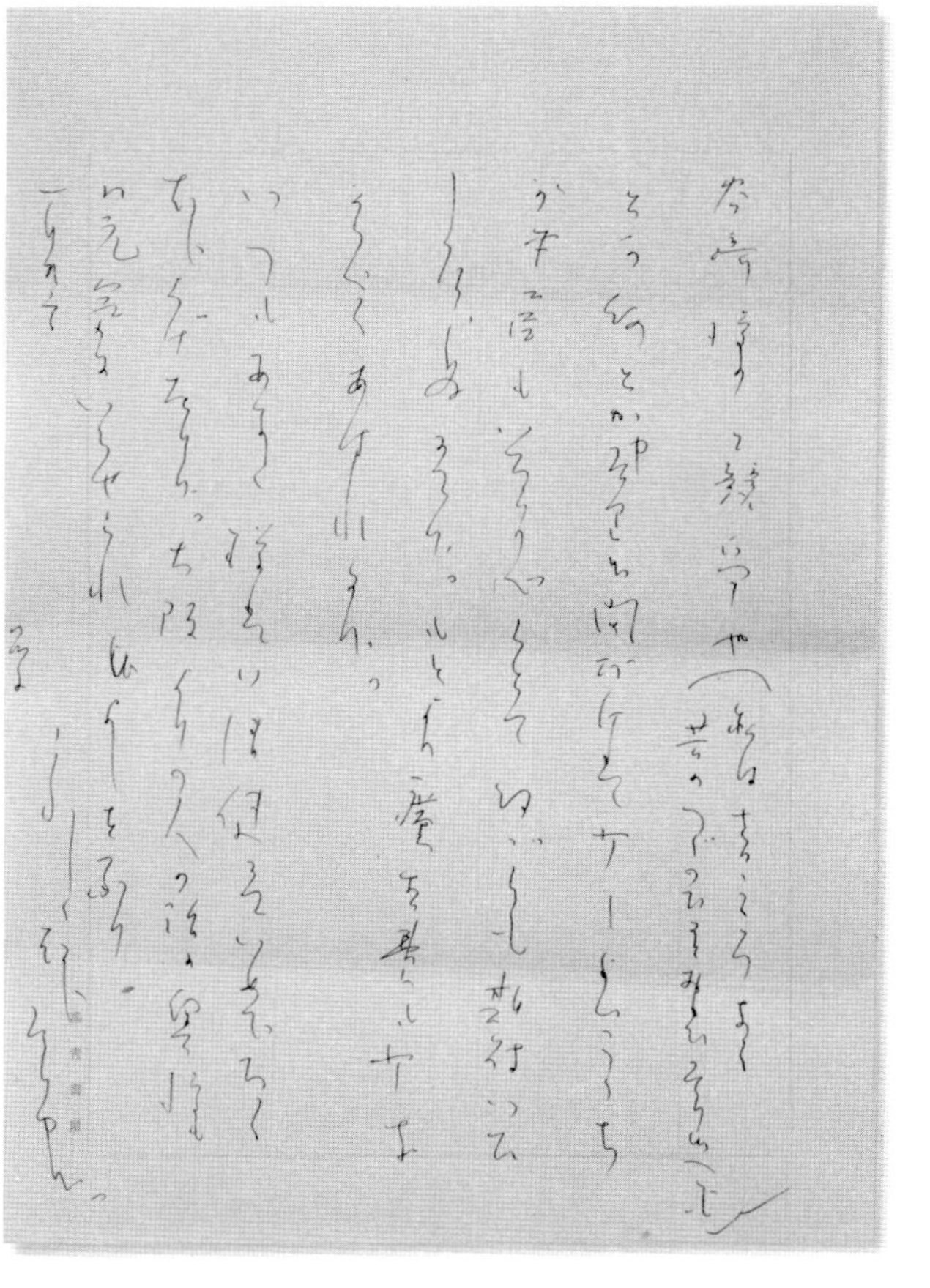

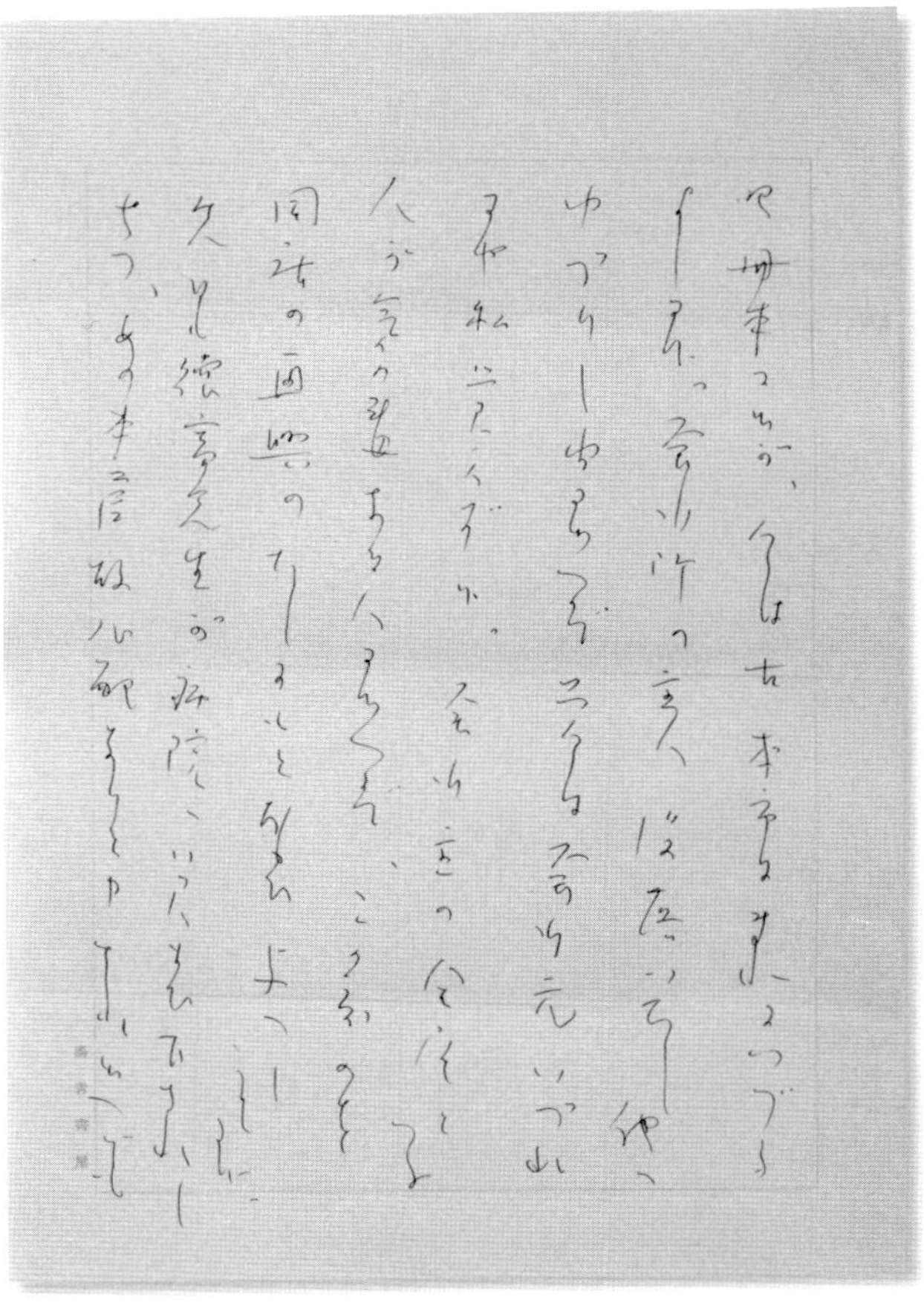

第VI章

書簡で見る寛・晶子夫妻と一三の交流

——併 一三と小林政治(天眠)の交流——

この章では、晶子と寛から一三宛に送られてきた書簡一五通、一三から小林政治に送った書簡一一通、政治から一三に送られてきた書簡三通、一三が与謝野光に宛てた書簡一通を取り上げる。

寛・晶子夫婦から一三に書簡が送られる場合、金策に関する事柄が多い。しかしながら、中には、一三が寛や晶子に対して和歌、例えば「石山切」や「万葉集」などについて問い合わせたことへの返事なども見受けられ、よい関係を築き上げていたことが窺い知れるのである。

一三と政治との交流がいつからあったのか、それについては明らかではない。互いに大阪で事業をしている以上、何らかの交流があったことは想像に難くないが、詳細については、今後の研究が必要であろう。

88
小林一三宛年賀状
大正六年一月七日付
与謝野寛・晶子筆　一枚
池田文庫蔵

89
小林一三宛年賀状
大正八年一月一日付
与謝野寛・晶子筆　一枚
池田文庫蔵

90
小林一三宛年賀状
大正九年一月二日付
与謝野寛・晶子筆　一枚
池田文庫蔵

91
小林一三宛年賀状
大正一〇年一月八日付
与謝野寛・晶子筆　一枚
池田文庫蔵

92
小林一三宛年賀状
大正一二年一月一日付
与謝野寛・晶子筆　一枚
池田文庫蔵

93
小林一三宛書簡
大正二年四月八日付
与謝野寛・晶子筆　一枚
池田文庫蔵

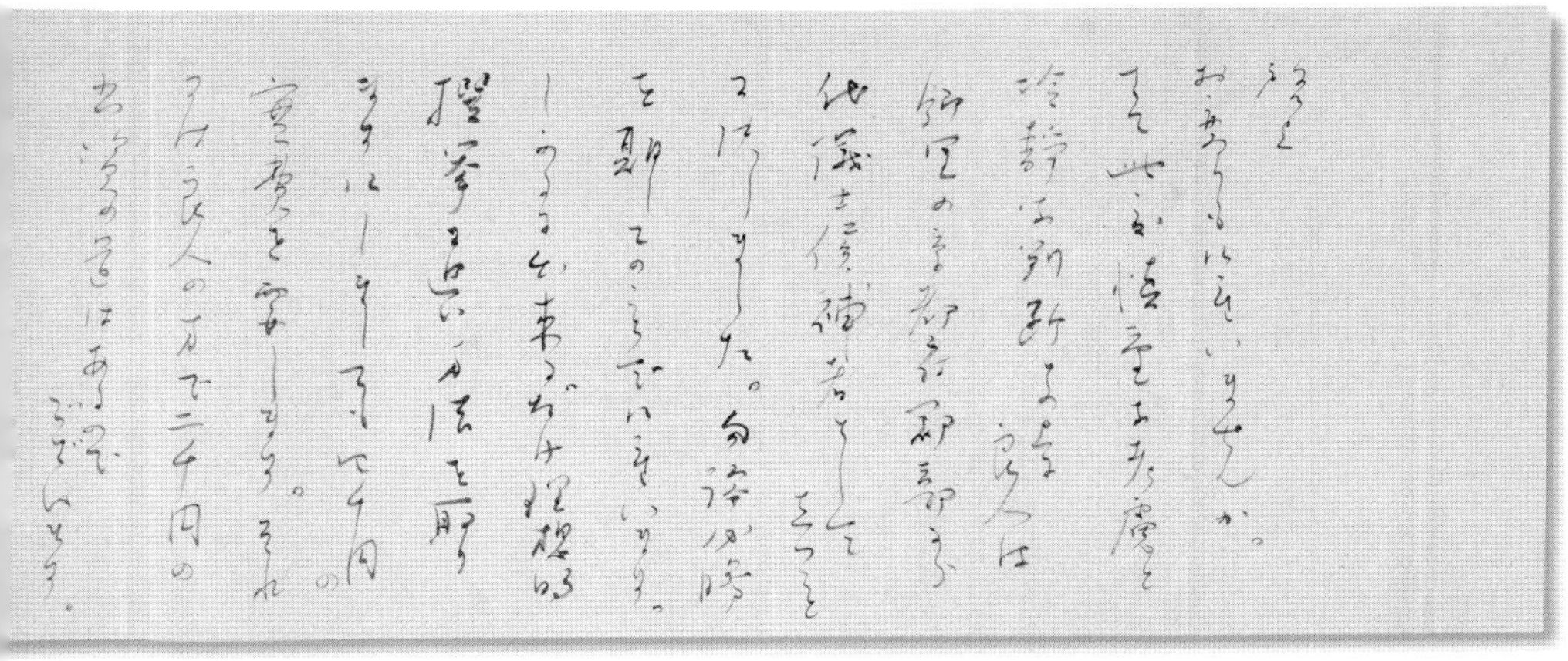

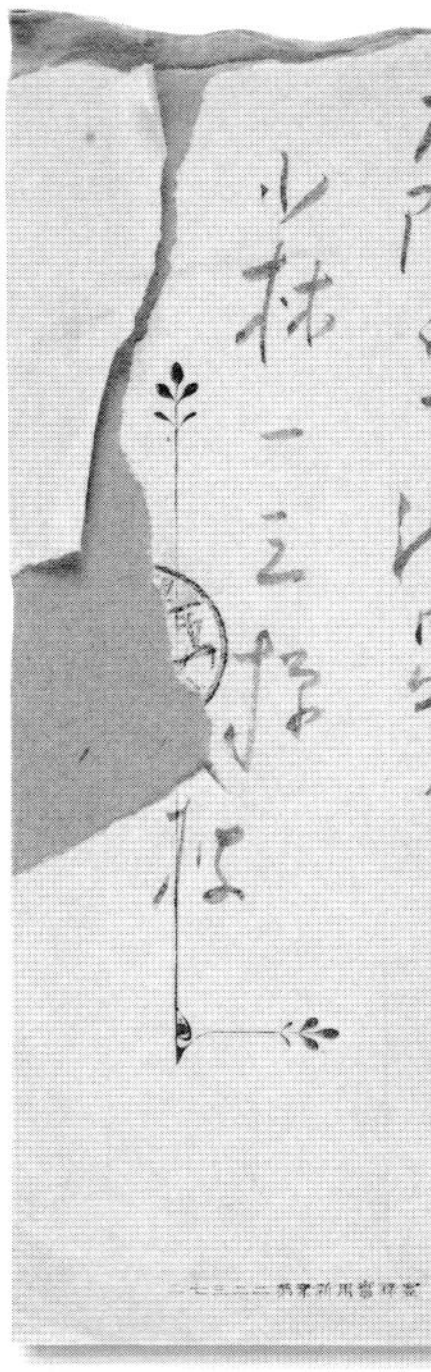

94
小林一三宛書簡　大正四年二月二〇日付
与謝野晶子筆　一通　池田文庫蔵

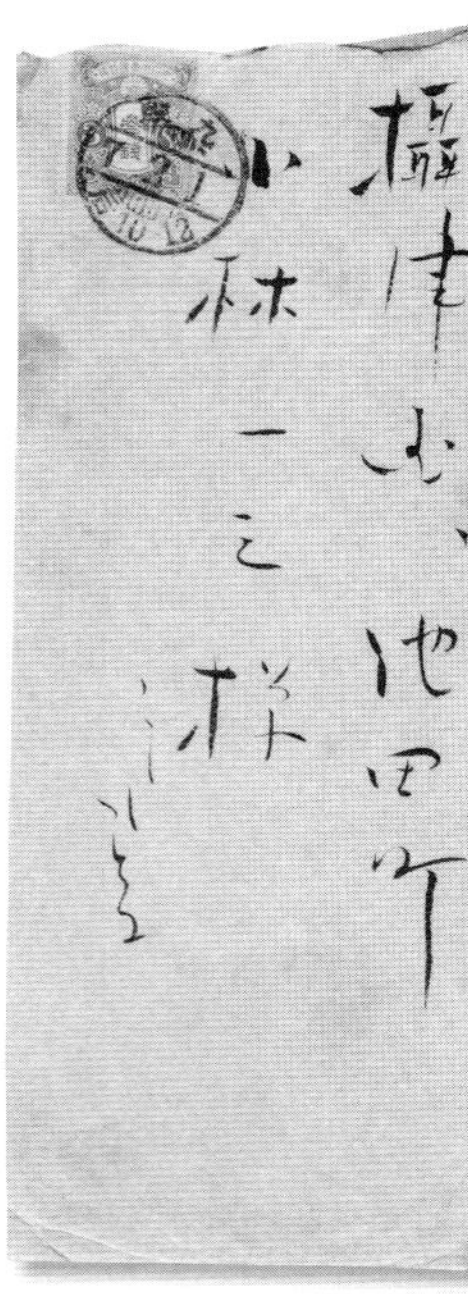

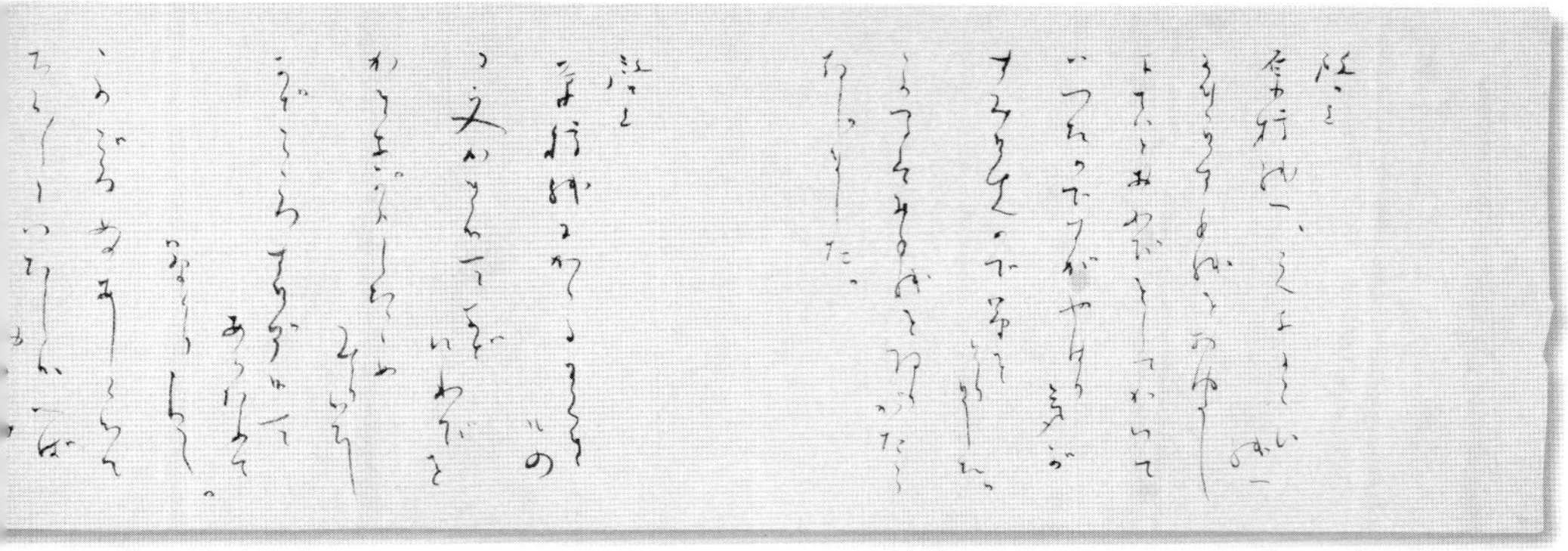

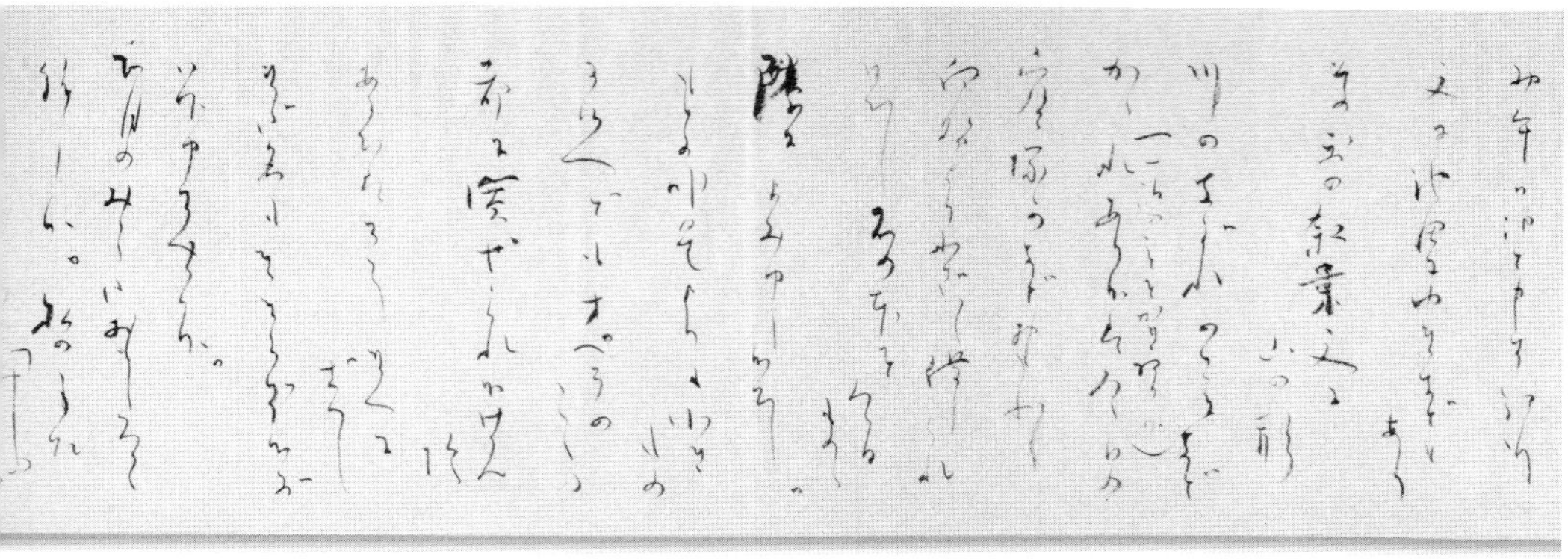

95
小林一三宛書簡　大正七年二月一日付
与謝野晶子筆　一通　池田文庫蔵

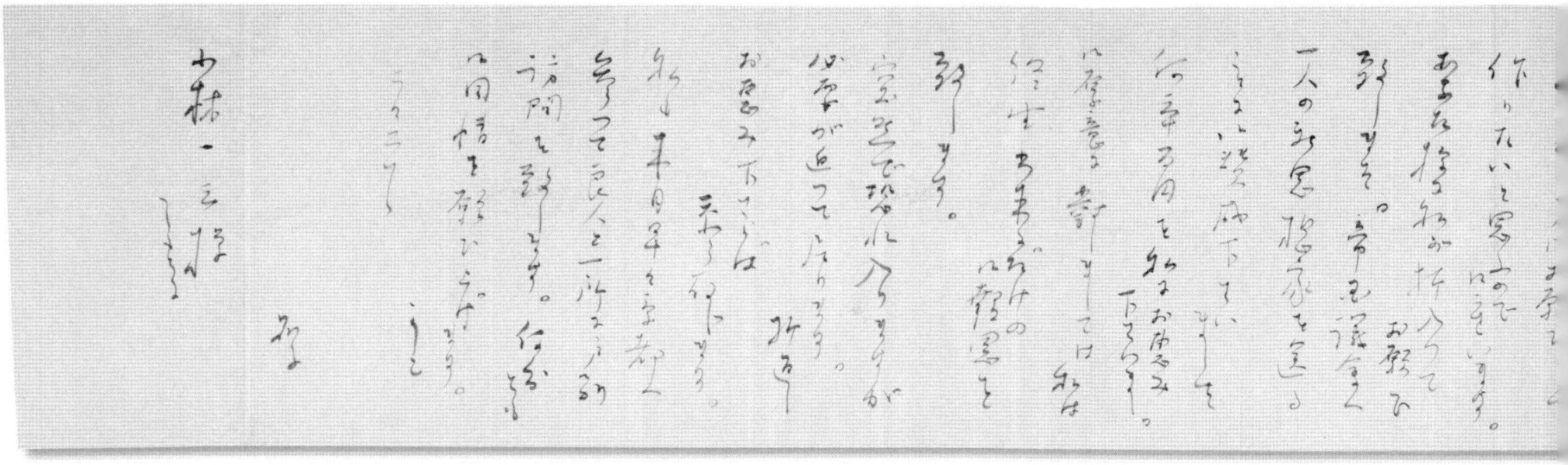

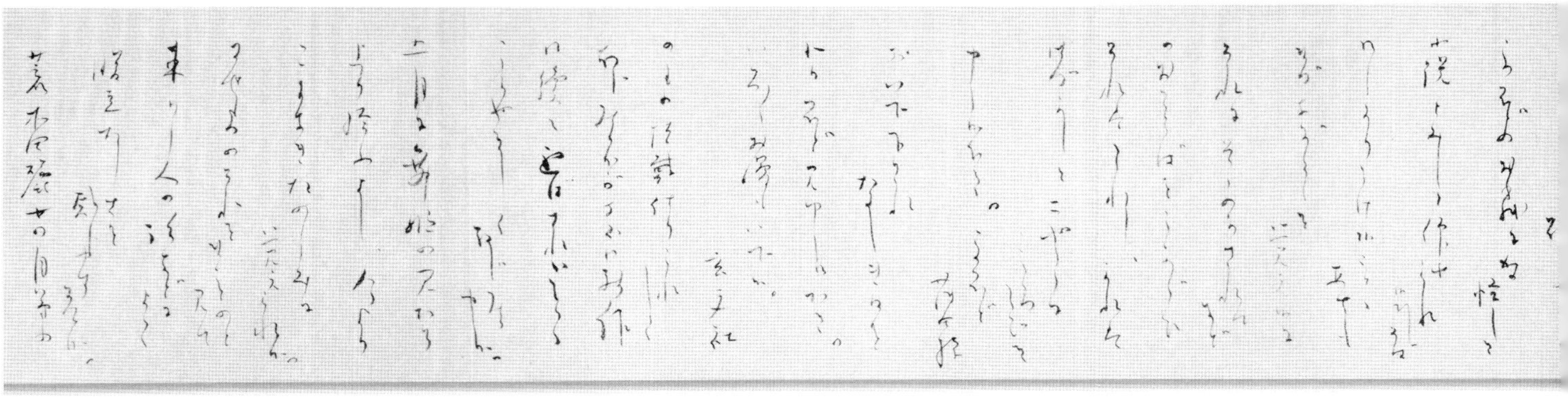

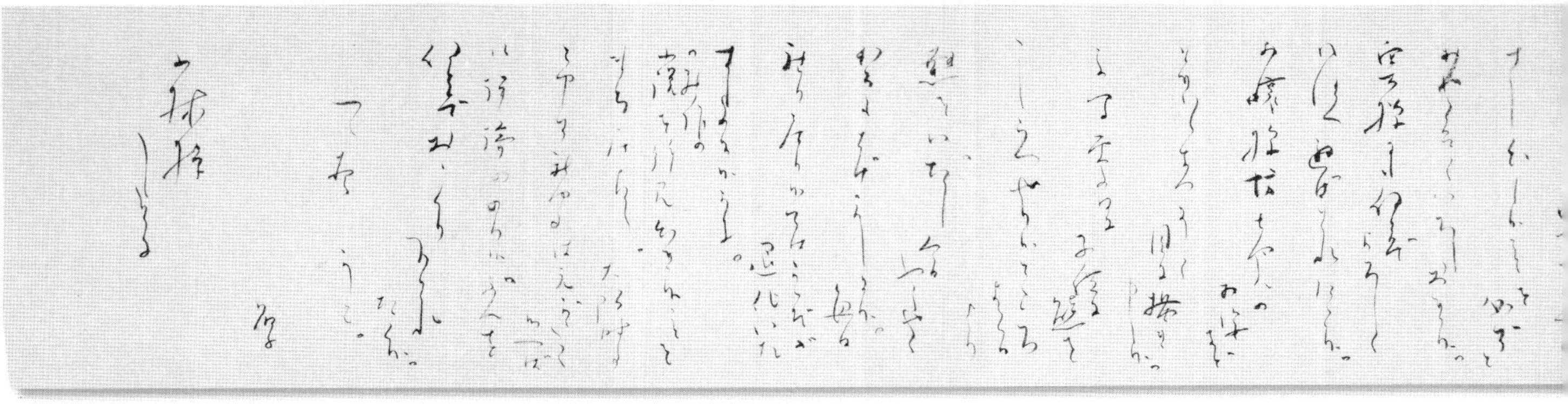

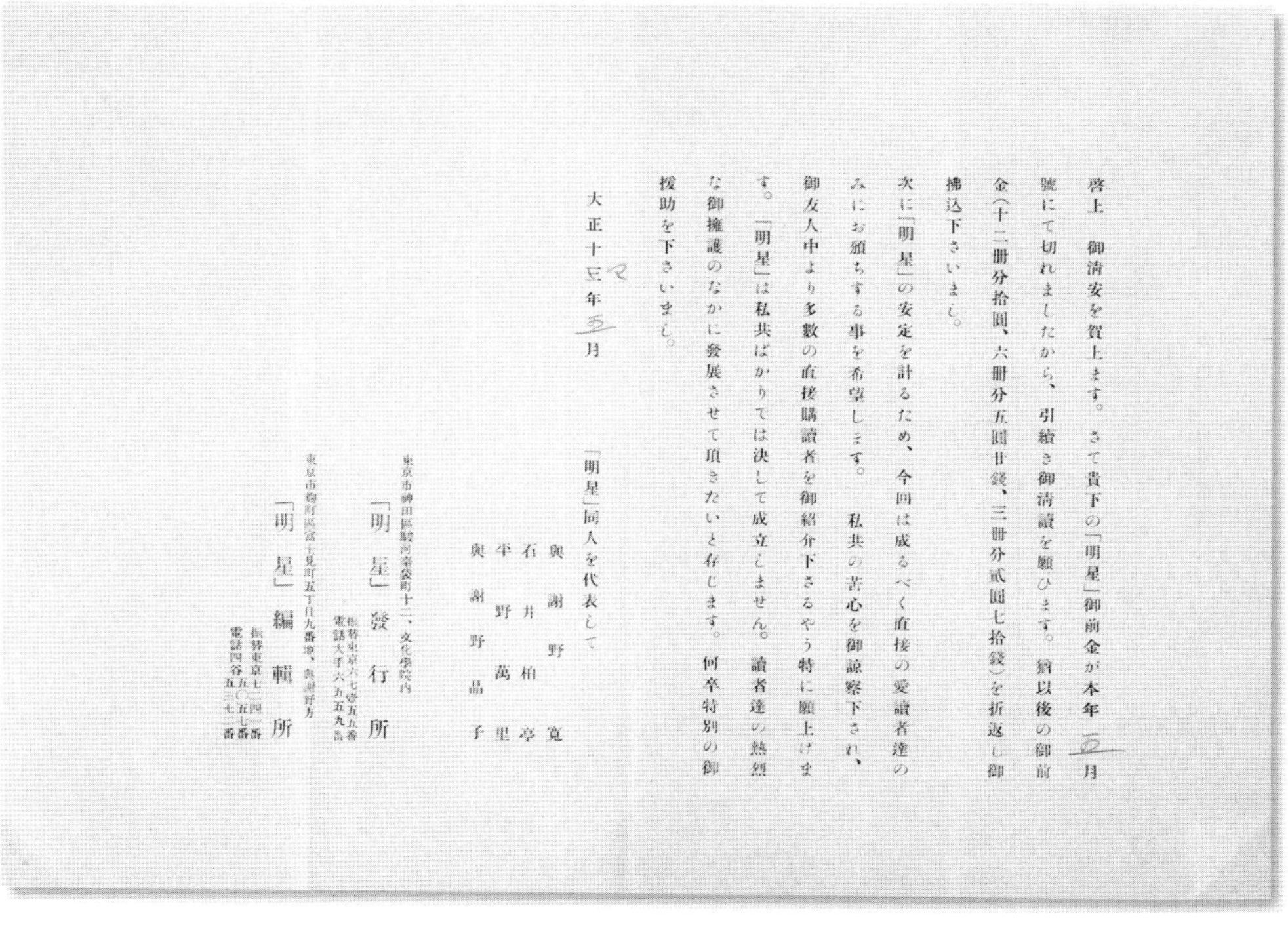

啓上　御清安を賀上ます。さて貴下の「明星」御前金が本年五月號にて切れましたから、引續き御清讀を願ひます。猶以後の御前金（十二冊分拾圓、六冊分五圓廿錢、三冊分貳圓七拾錢）を折返し御拂込下さいまし。

次に「明星」の安定を計るため、今回は成るべく直接の愛讀者達のみにお頼ちする事を希望します。私共の苦心を御諒察下され、御友人中より多數の直接購讀者を御紹介下さるやう特に願上げます。「明星」は私共ばかりでは決して成立しません。讀者達の熱烈な御擁護のなかに發展させて頂きたいと存じます。何卒特別の御援助を下さいまし。

大正十四年五月

「明星」同人を代表して
與謝野寛
石井柏亭
平野萬里
與謝野晶子

東京市神田區駿河臺袋町十二、文化學院内
「明星」發行所　振替東京六七壹五五番　電話大手六九五九番

東京市麹町區富士見町五丁目九番地、與謝野方
「明星」編輯所　振替東京七二四一番　五五〇五七番　電話四谷五三七二番

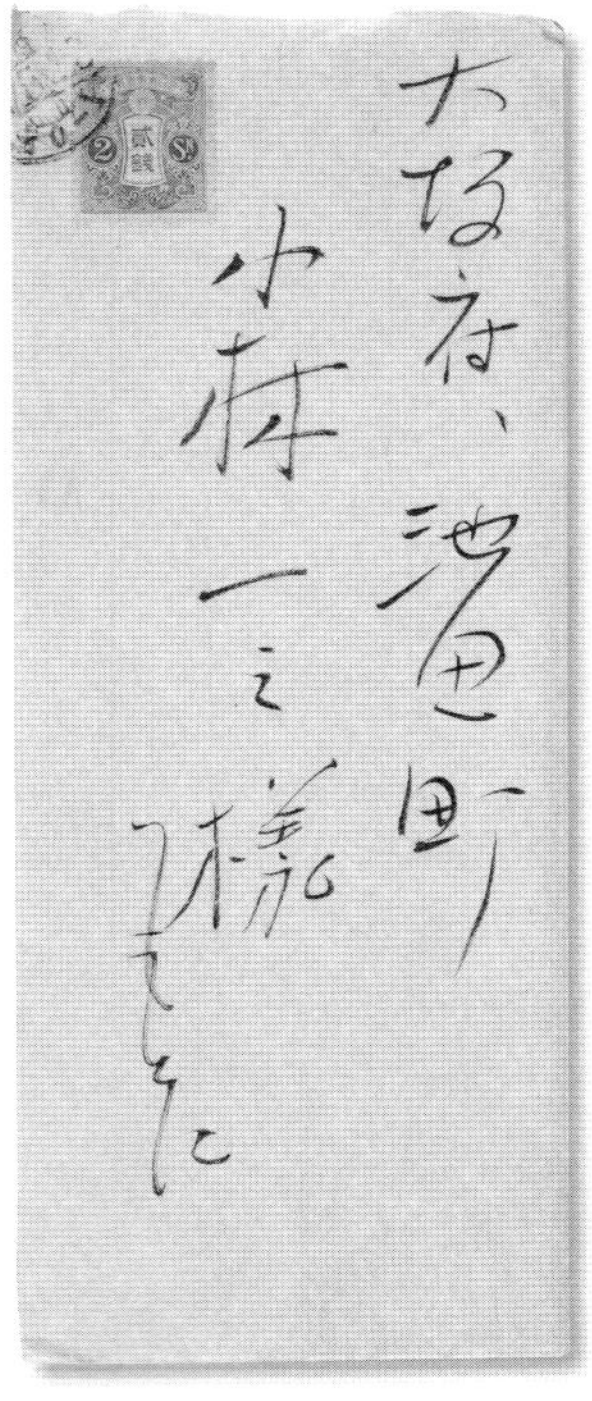

96
小林一三宛書簡　大正一四年五月付
与謝野晶子筆　一通　池田文庫蔵

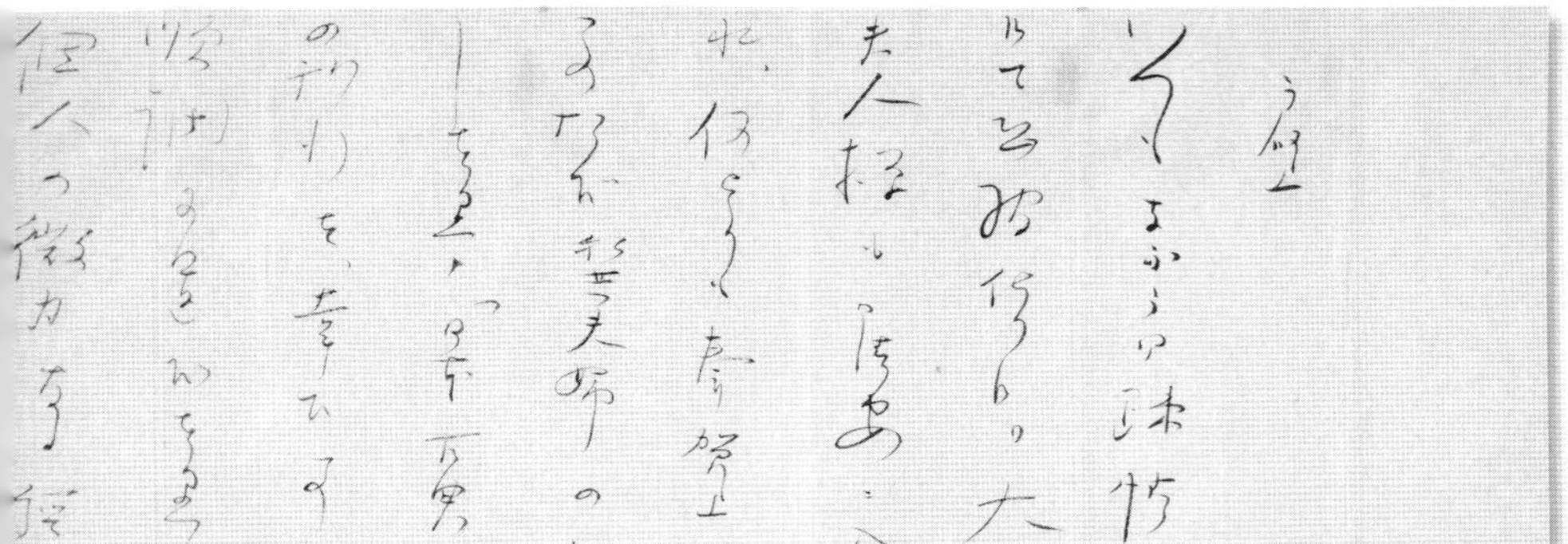

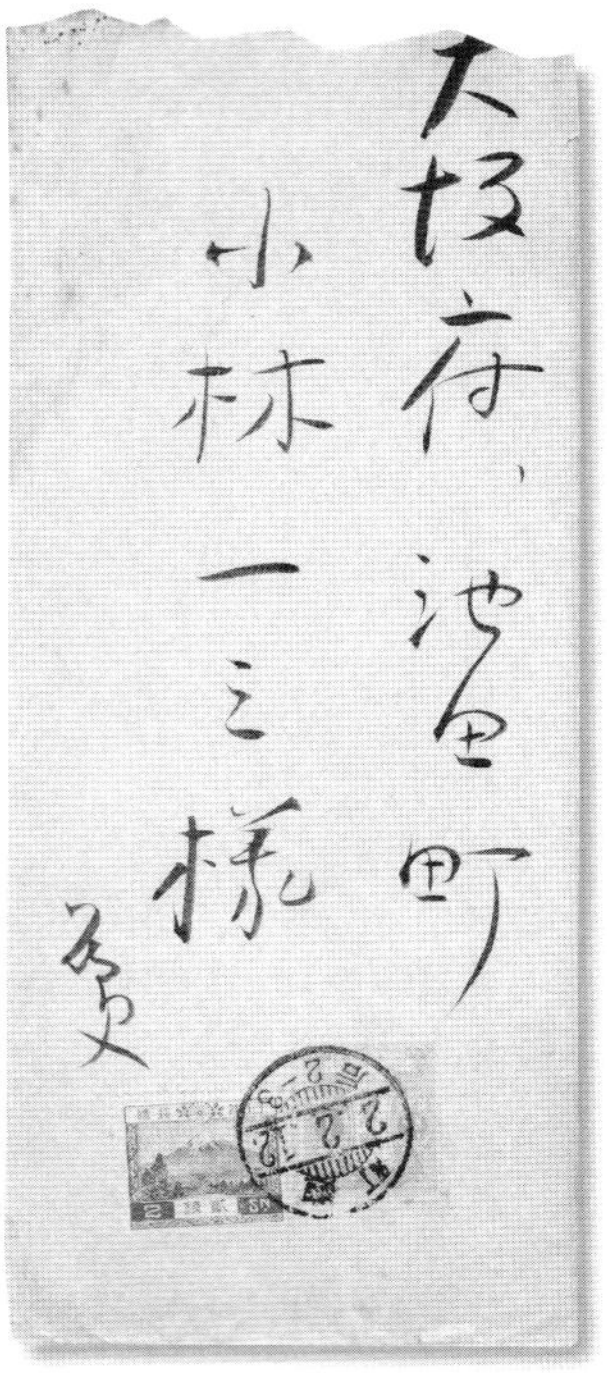

97
小林一三宛書簡　昭和二年二月二日付
与謝野寛筆　一通　池田文庫蔵

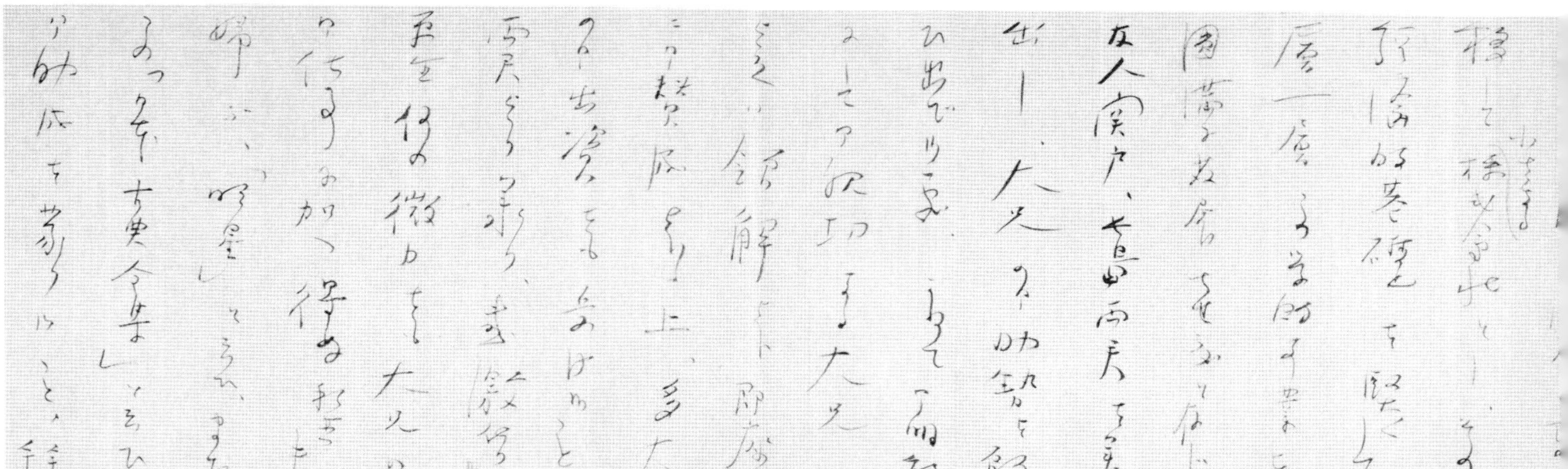

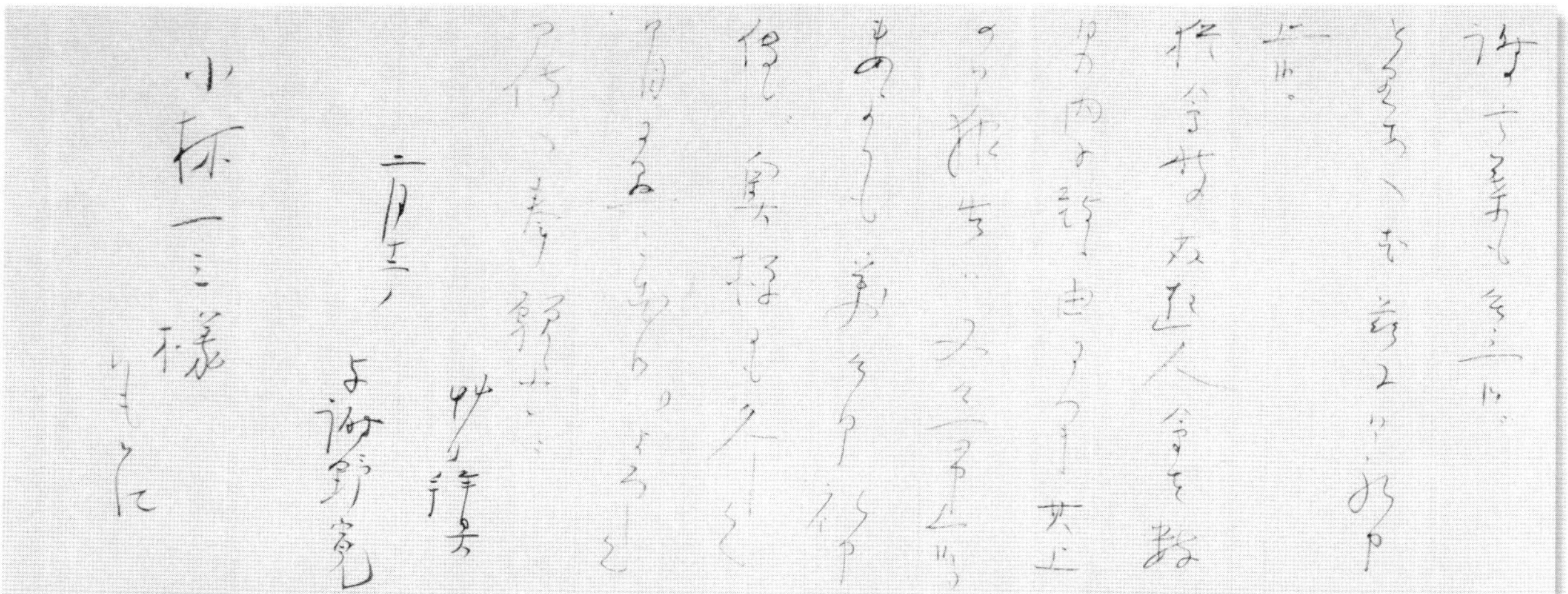

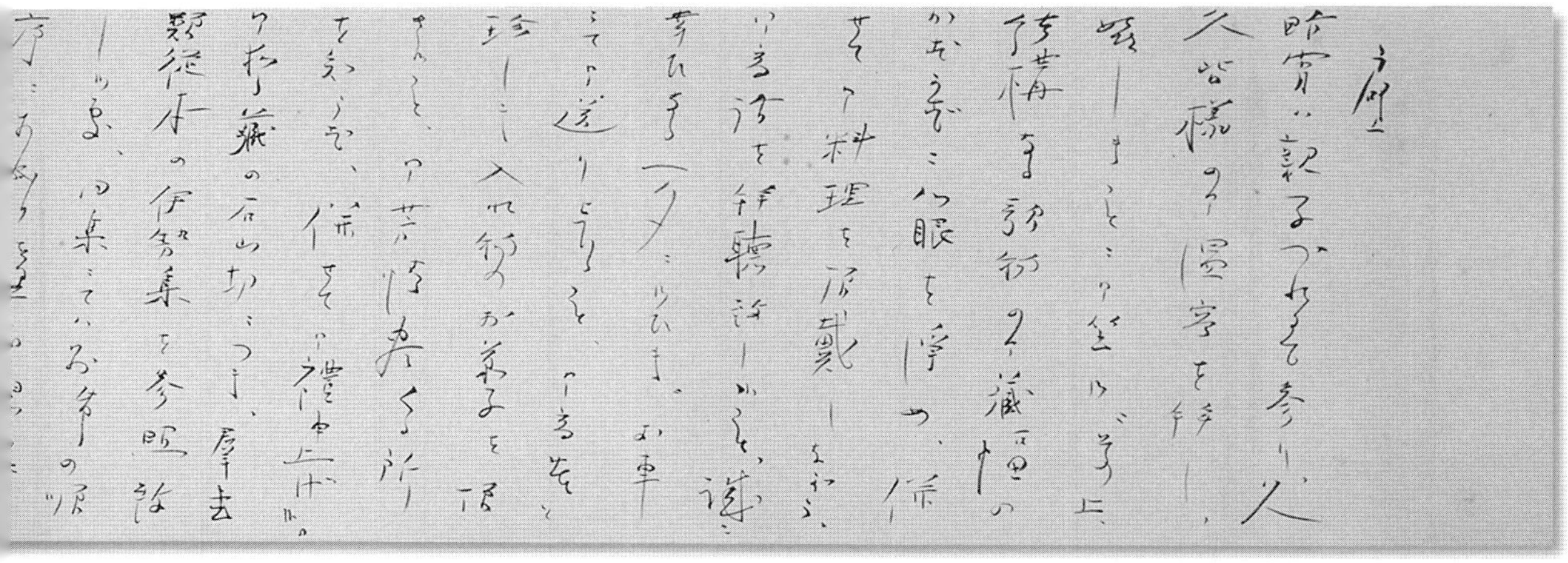

98 小林一三宛書簡　昭和五年一〇月二二日付
与謝野晶子筆　一通

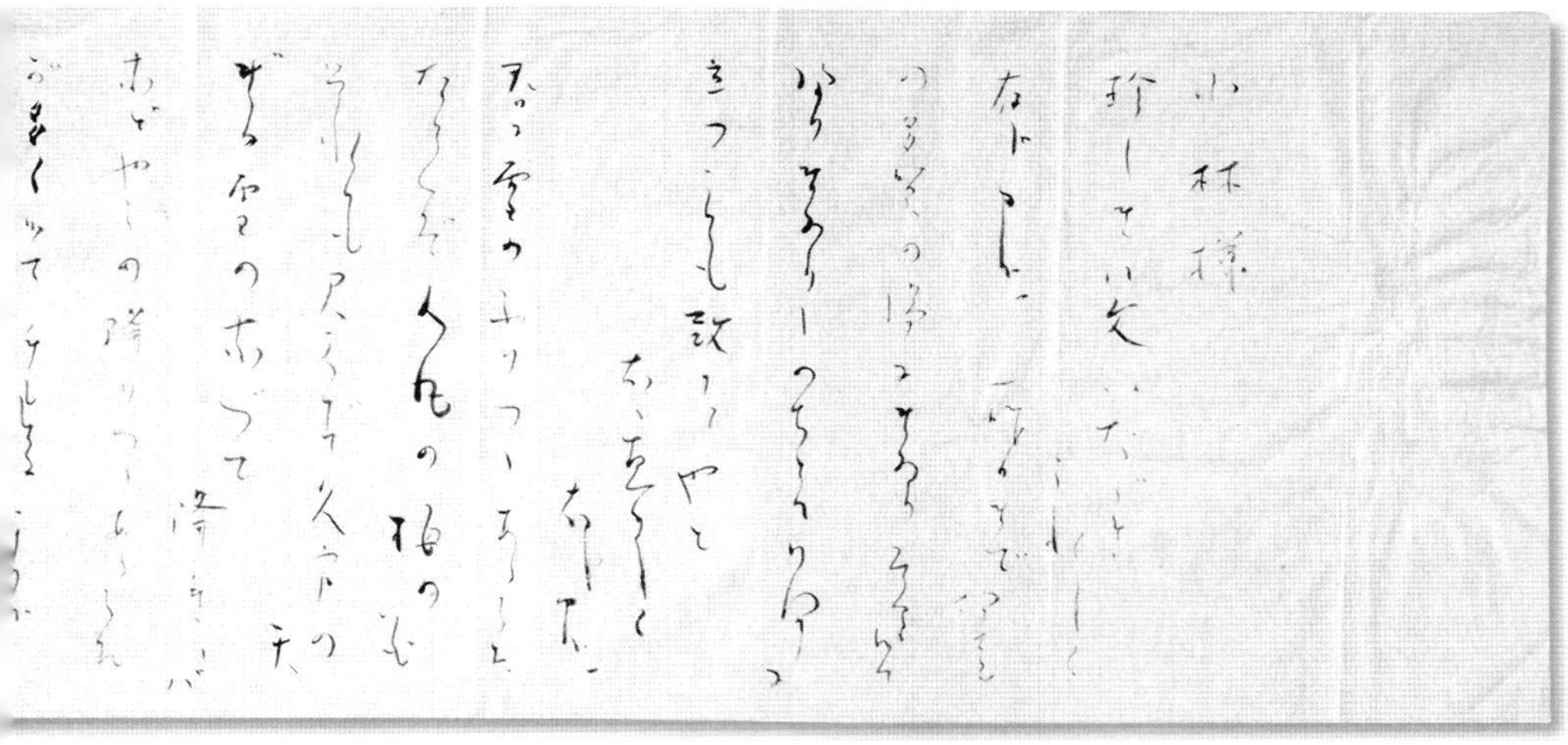
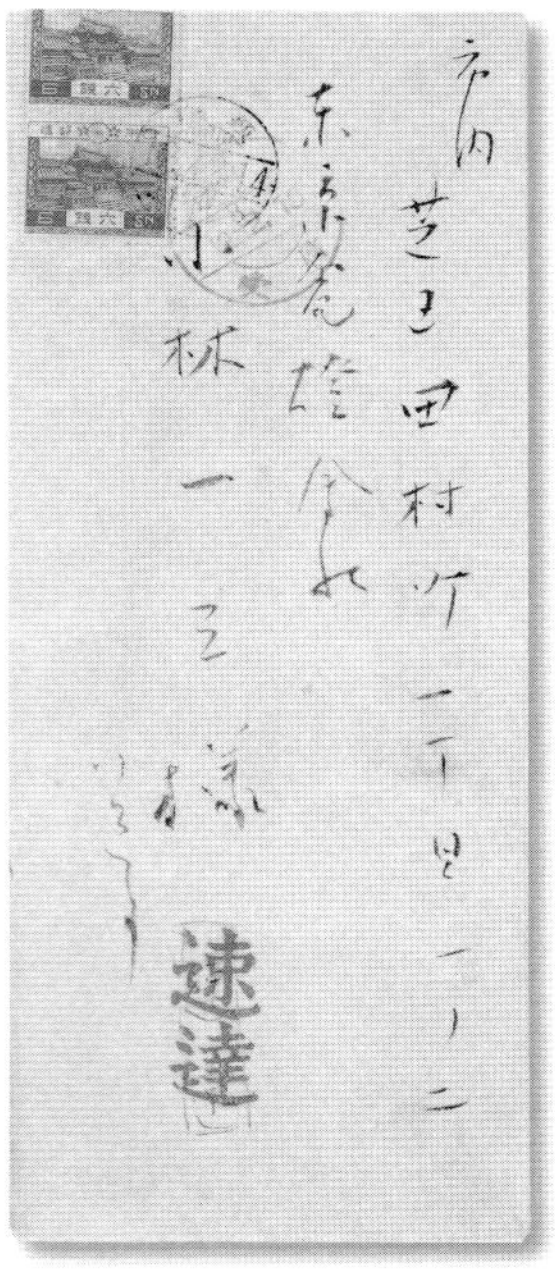

99 小林一三宛書簡　昭和一二年一二月一四日付
与謝野晶子筆　一通　池田文庫蔵

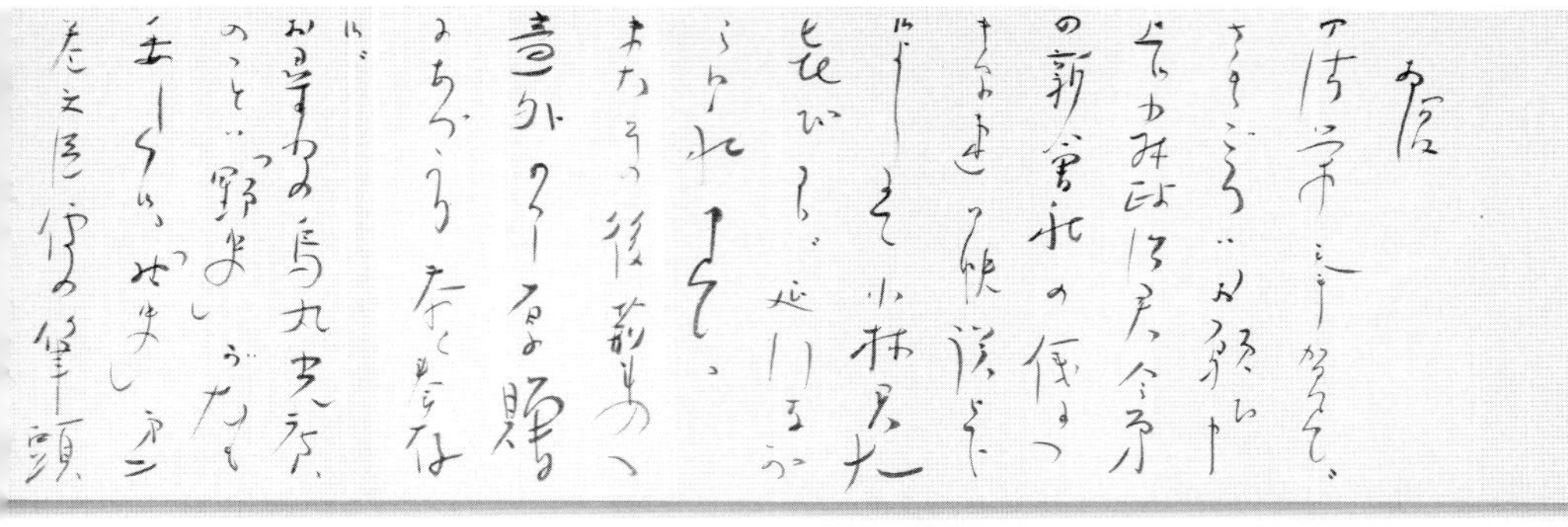
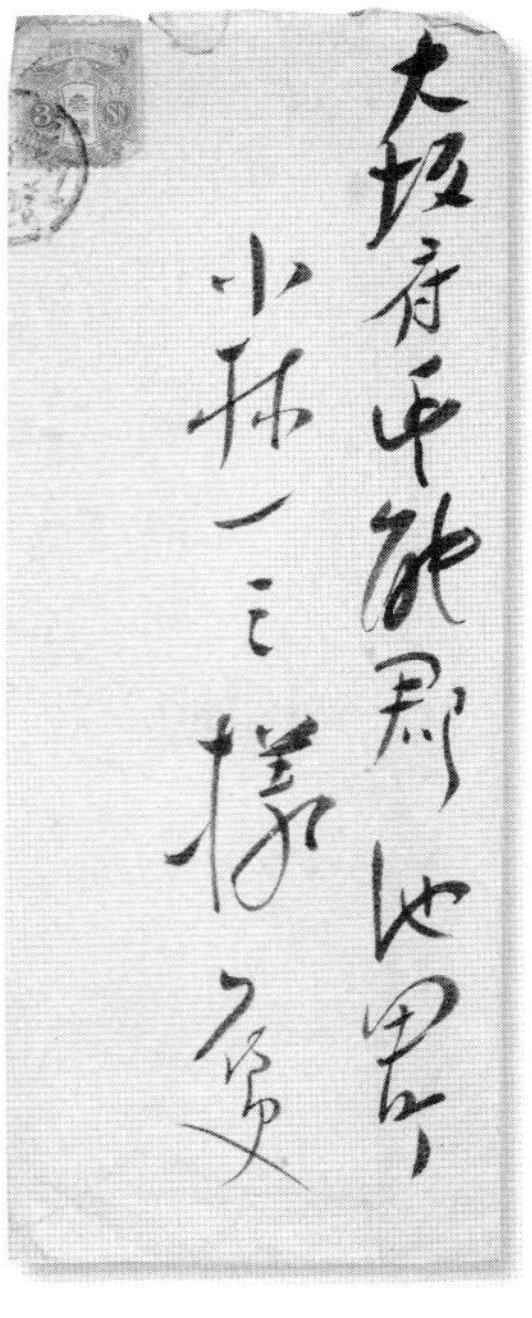

100 小林一三宛書簡　二月二二日付（年不明）
与謝野寛筆　一通　池田文庫蔵

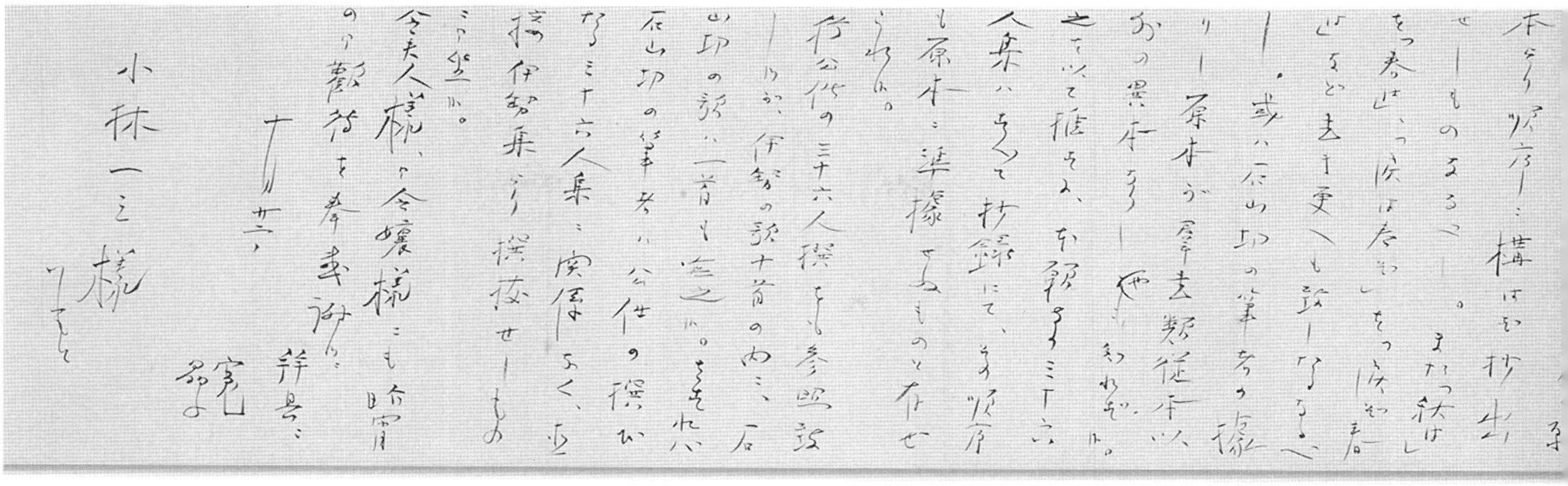

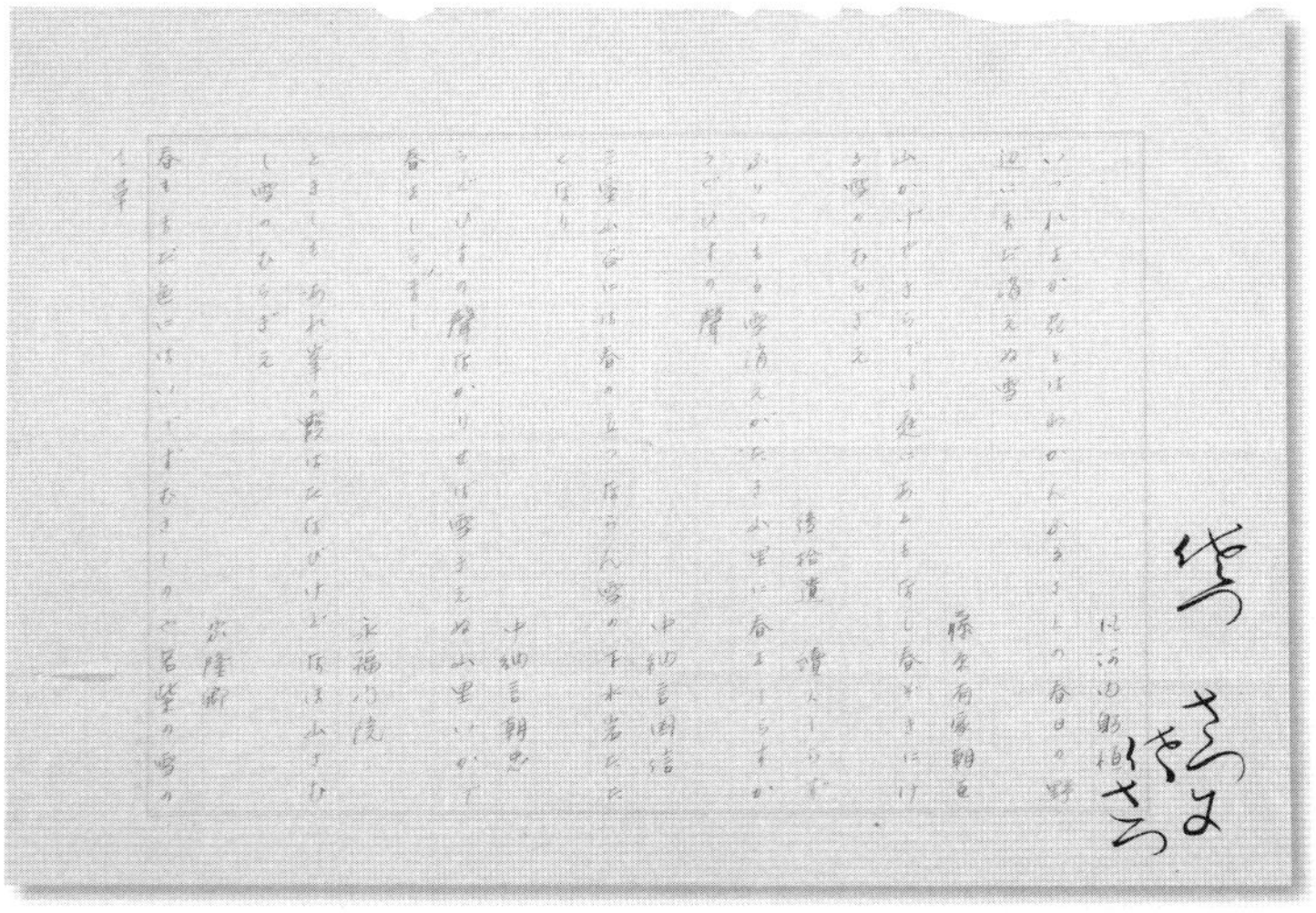

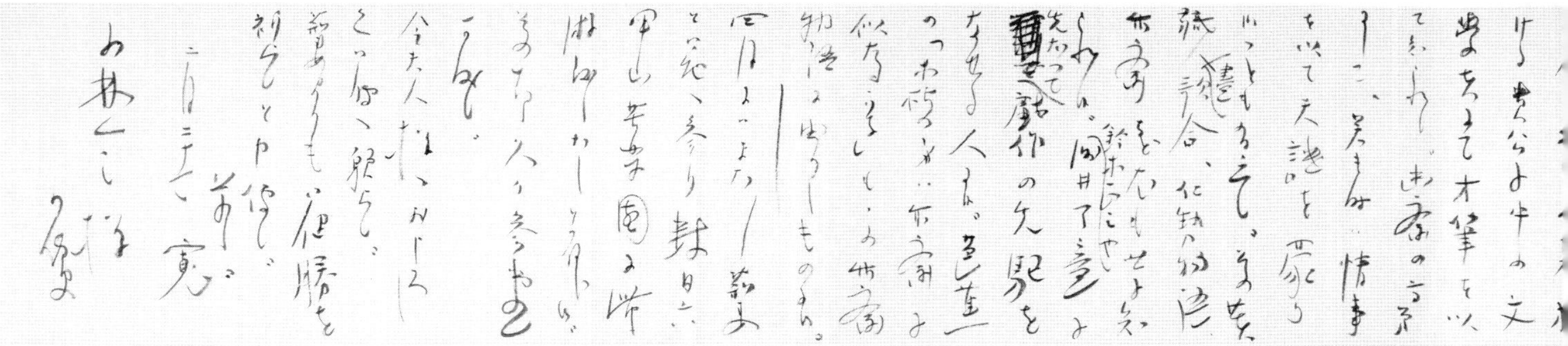

101
小林一三宛書簡
九月三〇日付（年不明）
与謝野寛筆　一枚
池田文庫蔵

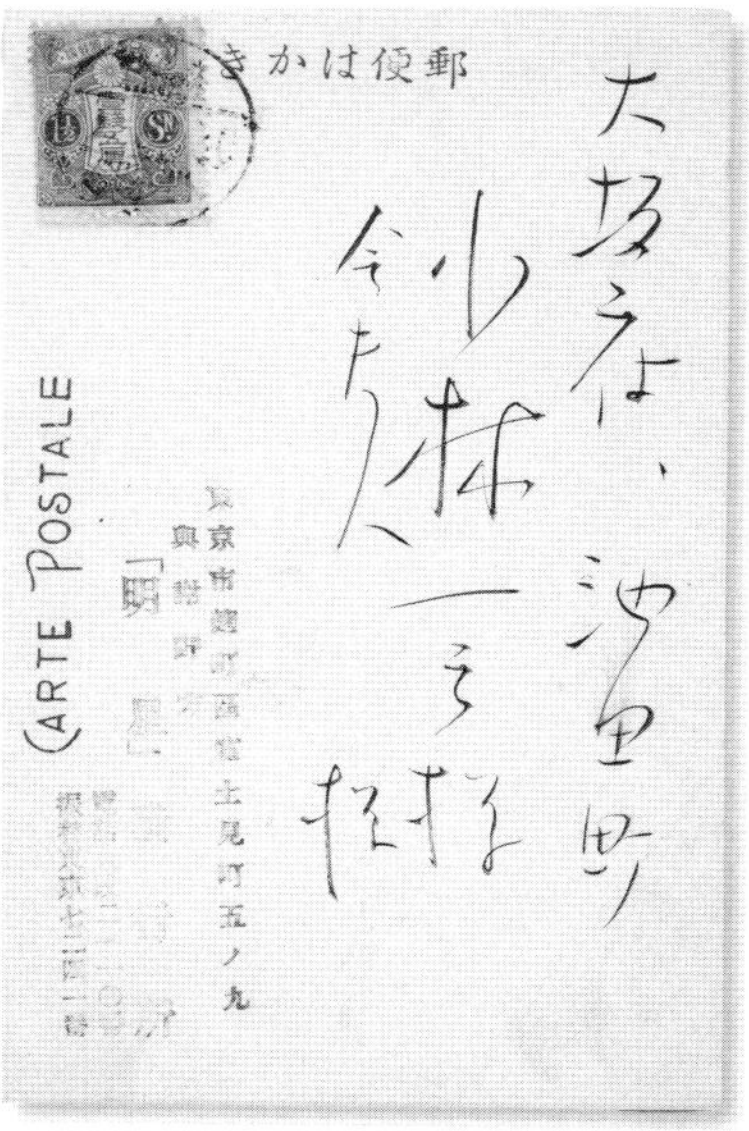

102
小林一三宛書簡　年次不詳
与謝野晶子筆　一通

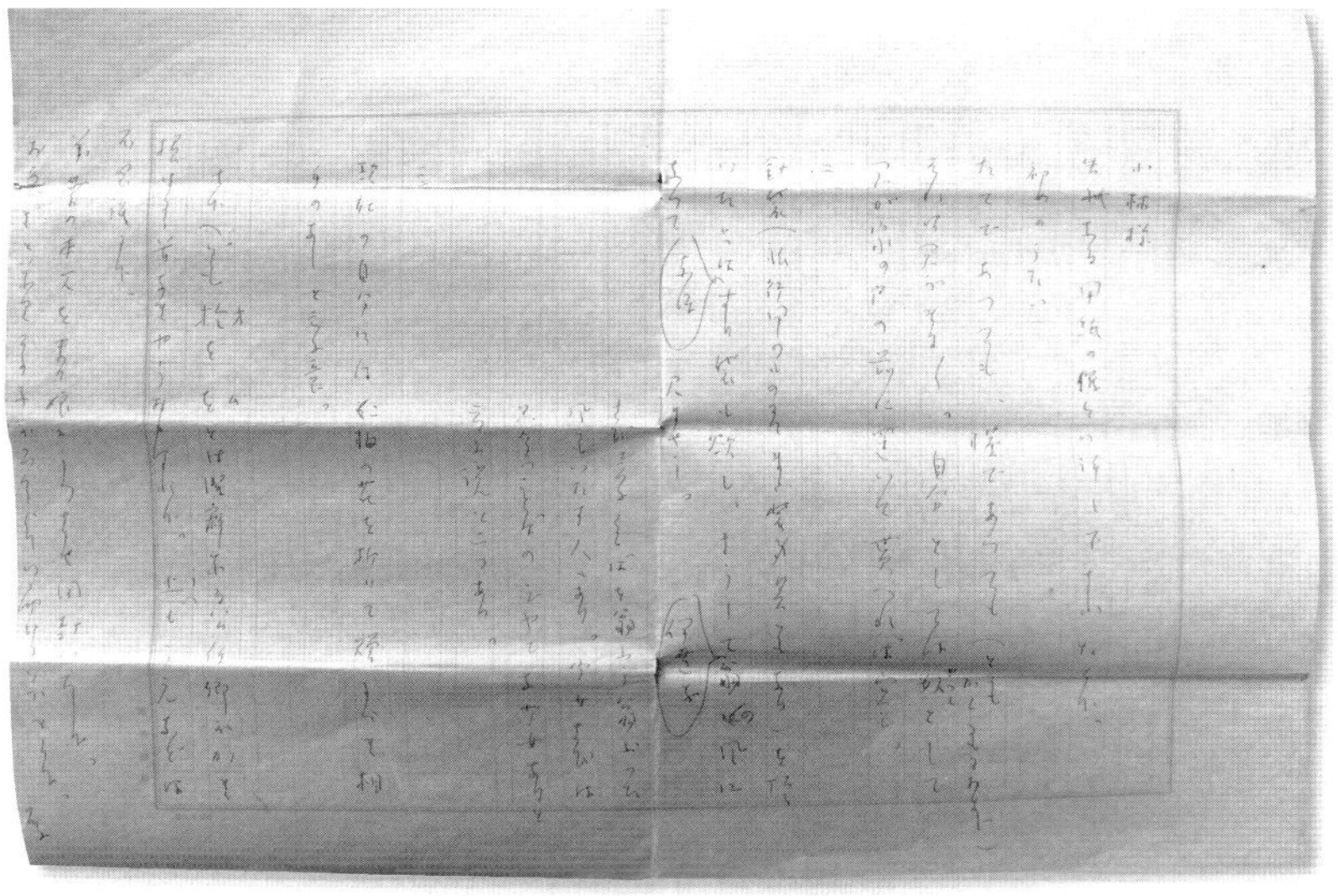

103
小林政治宛書簡　大正七年一一月四日
小林一三筆　一通　京都府立総合資料館蔵

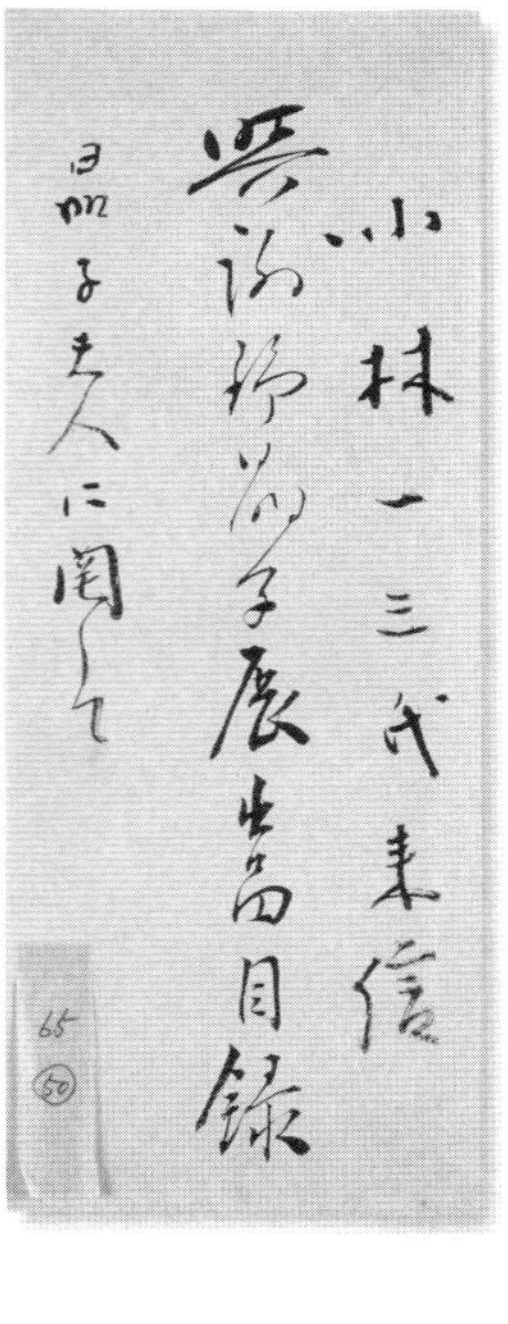

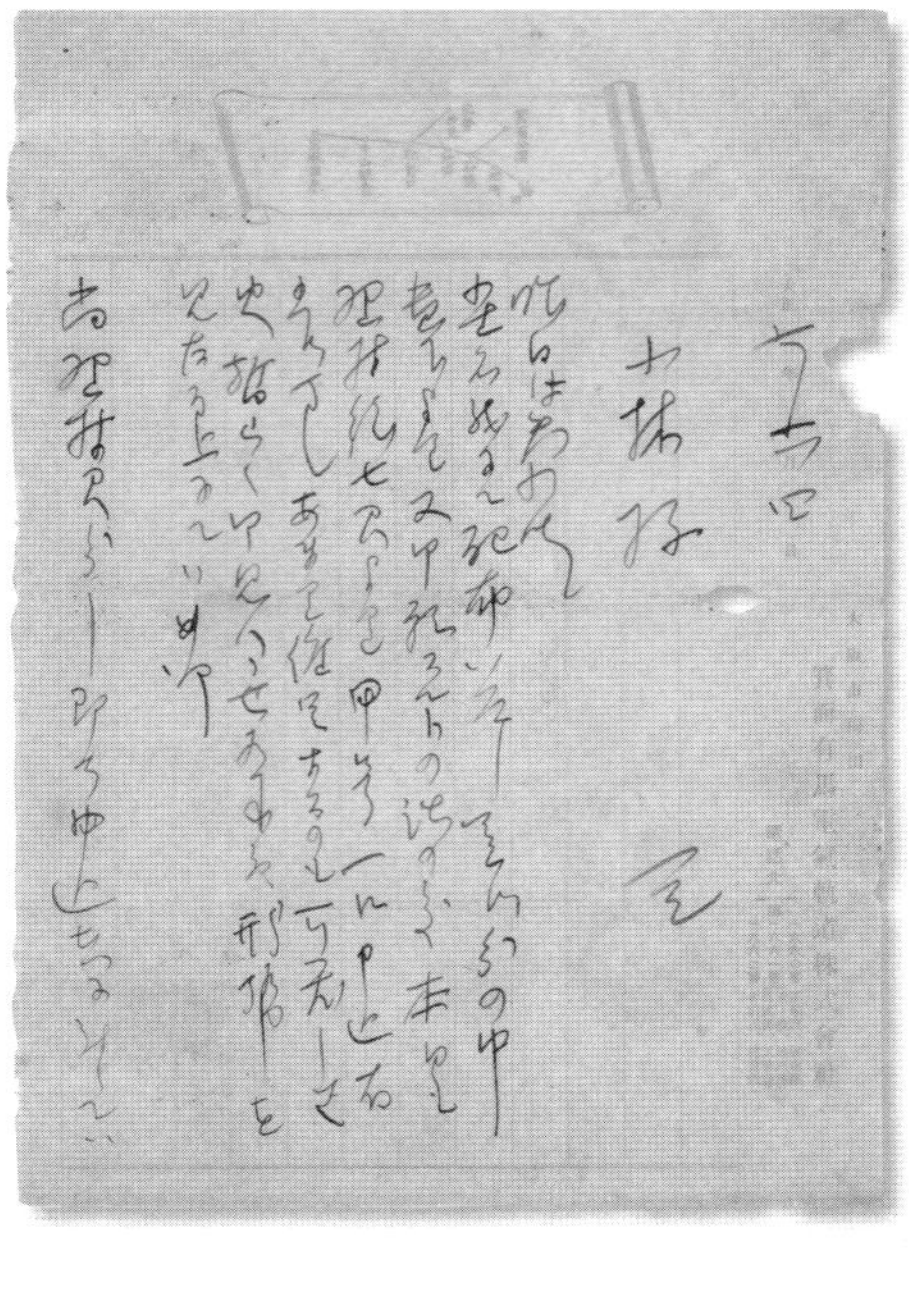

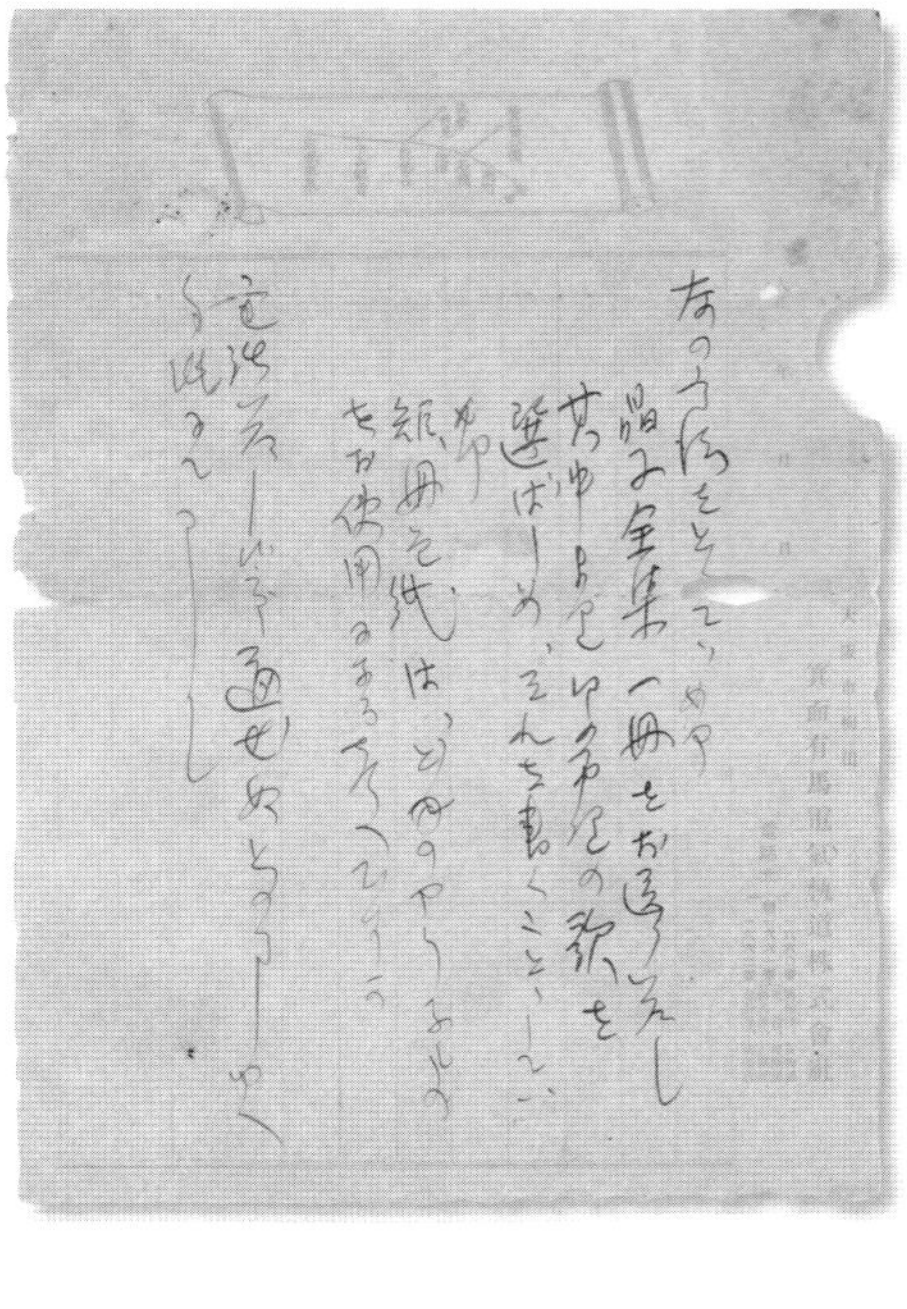

104

小林政治宛書簡　大正一二年六月八日付

小林一三筆　一通　京都府立総合資料館蔵

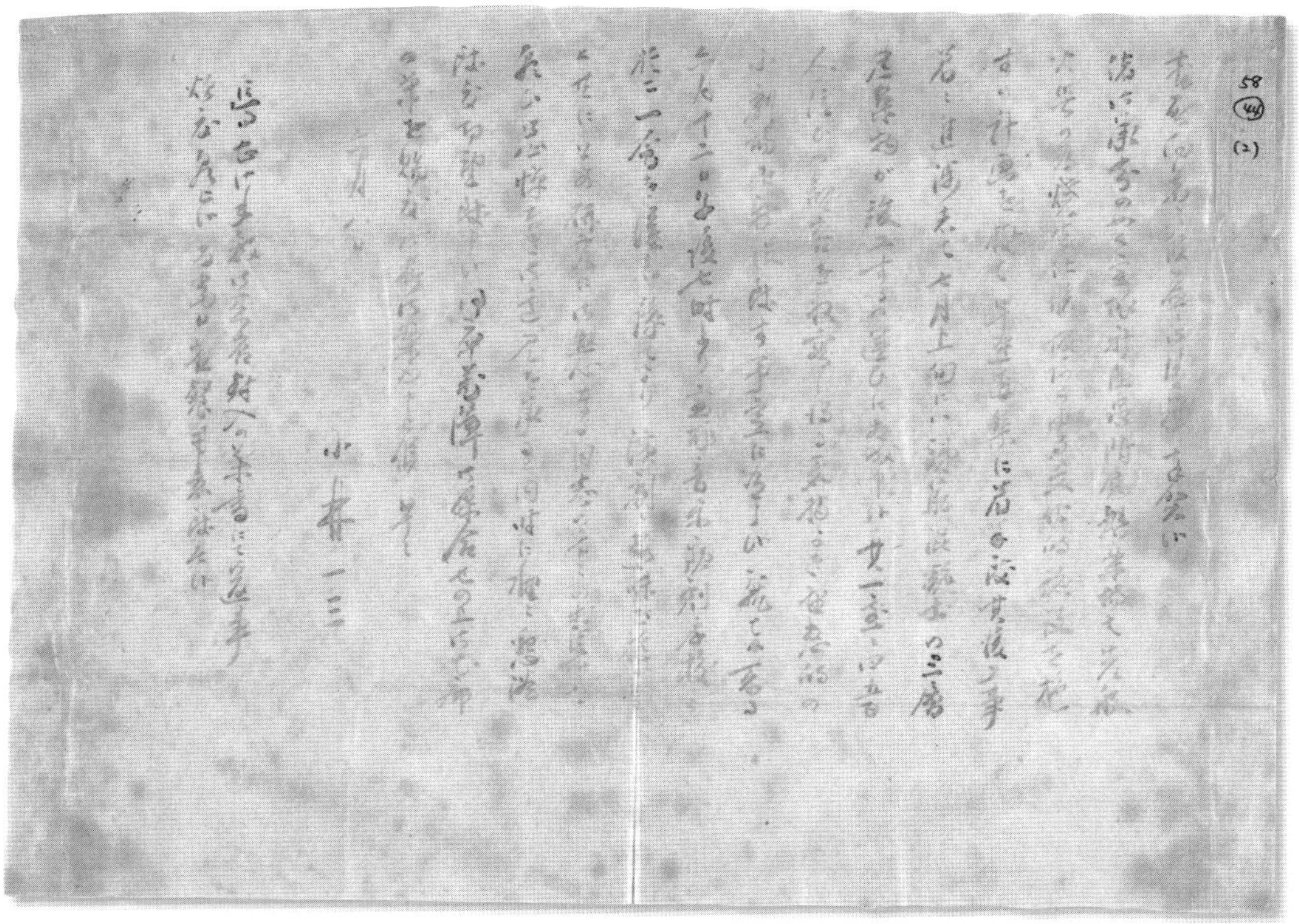

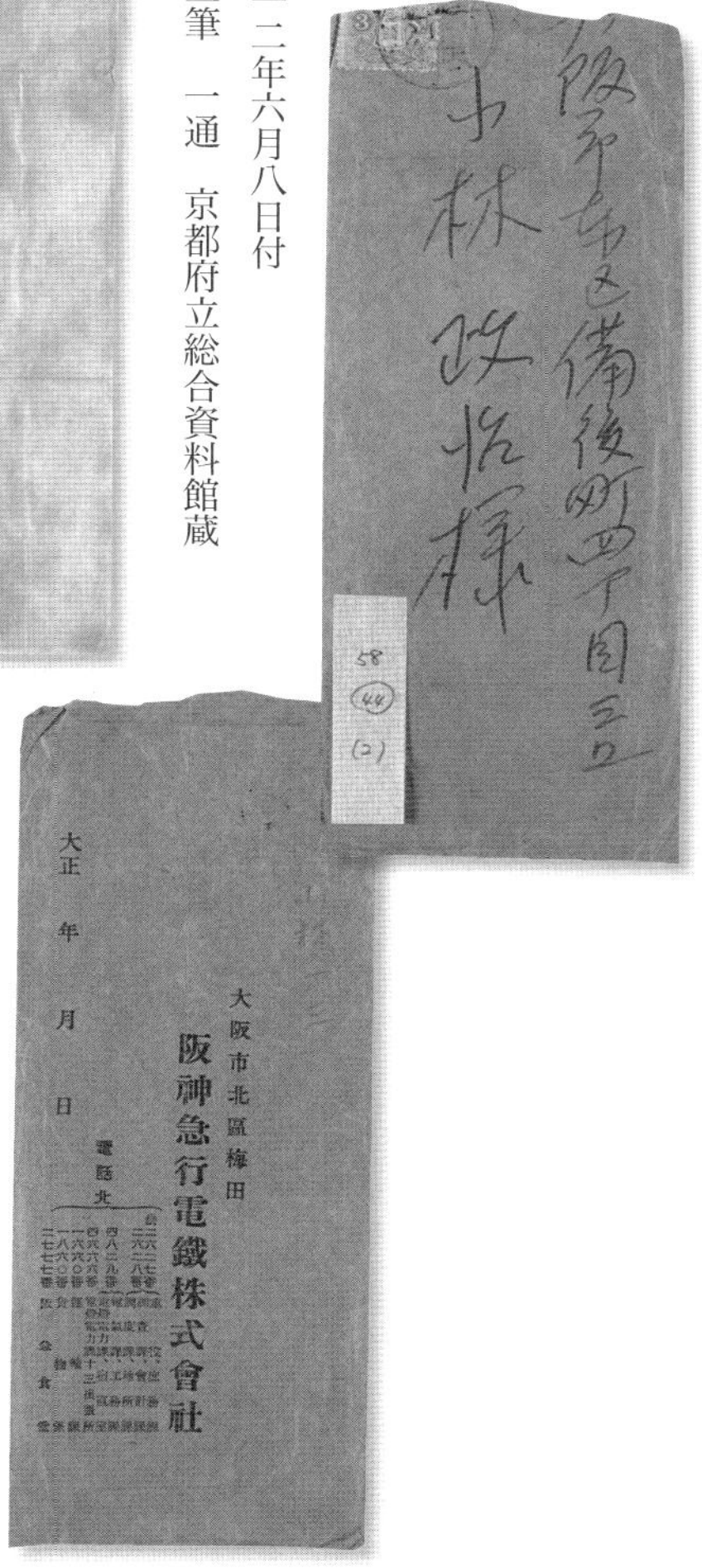

105

小林一三宛書簡　昭和七年八月二四日付

小林政治筆　一通

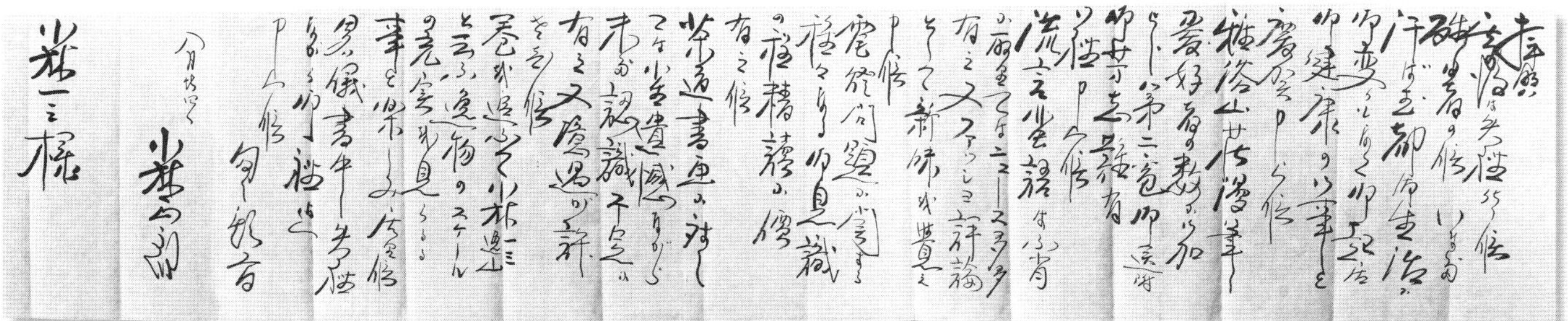

106

小林政治宛書簡

昭和一〇年四月一四日付　小林一三筆　一枚
京都府立総合資料館蔵

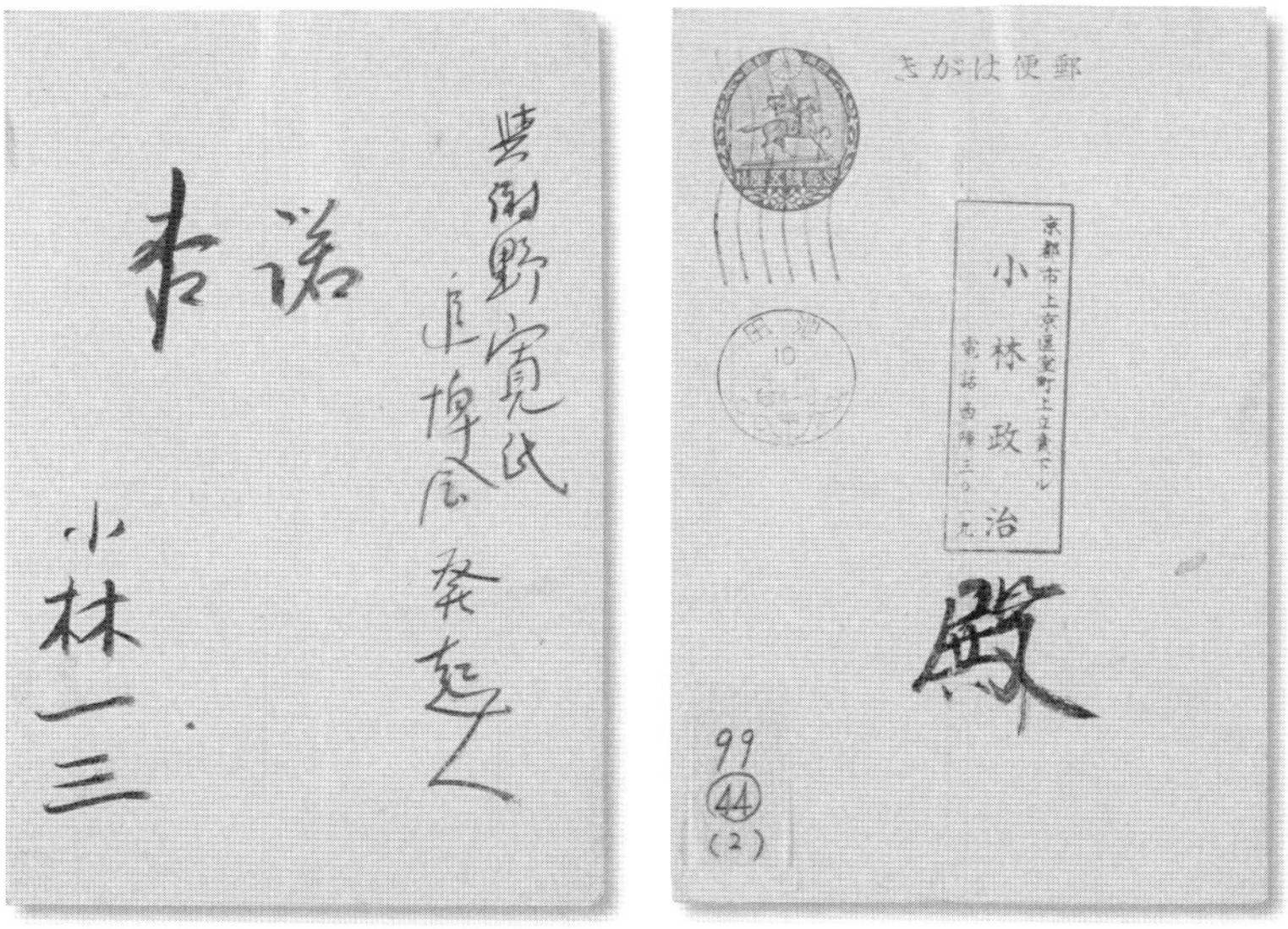

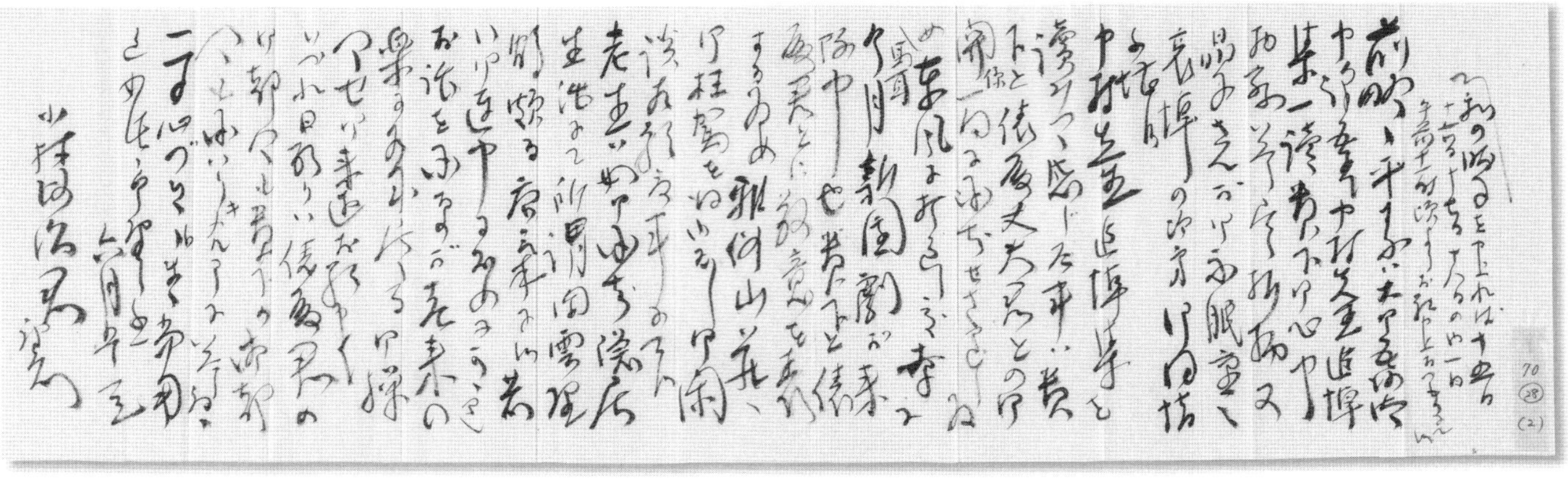

107

小林政治宛書簡

昭和一七年六月五日付　小林一三筆　一通
京都府立総合資料館蔵

108

小林政治宛書簡

昭和一七年六月一二日付
小林一三筆　一枚
京都府立総合資料館蔵

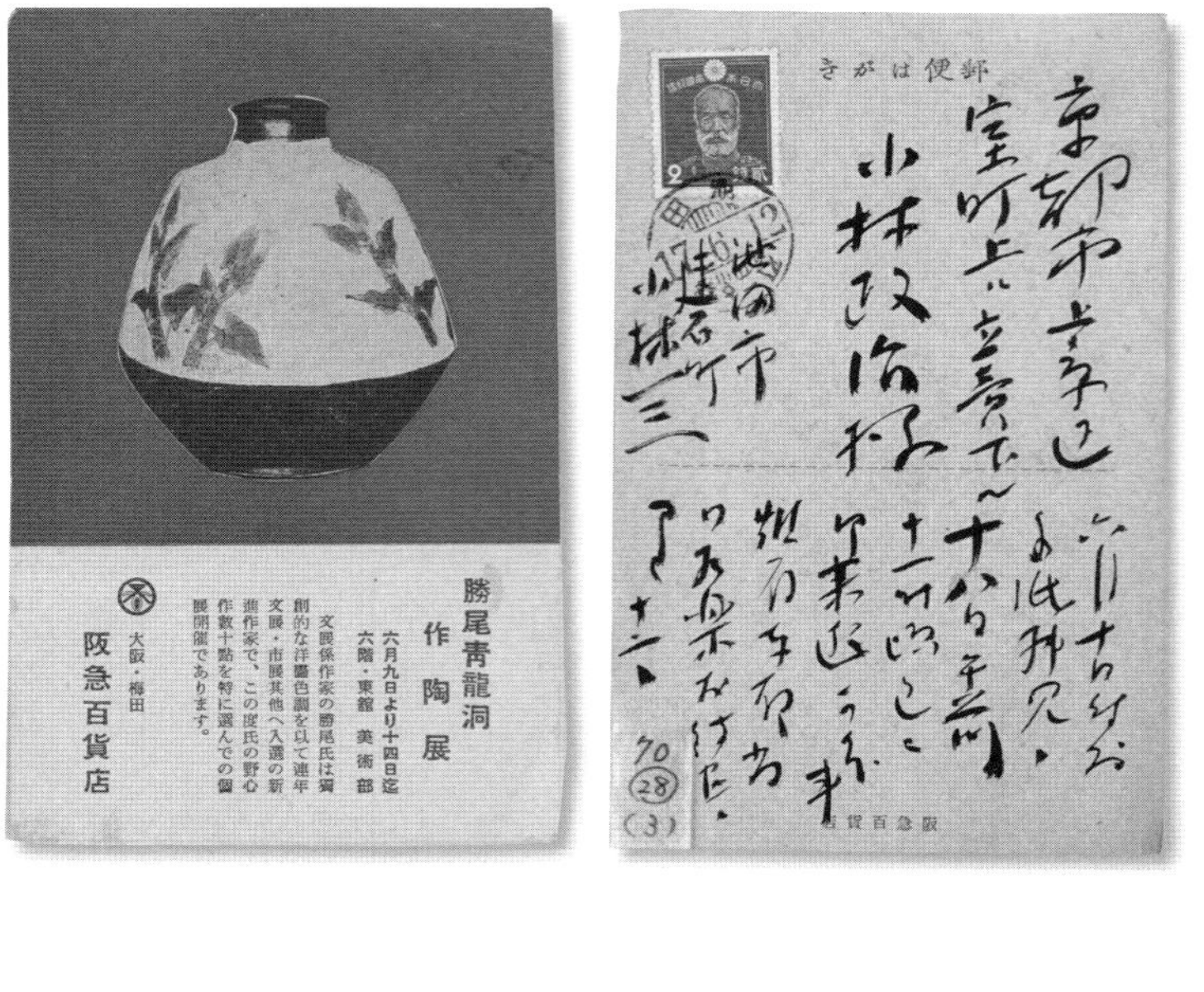

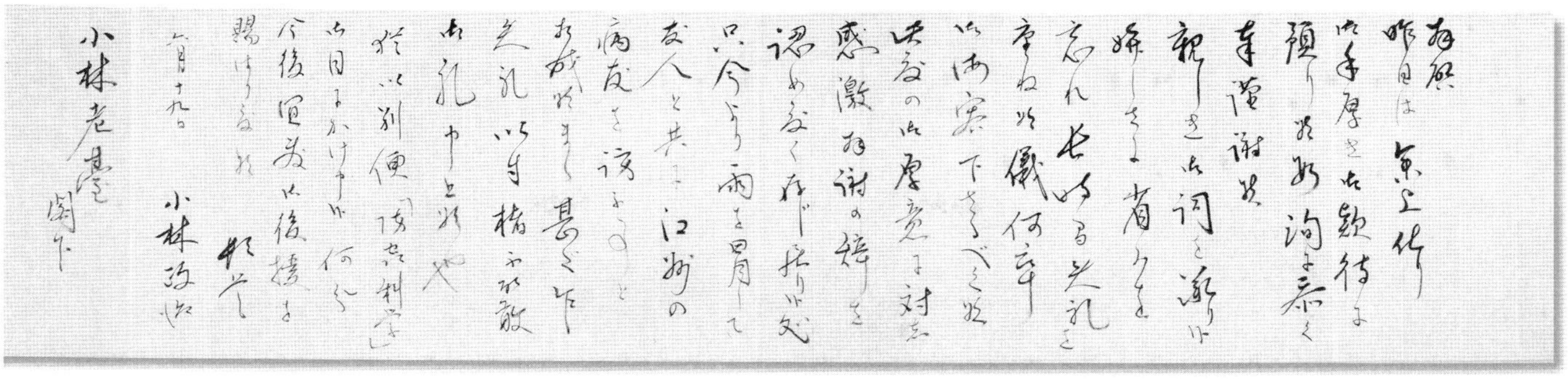

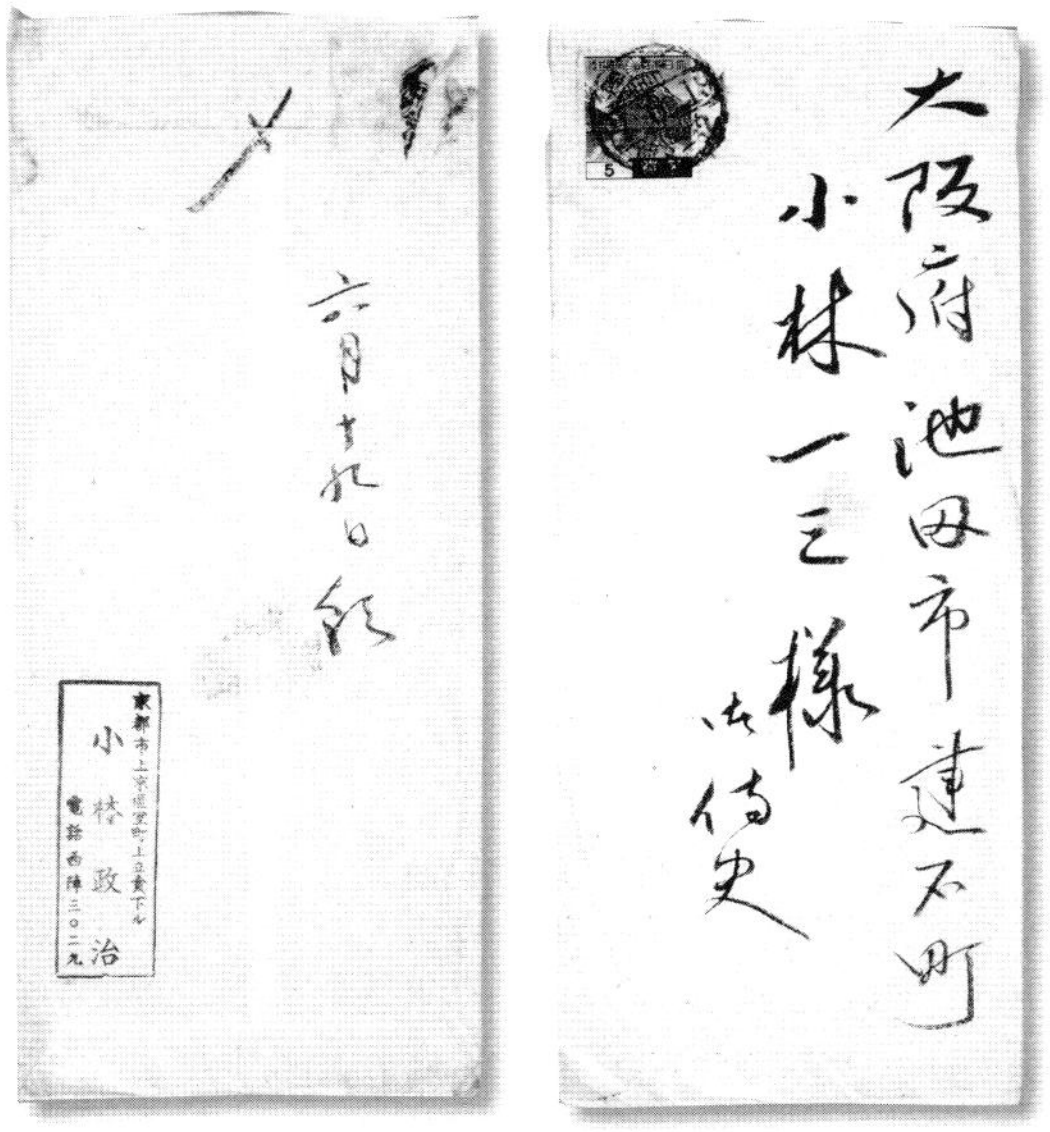

109
小林一三宛書簡　昭和一七年六月一九日付
小林政治筆　一通　池田文庫蔵

110
小林政治宛書簡　昭和一七年六月二〇日付（推定）
小林一三筆　一通
京都府立総合資料館蔵

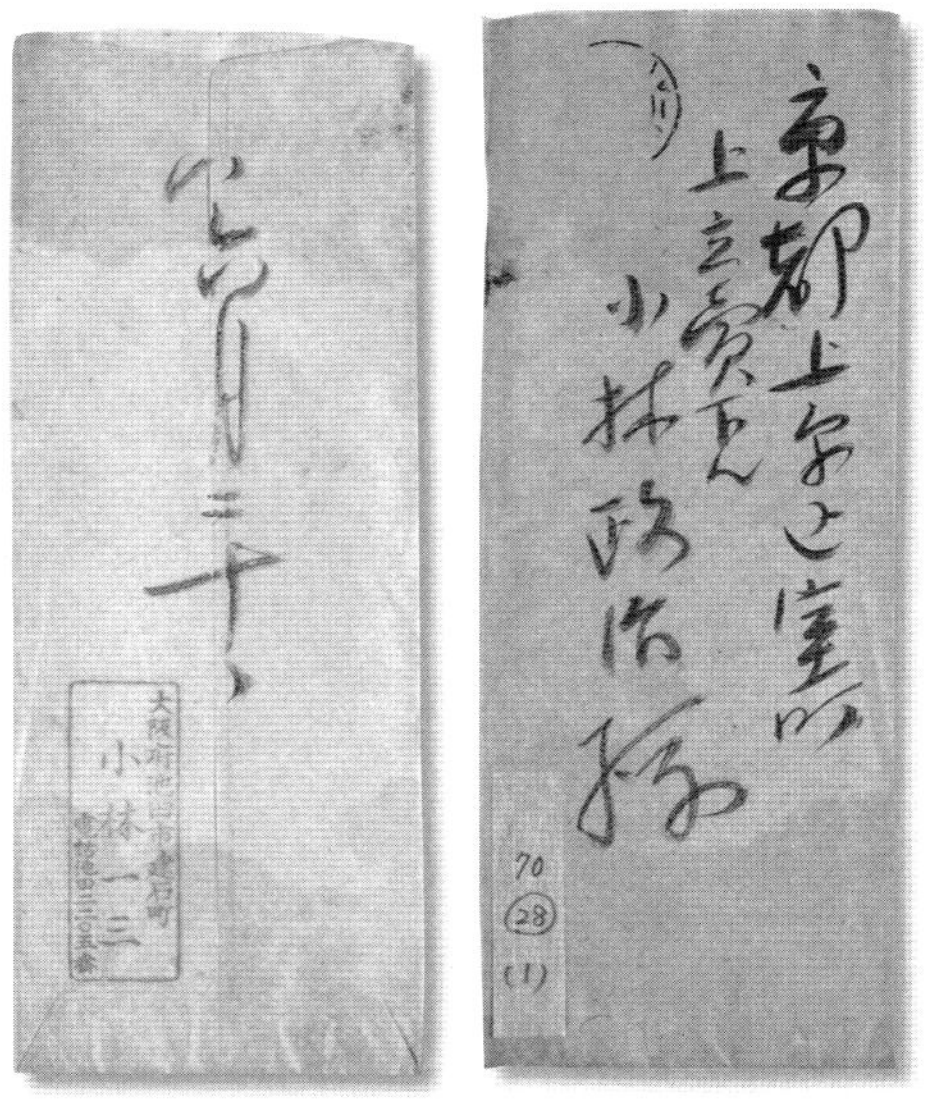

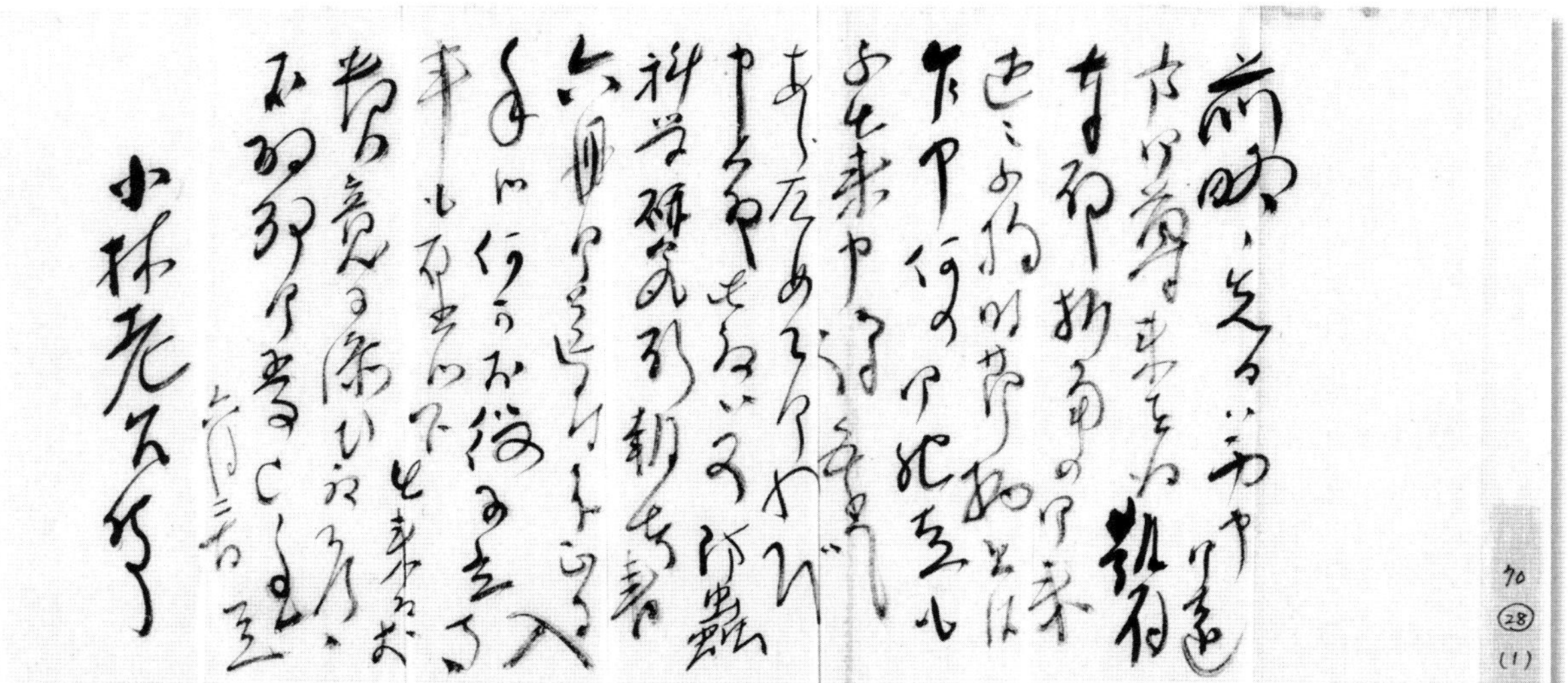

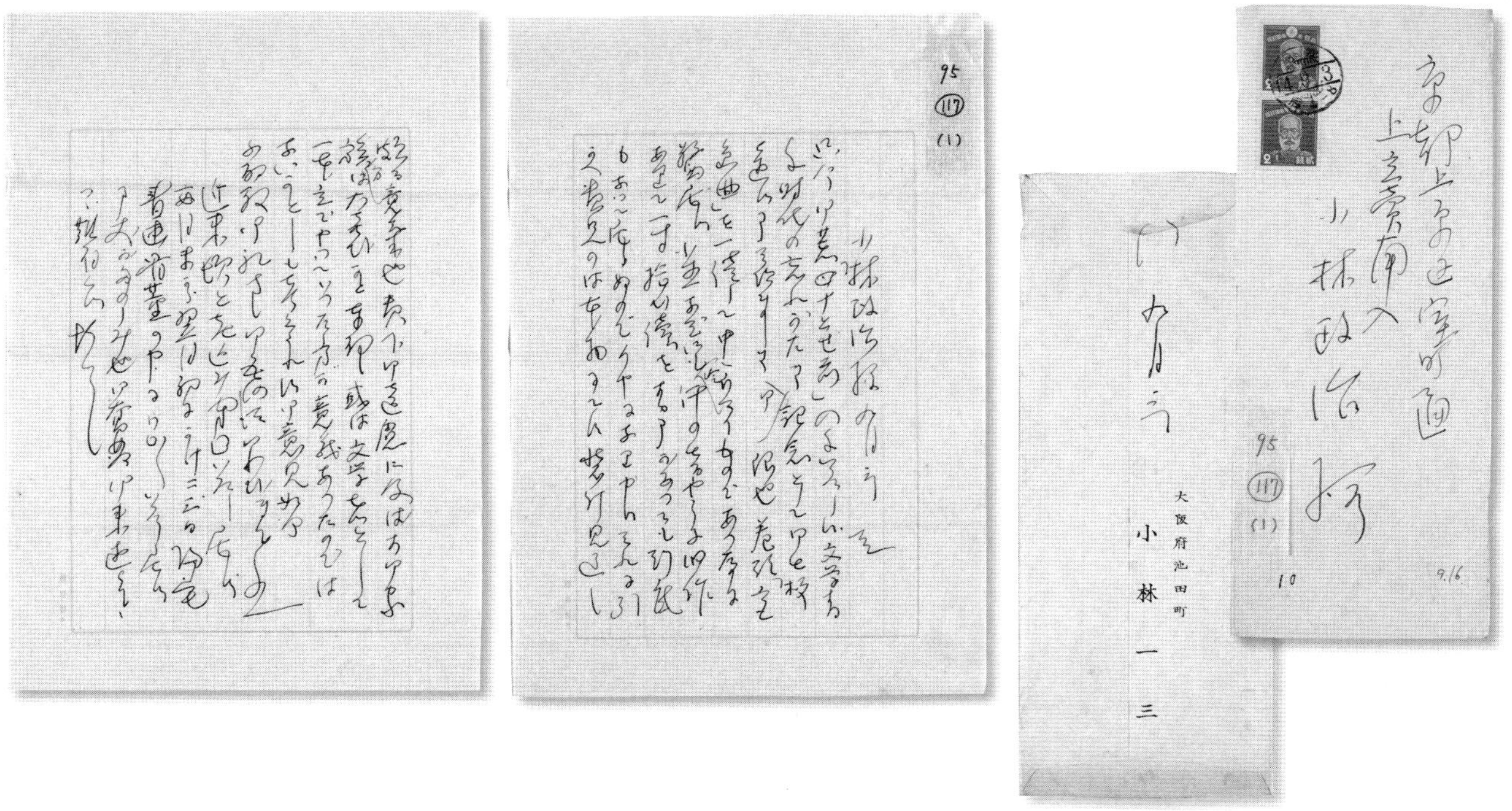

111
小林政治宛書簡　昭和一四年九月三日付
小林一三筆　一通　京都府立総合資料館蔵

112
小林政治宛書簡
昭和一五年七月三〇日付　小林一三筆　一通
京都府立総合資料館蔵

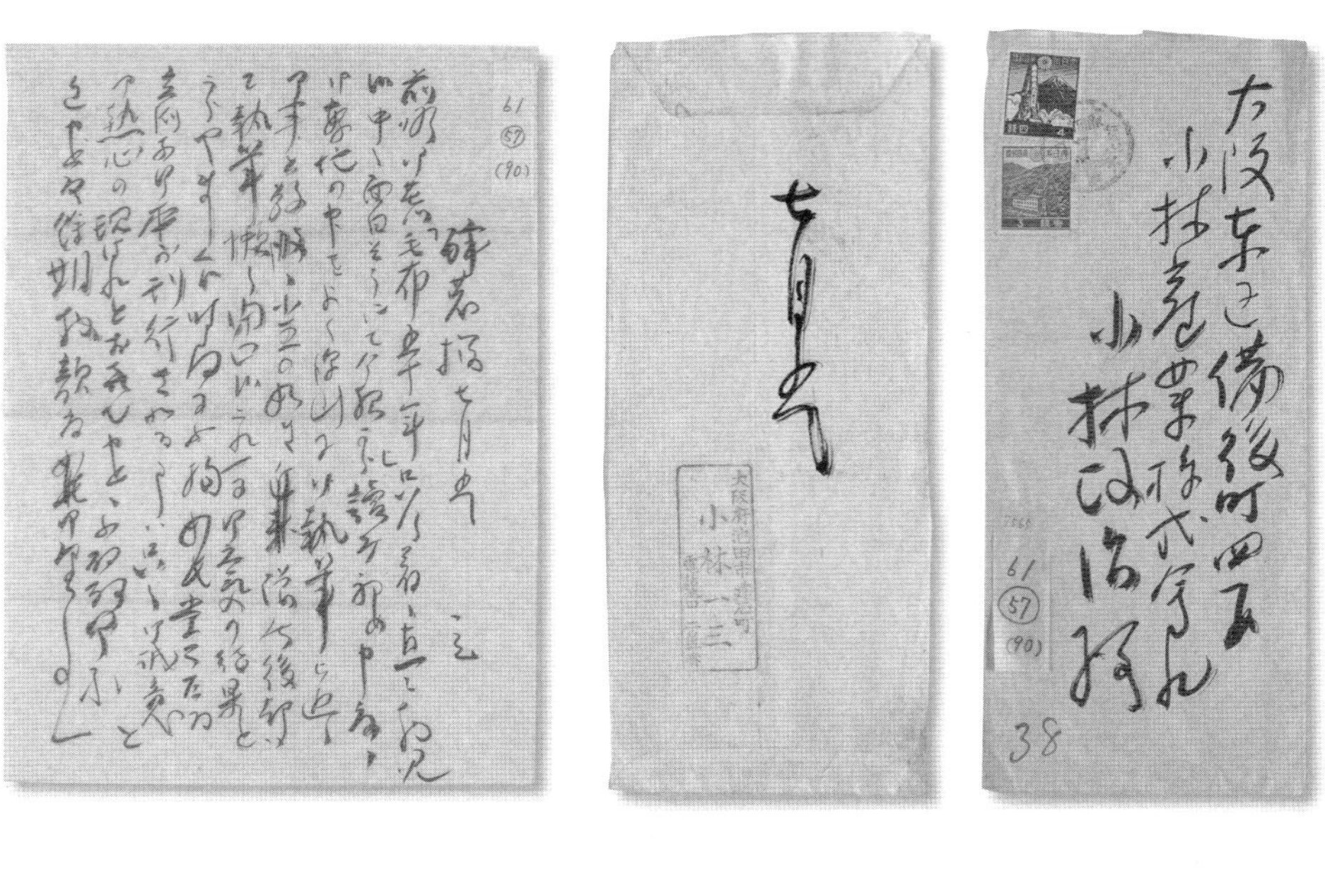

113
小林政治（河井酔茗）宛書簡
昭和一九年七月五日付　小林一三筆　一通
京都府立総合資料館蔵

114

小林政治宛書簡　昭和一九年七月六日付

小林一三筆　一通　京都府立総合資料館蔵

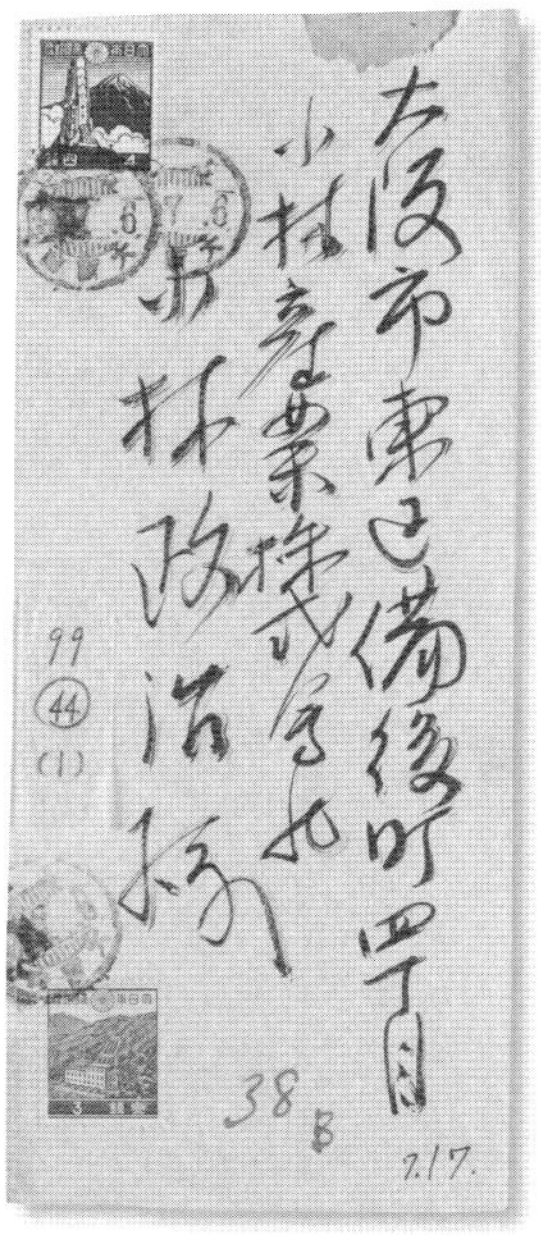

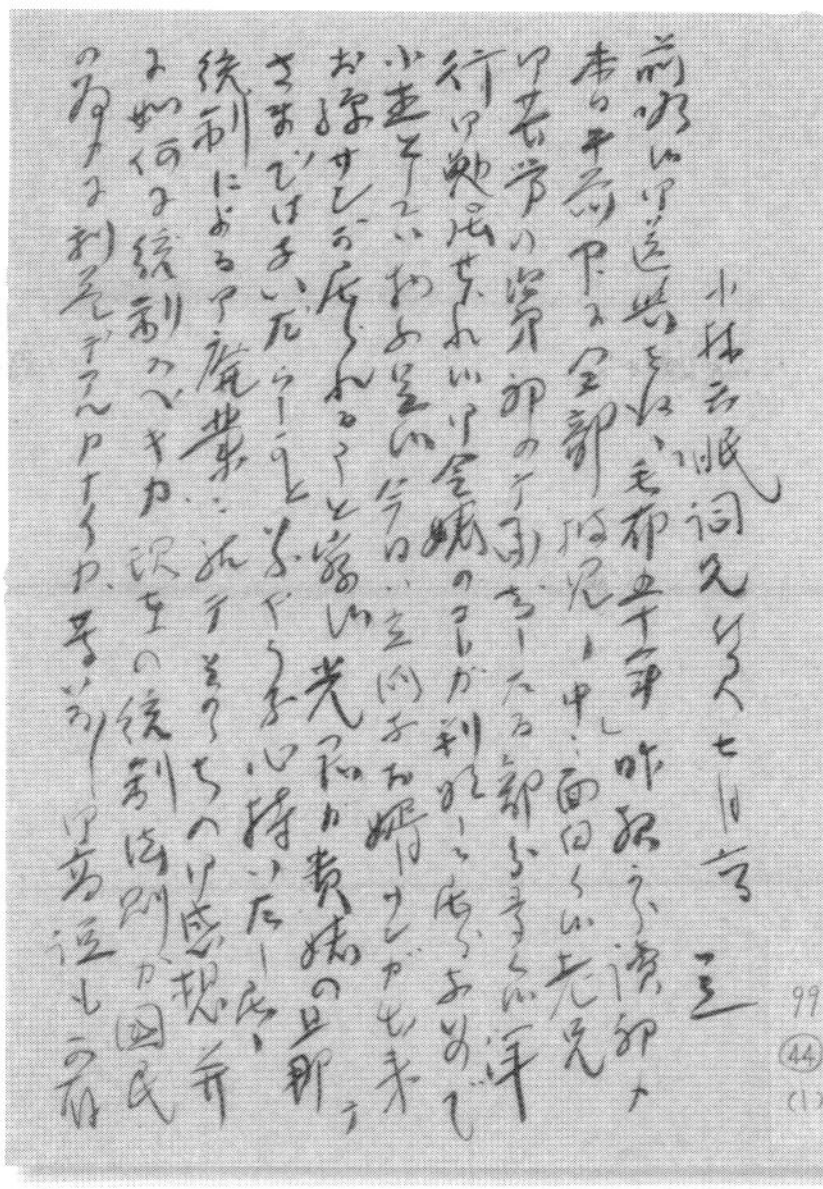

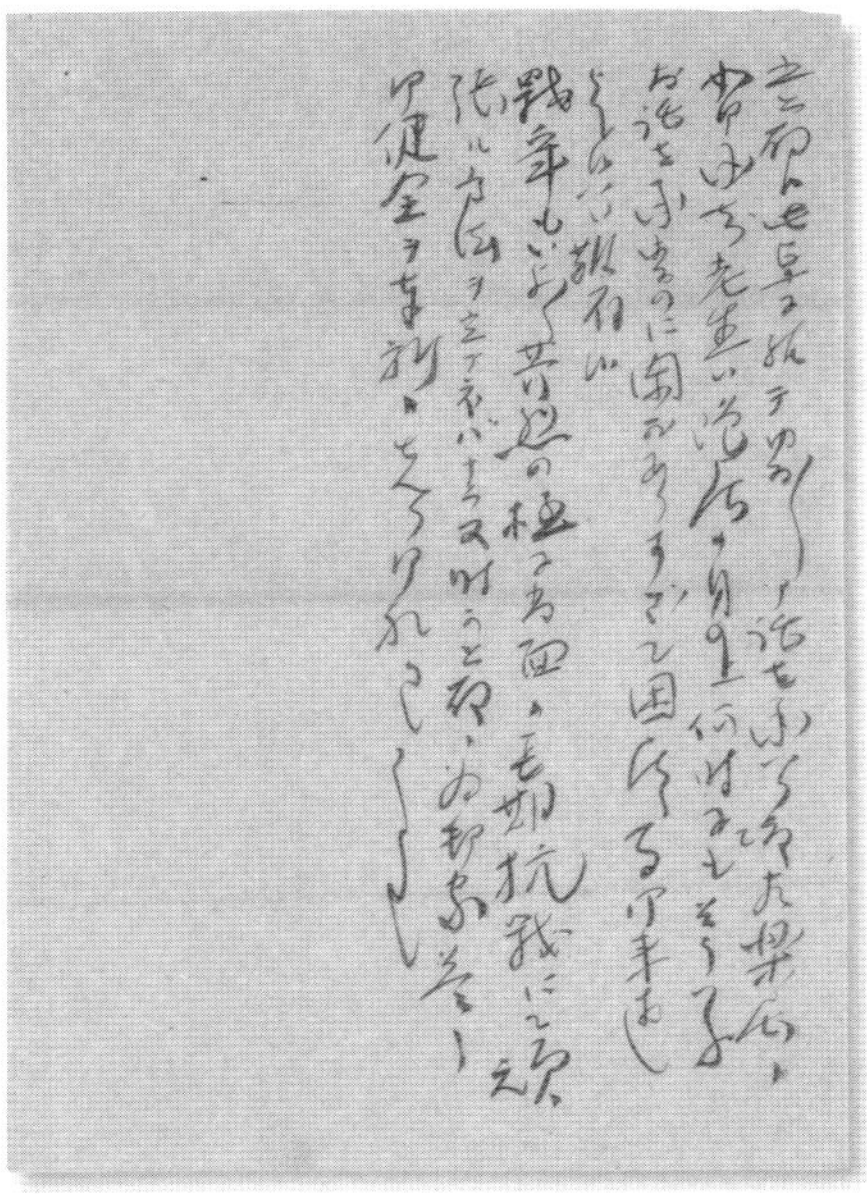

115

小林一三宛書簡　昭和一九年七月一七日付

小林政治筆　一枚

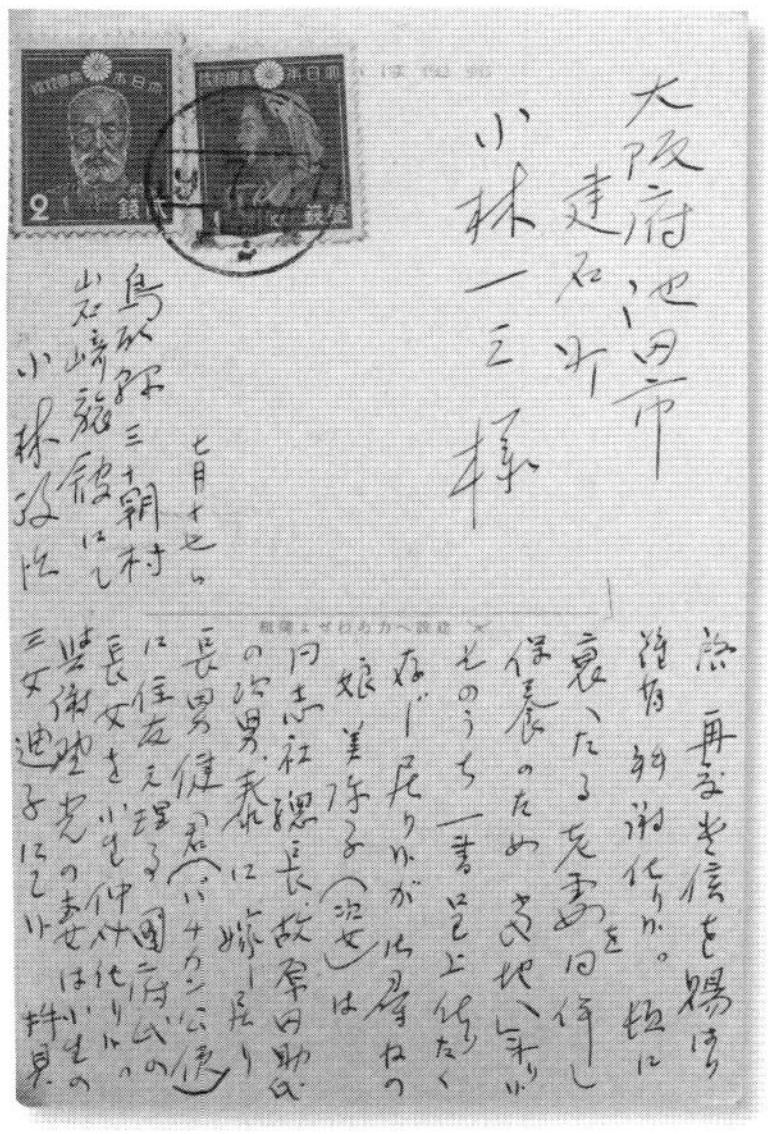

116

与謝野光宛書簡　昭和三〇年四月九日付

小林一三筆　一枚　京都府立総合資料館蔵

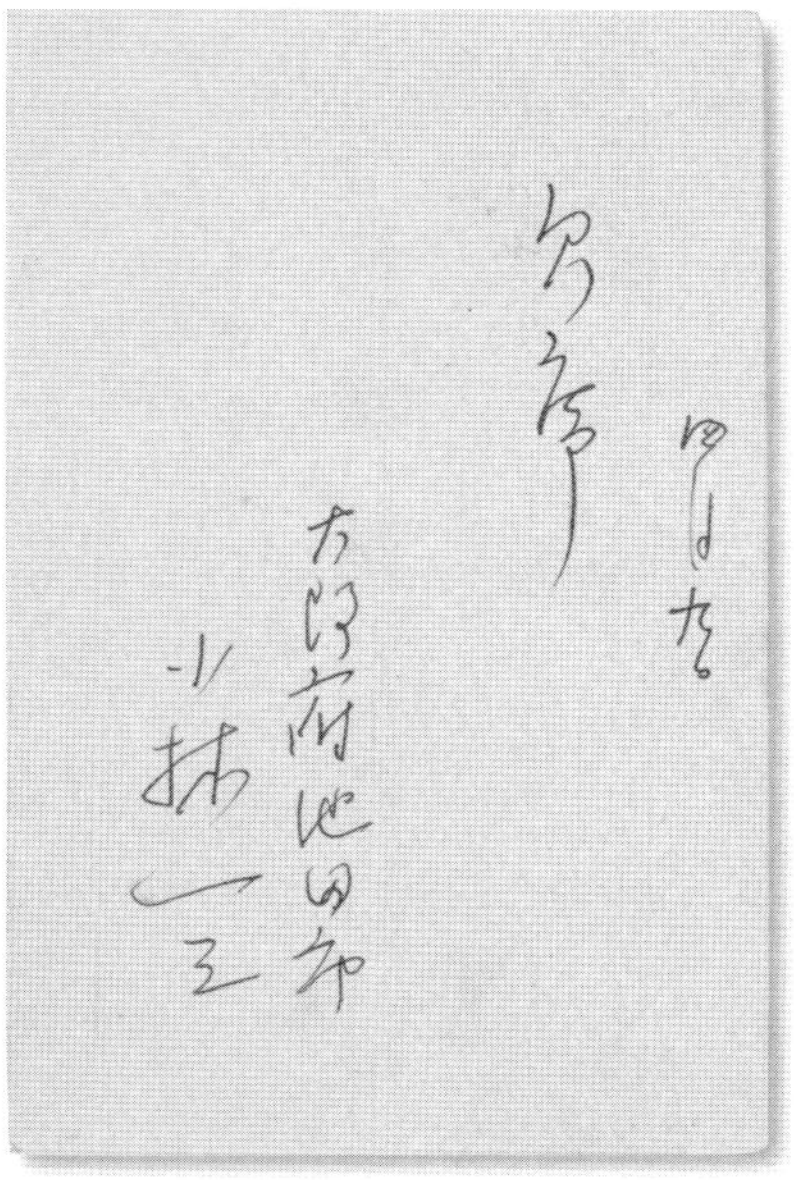

与謝野晶子と小林一三

伊井　春樹

一　与謝野晶子の歌行脚

大正六年（一九一七）の夏、与謝野晶子にとって重要な年になるとは思いもしなかったことであろう。与謝野夫妻は、歌壇の新旗手としてはなばなしい評判を得たとはいえ、結婚して以降はなかなか安心立命のときがなく、とりわけこの数年は精神的にも経済的にも激しく揺れ動くようなすさんだ生活であった。その一つの契機が、資金的な困難さとともに、自然主義文学の台頭などもあり、八年続いた「明星」が明治四十一年十一月に百号で終刊したことにある。鉄幹（「寛」の明治三十八年以降は本名を名のるが、ここでは号を用いる）が後に小林政治（天眠）に「自分の舞台」の無さを訴えるように、自分の立ち位置を失った喪失感にとらわれる。そこから脱却しようと新しい試みの詩や短歌を詠み、自宅での古典講座を晶子とともに催すものの、満足のいくものではなく、明治四十四年十一月には渡欧することになる。初めは晶子をともなっての二人の旅を思い描いていたようだが、現実には生活の基盤は晶子が担うようになっていただけに、日本を離れるわけにはいかなかった。海外に出かけるといっても費用があるわけではなく、新聞社などから寄付を仰ぎ、晶子自身の作品を揮毫して頒布するなどして資金を集めるしかなかった。

そのような苦労を知ってか知らずか、鉄幹はフランスに来るようにとしきりに晶子を誘い、彼女はやむを得ないような思いもあり、大正元年五月に単身シベリア経由でパリに赴き、それなりに有意義な体験をしたとはいえ、仕事も子供も残していることもあり、十月にはあわただしく船便で帰国する。この費用とて、晶子は自ら工面せざるを得なかった。鉄幹は翌年の大正二年一月二十日に、神戸入港の汽船で帰国する。

鉄幹は欧州で新しい生き方を見いだしたのかどうかはともかく、しばらくは外国の詩の翻訳などを試みてはいたが、大正四年三月に衆議院議員に京都府から立候補、周辺の人々も晶子もその支援活動に巻き込まれてしまう。海外から帰国して以降なかなか落ち着かない鉄幹、今度は突然に「理想的選挙」をすると宣言、同年二月二十二日の有島生馬（武郎弟の画家）への手紙に、晶子は「神経衰弱で不健全なことばかりが、ひよい〳〵頭に上つてまゐります。死んでしまひたくもよくなります」と記しているように、深刻な思いに悩むばかりであった。

選挙資金もまた調達しなければならず、晶子や周辺の人々は振り回されるが、本人は各地を演説してまわり、「千二百票」のめどがつき、「三千票だけぜひとらねば」と意気軒昂である。晶子は醒めて見ており、せいぜい「八百位」ではないかと思いながらも、夫の「神経衰弱」を癒すためには、やはり当選してほしいと、資金集めも必死であった。その折の当選ラインは、千六百票だったという。

しかし、所詮は素人の文学者による選挙だけに、結果は無残なものであった。小林天眠の回想によると、「京都府ですから随分広い、丹後から伏見まで駈けずり廻つて九十九票です。完全なる敗北であります。それから間もなく歌行脚が始まつた」（『毛布五十年』）とあるように、得票数はわずかに九十九票、あまりにも考えていた数値との異なりに、鉄幹は衝撃と虚脱感を味わったことであろう。すでに四男四女をもうけている二人には、生活の重圧もあり、身心ともに疲弊した思いにうちひしがれたありさまだった。なお、晶子は選挙資金集めに苦心惨憺し、小林一三にも「何卒百円を私にお恵み下さいまし」（大正四年二月二十日）と手紙を書くありさまだった。

二　幻の『源氏物語講義』の原稿

小林天眠は、与謝野家にとっては生涯の恩人といっても過言ではない。本名は政治、晶子より一つ年上の明治十年兵庫県生まれ、大阪で丁稚奉公をするようになったのは十六歳、明治三十二年に大阪の安土町で毛布の卸商を開業し、浮沈を重ねながらも小林産業株式会社に成長させ、昭和三十一年に七十九年の生涯を終える。丁稚の時代から文学に傾倒して小説や詩を発表し、浪速文学青年会の結成にも参加するなどして、早くから鉄幹や晶子とも知り合いの仲間であった。潤沢な費用があるわけではなかったが、苦しい中ながら与謝野家の家計を心配し、物心両面での支援を維持し続けることになる。なお、天眠三女の迪子は、与謝野家長男の光と昭和三年に結婚し、姻戚になるという関係も後には生じてくる。

天眠は大正七年五月に、出版社としての天佑社を東京で創設する計画を立て、その記念すべき第一冊目を、与謝野晶子の著作にすることを考える。晶子に毎月原稿を書かせることによって執筆料を支払い、家計をすこしでも助けたいとの思いによる。明治四十二年九月の晶子の天眠への手紙によると、与謝野家での生活費は月に百五十円、夫との収入は併せて七十円、不足分は晶子が新聞、雑誌に短歌から小説、おとぎ話まで書いて補うというありさまだった。不安定な収入ではなく、『源氏物語』の講義録を毎月書くことによって、天眠は原稿料を固定的に支払うという申し出である。八年と四ヶ月先のことで、晶子は月々二十円を支払うように求め、原稿の執筆を承諾する。もっとも、天眠の言によると、別に『源氏物語』の原稿がほしかったわけではなく、何かを書かせて原稿料を払ってやりたいとの、いわば思いつきであったともいう。

天眠の語るところによると、当時の文筆生活者の収入は低く、原稿も一枚五十銭というのが相場であったとのことで、晶子としても二十円分、月に四十枚の原稿を書くことにした。晶子はほぼ同じ時期に『源氏物語』の現代語訳の仕事も、金尾文淵堂から引き受けており、天眠の依頼は講義録だっただけに、性格の異なる作業として進めていたようである。金尾文淵堂は江戸時代以来続く大阪の仏教専門の書肆、種次郎は大阪の店を売り払って明治三十八年から東京で一般の出版社を営んでいた。鉄幹や晶子とも大阪以来親しくしていたこともあって依頼したのであろう。このようにして『新訳源氏物語』は大正元年二月から翌年の八月にかけて、上田敏、森鷗外の序文と、洋画家中沢弘光の装丁と挿絵入りという斬新な四冊本として上梓されたのである。

晶子は百ヶ月で『源氏物語講義』の原稿を仕上げる約束で、毎月四十枚ばかりの原稿を書き、天眠からはその対価としての原稿料を受け取っていた。しかし、思うように書けない月もあり、遅滞したことを詫び、今月は別の原稿のため稿料はいただかない、などとさまざまな事情を書き記した手紙が残される。歌人としての評判が高くなればなるほど仕事量も増え、当初の目標通りに天眠への原稿を書く時間が取れなくなってもくる。

鉄幹が欧州から帰国する折には、船が入港する神戸まで出迎えに行ってほしいと天眠に求め、「本月分の源氏の稿料」はそこでいただきたいと申し入れる。鉄幹から届いた手紙に、五十フランしか手もとになく、神戸で上陸するにあたってはお金を工面してほしいとの依頼による。けなげにも晶子は、夫に恥をかかせないように、これまでもそうなのだが、費用を集めるために身を粉にして働くしかなかった。

天眠との約束の百ヶ月が近づき、天佑社の旗揚げも目前となるが、晶子の『源氏物語講義』の原稿は半分ばかりしかできていなかった。しかし、予定した通りに天佑社は大正七年五月に株式会社として発足、第一冊は別の作品にせざるを得なく、以後も毎月二冊ずつ発行していくことになる。晶子は、しばらく中断していたようだが、原稿書きを再開し、月に八十枚ばかり書き、それに応じた稿料も支払われていく。

かねて晶子は女子教育にも関心が深く、大正十年には、西村伊作の校長、学監に鉄幹、晶子、石井柏亭が名を連ねた文化学院の設立に奔走する。大正十二年には御茶ノ水に木造四階建ての新校舎も増築するが、その落成直後の九月一日に関東大震災によって崩壊焼失してしまう。実は、晶子は明治四十二年に天眠から依頼されて書き続けてきた『源氏物語講義』の原稿をほぼ完成させ、文化学院に置いていたのだ。ところが建物とともに、その原稿もすべて消えうせてしまったのは、晶子ならずとも落胆せずにはいられなかったであろう。

　きはだちて真白きことの哀れなりわが学院の焼跡の灰（『瑠璃光』）
　十余年わが書きためし草稿の跡あるべしや学院の灰（同）
　失ひし一万枚の草稿の女となりて来りなげく夜（大正十三年『拾遺』）

晶子の書き終えていた原稿が一万枚であったかどうか、天眠は「此の原稿は約四五千枚も出来て居たのに、可惜大正十二年の大震災で灰燼に帰した」と記しているのと違いがありはするが、ともかく長い年月をかけての膨大な原稿の分量であったことはたしかであろう。晶子は、『源氏物語講義』をふたたび書き続けようとは、その後二度としていなく、それとは別に『新新訳源氏物語』を書いたのは昭和十四年になってであった。

三　六甲山苦楽園行き

晶子は鉄幹の欧州行きの費用を捻出するため、自らの歌百首を二曲屏風に書写して頒布し、それ以外にも幅物の染筆もして売ることにした。明治四十四年七月の「良人の欧州遊学の資を補ひ候ため」とする印刷物が残されており、それによると一種は金屏風にして百円、一種は金砂子屏風で五十円、申し込み締め切りは九月二十日とする。これがどれほど売れたのか判明しないものの、興味深い小林一三宛の、明治四十四年九月二十二日付け、締め切り二日後の手紙が現存する。これは二度目の手紙のようで、「かねておもひ居り候ひし四分の一にもたらず候へば、はなはだかゝること申し上げ候は心苦しく候へど、ぢくものの一つにても御加入被下候ハゞとぞんじ、御同情を乞ひ上げ申候」と、あらかじめ予定していた四分の一も売れず、申し上げにくいことながら、軸物一つでもよいので同情をしていただいて買ってほしいと依頼する。一三は屏風に関心を示すことなく購入しなかったようで、あらためて晶子は「同情を乞ひ上げ申候」と、資金調達に必死の思いを託する。

現存する小林一三宛の晶子とか鉄幹からの手紙ではこれがもっとも年月が古く、このような懇願からするとそれ以前から親しく交流していた様子で、それがいつ頃までさかのぼるのか、どのような契機で知り合うようになったのかは知りようがない。屏風は金額が張るだけに売れ行きが悪く、このままでは夫の欧州行きの費用も危機に瀕してしまうため、何でもよいから購入してすこしでも足しにしたいとの晶子の強い思いが、一三への手紙に「同情」のことばを書かせたのでもあろう。

逸翁美術館には晶子の「百首屏風」が存在しないように、結局は購入しなかったものの、それ以外の幅物とか短冊等は支援の思いで資金の提供をしたのであろう。九月三十日の晶子からの手紙には「あつかましき御ねがひに候ひしを御ゆるし給はり、御送金までなさせ給はりし御志のほど、あつく御礼申上候。仰せの絵は中沢弘光氏に依頼いたし申すべく、そのうち出来上り候はゞ、早速御送りいたすべく候」と書かれる。これからすると、一三は案内をした作品とともに、絵入の色紙か別の作品を求めたようで、『新訳源氏物語』の装丁や挿絵を担当した画家中沢弘光に求めて描かせ、できあがり次第送付すると返答する。それとともに、一三は晶子の窮状を助けようと、すぐさま送金もしたようで、その感謝のことばも添えられる。

このように与謝野家にとっては苦難の連続、鉄幹の欧州遊学、晶子も強く求められてのシベリア経由による渡欧、敦賀からアリヨル号でウラジオストクへ船で向かう。

船室の掛穴七つ七人の子によそへたる母の心に（明治四十五年・大正元年『拾遺』、

所収は「東京朝日」五月十五日）

春寒き浦じほに来と涙しぬ女王の如くおもへる人も（同）

残した子供たちへの思い、船旅の不安な気持ちを抑えながらも、一路夫の待つパリへと向かう。ただ、パリでは日々の生活の愁いもしばし忘れ、彫刻家オーギュスト・ロダンとも知遇を得るなど、それなりに楽しい生活を謳歌する。

若ければふらんすに来て心酔ふ野辺の雛罌粟街の雛罌粟（同、初出「東京朝日」巴里

雑詠、六月二十六日）

あかつきのシャンゼリセエの夏あかり沓すりて行く思ふことなし（同）

晶子は一人先に帰国し、神戸では天眠の出迎えを受け、ふたたび生活費の捻出に苦労する日々が訪れる。翌年に一月には鉄幹の帰国、四月にはロダンの名にちなんだ四男オーギュストが誕生し、これで八人の子持ちとなり、家計をますます圧迫してくる。それだけではなく、晶子が「神経衰弱」と表現する鉄幹の選挙への立候補、惨敗による物心両面での衝撃、どこまでも苦労は絶えることがなかった。

このような不如意な生活から少しでも脱却しようとしたのが、小林天眠が「歌行脚」と表現する、晶子にとっては初めての東京を離れた地における、自らの歌を直接揮毫して販売する収入をはかる方法であった。大正六年五月に、鉄幹は早速大阪の天眠と九州に住む白仁秋津（大牟田の「明星」の歌人）に手紙を書き、今月下旬から六月七、八日ころまで出かけて揮毫をしたい旨を述べる。どちらへも日程が重なるのは、有利な条件の場所に赴こうとしたのであろうか。天眠には、二週間ばかり大阪に滞在し、短冊、色紙、屏風などに揮毫し、三、四百円の収入を得たいとあけすけに打ち明ける。短冊や色紙は依頼者の自弁、宿泊場所の世話、訪れるもことも地元の新聞に宣伝記事も書かせるようにとの、かなり欲張った依頼ではある。結果としては、どちらも条件がよかったのか、与謝野夫妻は五月二十八日に東京を発ち、その夜は天眠宅泊、翌日から六甲山苦楽園にとどまり、六月十二日に岡山を経由して九州へ、若松、福岡、田川、日田などを訪れて揮毫し、二十七日に六甲山にもどり、帰京したのは七月九日であった。二週間の予定が、四十日を越える長期の旅、折しも晶子は身重の体、九月末には出産の予定だっただけに、収入を得るための歌行脚とはいえ、かなり厳しい行動であった。

晶子は帰京後体の変調も来たしもしたようだが、どうにか九月二十三日には十一人目の男の子が生まれる。大阪、九州への旅が影響したのかどうかはともかく、二日後にはその命を失ってしまう。はかない命、名はその運命によって「寸」と付けられる。

白き花もとの蕾にかへりたる不思議と見ゆれ子の「寸」の死よ（『火の鳥』、初出「婦

人画報」「白蠟」大正六年十一月）

生みつるはこの白蠟の子なりしと二日の後に指組み思ふ（同）

四　宝塚少女歌劇の観劇

大正六年五月二十九日の「大阪毎日新聞」には、依頼していた通り、「西遊せる与謝野夫妻」とし、「愛児オウギユストを連れて」の見出しのもとに、親子三人の写真も掲載される。二人の談として「一般同好者のための揮毫」であり、病気をしたこともあり「当分は気保養のため静かな山中」で過ごすことを強調する。それも確かにあったにしても、実態は揮毫によって三、四百円の収入を得ることにあり、そのために予定の旅程も大幅に延期しての揮毫であった。

六甲山苦楽園は明治の末年にラジウム温泉によって知られるようになり、大正三年からは本格的に保養地として開発、ホテルなども建設され、多くの文化人たちも訪れる高級住宅街として発達する。晶子は苦楽園を起点として故郷の堺に赴き、また天眠の娘迪子（十四歳）の、大阪南地名月楼における仕舞を見て感動の歌をも詠作する。

少女子が舞の袂をかへす時紫の雲立つとおもひぬ

少女子が舞のおもてにかざさるゝ金の扉とわれもならまし

初夏や鼓と笛を父母になして舞ふ子を子にもちてまし

晶子は美しい天女のような少女の舞に感動し、歌を詠みつらねて天眠に送り、また自らの歌集『火の鳥』にも収載する。ここで、晶子は「このような子を子に持ちたい」と歌ったが、それか後に長男光の嫁になるという不思議な運命の結びつきにもなる。

天眠は晶子にこの一連の歌十三首の染筆と、そのいきさつも加えるように求める。天眠は晶子が称賛した迪子の袴の一部を裁断し装丁し、さらに題字も揮毫を依頼して「泉の壺」という、天下に一本の歌書も作成する。この晶子が称賛した迪子の舞姿、これは直前に宝塚少女歌劇を目にしたことも背景にあったのであろう。

西遊せる 與謝野夫妻
愛兒オウギユストを連れて

◇與謝野寛氏並に夫人晶子は今回久方振の西遊を思ひ立ち四男オウギユスト(三)を連れて二十八日午後八時二十五分梅田着來阪當地の友人小林政治氏夫妻、高安博士夫人その他の出迎へを受け東區久寶寺町四丁目の小林氏方に一泊の上向ふ二週間ばかり六甲苦樂園に滯在一般同好者のため揮毫の需めに應ずべしといふ

◇與謝野氏は曰く「一昨年佛國西から歸つて以來始めて當地へ參つたのですが私も長らく病氣をしてやつと癒つたばかりの身體ですから當分は氣保養のため靜かな山中に引籠つてホンの同好者だけに歌の揮毫をやつてみる考へです、東京では學校の方を廢して今は詩歌や何かの編纂に沒頭して居りますけれども今後はヤハリ詩によつて立つ考へで居ります」

◇又晶子夫人は「私など當地が生れ故郷と申してもい、位ですが今度は久し振にゆつくり大阪を研究してみたいと思つて居ります宅では子供が大勢なので隨分頭骨が折れ何彼と心配が絶えないものですから私も昨今は神經衰弱で困つて居ります好きな著作に親む餘暇のないのが何よりも殘念でございます」云々

苦楽園での揮毫には、小林一三や山口吉郎兵衛の支援もあったようで、晶子は毎日のように屏風、歌帖、半折、色紙、短冊の染筆に時間を割いていたという。山口は山口銀行（後の三和銀行）の頭取、また美術品のコレクターでもあり、その屋敷と収集品が現在の滴翠美術館である。

小林一三は与謝野夫妻や天眠一家を宝塚にも招いたようで、迪子の『想い出』（昭和五十九年）の著作によると、大正六年六月の晶子への追憶が鮮明に記される。

この滞在中、義父母、オーちゃんのお伴をして、私達、両親に上の女の子三人が宝塚少女歌劇を見に行っている。「アンドロクレスと獅子」の歌劇中、縫いぐるみの獅子が出て来るのを見て、オーちゃんは恐がって泣き出した。

宝塚少女歌劇は、大正二年に宝塚唱歌隊を出発とし、翌年の四月一日から第一回の公演が始まり、その上演は歌劇「ドンブラコ」などであった。晶子や子供のオーギュスト（オーちゃん）、迪子などが見たというのは、大正六年三月二日から五月二十日までの歌劇「アンドロクレスと獅子」で、当時の舞台写真にも中央に縫いぐるみの獅子が登場し、記録にも「舞台のまん中へ、思い切って大きな獅子を出してくる、といった随分と目先きの変っているところが、えらばれたわけでした」と、一般公募によって選ばれた演目の意図が記される。五つのオーギュストは、この獅子を見て泣き出したようで、状況からするとこの作品でしかあり得ない。ただ問題なのは、晶子がオーギュストを連れて大阪を訪れた時には、すでに宝塚少女歌劇の舞台は五月に終了しているので、宝塚で見た可能性は低くなる。しかし、この作品は、これ以降ずっと、今日まで再演されたことがないため、他日に見た記憶と混同したとは考えられない。今のところ、この演目は評判のよさに延期されたか、あるいは晶子のために小林一三が特別に舞台にかけたのか、明らかでない。

迪子の思い出によると、歌劇が終わった後、小林一三に温かく迎えられ、あこがれのスター高峰妙子や雲井浪子などに紹介され、話をすることができたという。高峰妙子は、「ドンブラコ」の桃太郎役をし、アンドロクレス役をするなど、男役スターの第一号とされ、花組のトップを勤めていた。その後、小林一三は晶子に持参した扇子に歌の染筆をしてもらい、女優たちに配ったようで、彼女たちは大喜びしていたとも記す。現在逸翁美術館に蔵される、晶子筆跡の扇子がそのうちの一本なのであろう。なお晶子は、大正九年四月にも宝塚少女歌劇を山田耕筰と観劇しているのによっても知られるように、もともと歌劇が好きではあったと思われる。

晶子は、宝塚歌劇を見る機会を得、また近辺を散策もしたようで、そこで詠んだのが「宝塚にてよめる」とする三首の歌で、この懐紙が現存する。

武庫川の板の橋をばぬらすなりかじかの声も月の光も
夕かぜは浅瀬の波をしろく吹き山をばおもき墨いろにふく
かぜふけば夜の川波にはやがきの文字かく灯かな湯の窓にして　晶子

小林一三が、宝塚歌劇の雑誌「歌劇」を創刊したのは大正七年八月、早速右の歌三首をコラムのようにして掲載するのによっても、うれしく思ったのに違いない。なお、初めの「武庫川の板の橋をば」の歌は、現在阪急宝塚駅近くの宝来橋たもとに、晶子の筆跡をそのまま模刻した石碑が建てられている。

五　鉄幹の懐紙

与謝野夫妻は大正六年五月末から六甲山苦楽園にとどまりながら、途中二週間九州へ赴き、帰京したのは七月九日であった。大阪を離れる前の七月三日に、鉄幹から小林一三へ次のような手紙が届けられる。

にはかに書中の光景と相成り申候。皆様御かはりも無之候や。小生どもは九州の旅中に少しく疲労の気味を感じ候ひしがこの山に帰り候て元気を快復致し申し候。さてこの度ハ計らずも多大の御高配にあづかり恐縮と感謝との外無之候。出発前一寸拝趨致し親しく御礼申述度と存じ候へどもその時を得ず、已むなく書中を以て御挨拶申上候。失礼おゆるし被下度候。（中略）小生の悪筆は梅田までお届け致すべく候。

鉄幹は一三に苦楽園滞在中の恩義を感謝し、六甲山での体力的にも精神的にも回復した思いを伝え、「小生の悪筆」を梅田まで届けさせるとする。これは当然のことながら手紙とは別で、鉄幹自筆による歌作品を述べているのであろう。そのような視点から逸翁美術館の鉄幹の作品を見ていくと、懐紙六葉八首からなる歌を見いだす。

山にきて日ごろえよまぬものよめば松ふく風も謎に似るかな
人の世のくるしきこともこの山にきて味へば力となりぬ

苦楽園は温泉も湧く保養地、武庫山という山並みの一つで、このような環境に身を置いていると、松吹く風の音を聞くにつけ、謎めいた暗示を受けるように、新しい歌が詠まれてくる。斎宮女御の「琴の音に峰の松風かよふらしいづれの緒よりしらべそめけむ」（拾遺集）ではないが、妙なる風の音、鉄幹は山にいて耳を澄ませながら、不可思議な霊力を覚え、萎えた心身がよみがえるような思いがしたのかもしれない。鉄幹のこの数年の精神的な不安、さまざまな苦しさも、山の生気に洗われ、力の漲（みなぎ）る思いがしたのではないだろうか。

　はるかにも海の展べたる浪の背を見て小踊りす武庫の山風

　たのしくも武庫の山べの湯にありぬ岩まに遊ぶ雲のこゝちに

　鉄幹は六甲の山から眼下に広がる大阪湾を目にし、吹き上げて来る風を肌に感じながらも心地よい気分に陶然とし、湯に身を浸し、晶子に宿った新しい命もはぐくむ思いであった。晶子も同じように、

　武庫山のみどりの中にわれ立ちて打出の磯の白波を愛づ（『火の鳥』）

　海見ゆる武庫の山辺に二十日程ありて端居に馴れにけるかな（大正六年「拾遺」）

と、夫と同じような情景を詠み、穏やかな思いのときを過ごす。鉄幹の場合は、小林一三に気力の充実した思いを歌に託して伝えたかったに違いなく、それだけ支援の大きかったことをうかがわせる。

　それより前の六月四日、苦楽園にいる晶子から小林一三へ手紙が届けられる。晶子も人々の助けによってそれなりに作品の揮毫をし、故郷の堺に出かけ、また大阪では迪子の仕舞を見て歌を詠むなど多忙ではあった。宝塚歌劇を見に出かけた折、小林一三から自宅への招待も受けたようで、

　うつくしきもの、あいらしきもの、清きものをなほまぼろしに見ながら、月夜のみちをかへり候ひしこゝち忘れがたく、今朝もおもひ申し候。ほたるなどもとびかひ居り、六月の虫の音のあはれに候ひしこと、心もみどりにそまるやうにおもはれ候ひし。八日か十一日におうかゞひいたしたく存じ申し候。いろ〳〵にをしへ頂き候ことを幸におもひ居り申候。

　奥様に何とぞよろしくねがひ上げ候。

と記し、巻末には、

　山うつる石のゆぶねにある人も子のおもはれてわりなかりけれ

の歌が添えられる。おうかがいするのは、六月の八日か十一日ではいかがであろうかとする内容で、「うつくしきもの、あいらしきもの、清きもの」とは、まさに歌劇の少女たちを思い描いてのことばであり、このイメージが迪子の舞とも重なったのであろう。さらに「山うつる」の歌は、鉄幹と同じく湯船に身をゆだねながら、ふと想念によぎるのは自宅に残した子供たちの姿であった。

六　晶子の「源氏物語礼讃歌」

　与謝野夫妻が小林一三宅に招かれたのは、六月の八日か十一日、そこで二人は秋成詠の「源氏物語五十四首短冊貼交屏風」を目にする機会を得たようである。一三の美術品買入帳によると、大正六年四月の項に、

一、上田秋成源氏物語五十四帖中屏風　田中源氏　裏絵呉春、砂粉、応挙　２００―

とあり、秋成が『源氏物語』の巻々を詠作した五十四首の短冊を二曲一双の屏風に仕立てたもので、これについては煩雑になるためここでは述べないことにする。この屏風は逸翁美術館に現存するように、秋成自筆の短冊が押されており、一三としてはわずか二ヶ月前に手にいれたばかりで、晶子が『源氏物語』に関わっていることもあり、披露に及んだのであろう。

　晶子はこの屏風をしげしげと眺め、秋成の『源氏物語』の巻々を詠じた一首一首の歌にことのほか引かれ、自分でもあのような歌を作りたいとの思いに捕われるようになった。それから三年足らずの後の大正九年一月二十五日、晶子は小林一三に次のような長い手紙と「源氏物語礼讃歌」の短冊五十四枚を送ってくる。

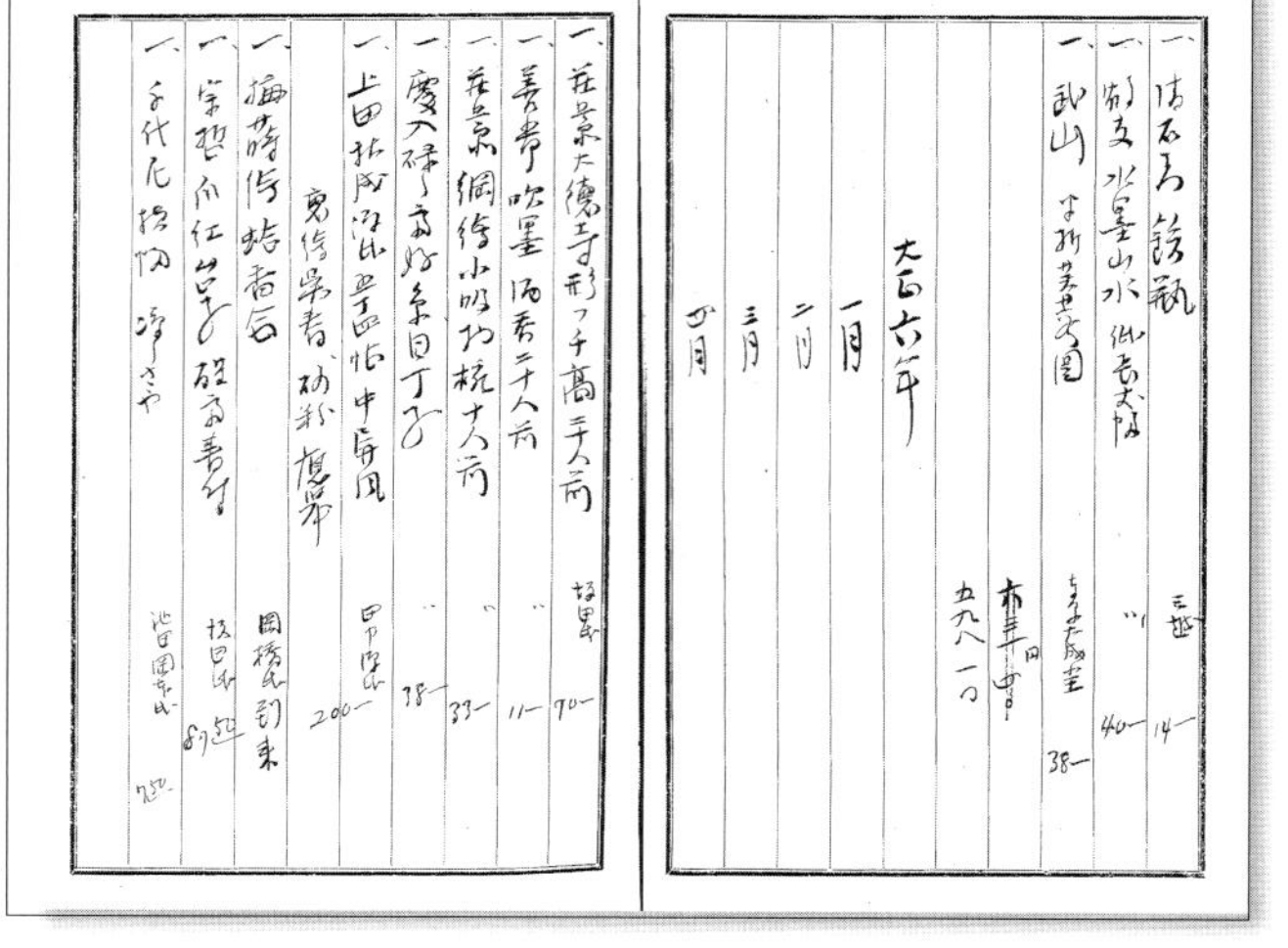

　啓上

　そのゝち皆々様御変りもあらせられず候や、うかゞひ上げ候。まことにけふこのごろばかり人生をもろくはかなしとおもはるゝ時もなく候。如露如雹など朝々新聞を見候度におもはれ候。注射のみを力のやうにいたして私どもゝくらし居り候。私の方の注射はワクチンならで、それは病に抵抗力をつくる性質のものにて、多くの人発病後にももちゐてなほり居られ候。カンフルにいろ〳〵のものの混じれる薬のよしに候。かゝる時に候へば御参考に御きゝおき下されたく候。

　さて先年うかゞひ候せつ拝見いたし候ひし秋なりの源氏の屏風、うらやましく存じ、いつかは自分も試みてましとおもひ念じ候ひしが、去年のくれにある人ぜひ五十四帖をうたにせよと申され、やうやく三十日の朝までによみ上げ候ひしもの、そのゝちいく度もうたをかへ、なるべく完全にと心がけ候ひしが、お目にかくるもはづかしからぬまでに、自信もでき候ひしかば、私の源氏のうたもまた御手許へとゞめさせ給へとてさし上げ候。

　これは人のふるきごと好みと申すべく候へば、活字にはいたさず候、遺稿をあつめ候

せつ御しめし下されたく候。たんざく、晩翠軒へまゐりいろいろ見申候しかど、よろしきと思ふはかずのそろはずなどいたして、つひに平凡なるものになり候。かゝるうたは誰にも味はひいたゞけるものならねば、あなた様に御よみ頂き候ことを想像いたし候て、唯ひとりほゝゑみ居り候。
大阪へまゐりたしとおもひ居り候へども、いつもゆめのうきはしになりてしまひ候。
奥様お嬢様にもよろしく御伝へ下されたく候。

晶子の「源氏物語礼讃歌」の成立した背景について詳細に述べており、それだけにきわめて貴重な資料といえる。与謝野夫妻がワクチンではなくカンフル注射のような生活というのはともかく、晶子は秋成の短冊屏風を見て以来、自分でも詠作したいとの思い続けていたのだが、前年の暮にこのことを「ある人」（「中央公論」の編集者高山樗蔭とされる）に話したところ、ぜひ詠むようにと強く勧められ、一気に作り終え、ことばなども整えてやっと自信作になったという。虎ノ門の晩翠軒へ出かけて短冊のよい品をと探したものの、数が揃わないこともあり、平凡な料紙になってしまったと断り、自分では活字にするつもりはなく、死後に私の「遺稿」を集めたときにでも発表していただければよく、ほかならぬ一三さまに味わっていただければ幸いだとも記す。このように書かれると、一三ならずとも躍如としたうれしい思いがしたはずで、自分のためだけに「源氏物語礼讃歌」の短冊を書写して贈ってくれ、活字にもするつもりはないというのだ。

晶子からこのような丁重な手紙と、五十四枚の短冊が届けられただけに、一三はその礼を奮発したようで、二月三日の晶子からの手紙には、

御機嫌よろしくおはします御ことを、先づよろこびに存じ申候。私のありのすさびにむくいさせ給ふに、あまりにおびたゞしき御贈物におどろき申候。御志をながく記念にいたすべく、白木屋にて蘭陵王の雛人形を一つもとめおくべく候。これは去年より童心にかへりて欲しかりしものに候。

と、「おびたゞしき御贈物」とともに礼金も送ったようで、その記念として白木屋で「蘭陵王の雛人形」を買うことにしたとも報告する。

ところが、それからほどなくの三月十一日と推定される、小林天眠の妻雄子への晶子からの手紙には、思いがけないことばが記される。

九条武子様にも、その前に源氏五十四帖のうたをおく様へと同じものしたゝめて上げたく存じ居り候。おく様へのは帖にせんかと存じ、いろ〳〵中沢氏の絵などさがさせんといたし候が、版画はやはり品格わろく候へば、たんざくにいたし、いつぞやの小林一三様の屏風のやうにして頂かんと存じ候。かの方にだけは先づたんざくにかきて上げ候に、恐縮いたすほどおよろこび下され候。
あとより気に入らぬうたをかへ、今はやゝ完全になりしやうにおもひ居候へど、書きて見候ハゞまたいかに思はれ候べき。

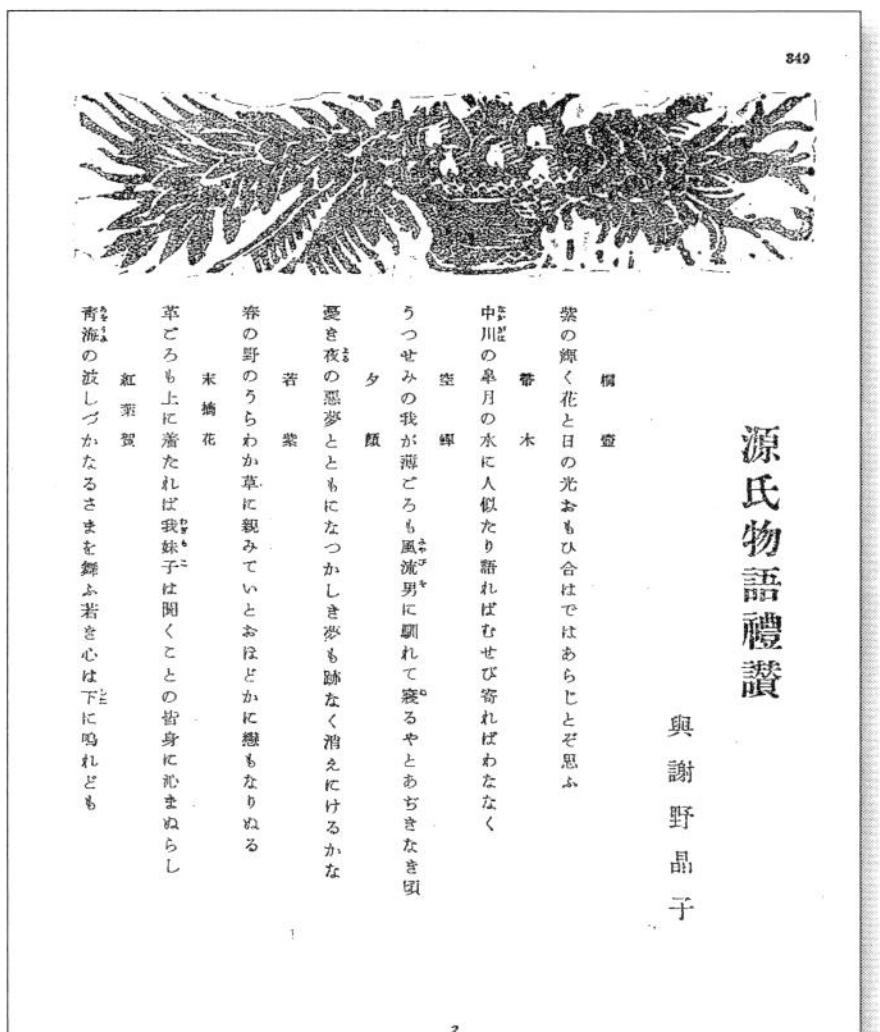
349

源氏物語禮讃

與謝野晶子

桐壺
紫の輝く花と日の光おもひ合はではあらじとぞ思ふ
帚木
中川の皐月の水に人似たり語ればむせび寄ればわななく
空蝉
うつせみの我が薄ごろも風流男に馴れて寝るやとあぢきなき頃
夕顔
憂き夜の悪夢とともになつかしき夢も跡なく消えにけるかな
若紫
春の野のうらわか草に親みていとおほどかに戀もなりぬる
末摘花
革ごろも上に着たれば我妹子は聞くことの皆身に沁まぬらし
紅葉賀
青海の波しづかなるさまを舞ふ若き心は下に鳴れども

3

小林一三には「活字」にするつもりはないとか、「遺稿」にしてほしいとし、「あなた様に御よみ頂き候ことを想像いたし候ひて、ひとりほゝゑみ居り候」としながら、二ヶ月も経たないうちに、九条武子にも書写して送るつもりだが、その前に雄子に「源氏物語礼讃歌」の短冊（現存）を差し上げるというのである。歌帖にしようか、版画を下絵にしようかなどと考えているうちに月日が過ぎるため、とりあえず小林一三には短冊にして送ったのだが、それは秋成短冊のように屏風にしていただけるようだとも述べる。

このようにして、小林一三への短冊が最初かと思うと、小林雄子にも、また九条武子にも「源氏物語礼讃歌」は書写されて呈上されたようで、その後も次々と色紙歌帖にし、屏風にも揮毫するありさまである。さらに大正十年十一月には豪華な「源氏物語礼讃」の色紙歌帖を高島屋から発売、第二次「明星」の三号（大正十一年一月）には、巻頭に「源氏物語礼讃」と、何の注記も付さないまま活字にして発表しており、会員になっている一三もこれには驚いたのではないだろうか。

昭和十四年には晶子の『新新訳源氏物語』が完成、その各巻の冒頭には「源氏物語礼讃歌」を一首ずつ配するという利用もしており、その年の十月二日に上野の精養軒で催された祝賀会の案内によると、晶子自筆の巻子本「源氏物語礼讃歌」を百巻書写し、一巻百円で販売することも宣伝する。

晶子の「源氏物語礼讃歌」は、今日一般には『新新訳源氏物語』の各巻に挿入されて一般化し、代表的な歌とされるものの、その詠作の発端となったのは、大正六年六月に小林一三邸で秋成の「源氏物語五十四首短冊貼交屏風」を披見したことによっているのである。鉄幹は昭和十年三月に六十二歳で亡くなり、晶子は昭和十七年五月に六十四歳でこの世をさる。小林一三は、「悼晶子夫人」として「数万の星の如く輝ける歌をのこして君逝き玉ふ」と詠む。

I 歌百首屏風——晶子と一三、交流の先駆け——

1 歌百首屏風（遠方の）与謝野晶子筆　堺市博物館蔵
2 歌百首屏風（抱くとて）与謝野寛・晶子筆　堺市博物館蔵
3 歌百首屏風（わがかどの）与謝野晶子筆　堺市立中央図書館蔵
4 歌百首屏風（正月は）与謝野晶子筆　堺市（堺市立文化館与謝野晶子文芸館）蔵

百首屏風は、夫である寛が渡欧するに際して、金銭的余裕のなかった晶子が、かねてより親交のあった、金尾文淵堂主人、金尾種次郎に相談し、制作することにした屏風と言われている。二つ折りの金屏風に、晶子の和歌を百首書き、その売り上げを渡欧費用に充てることとしたのである。制作には息子の光なども手伝ったことなどが伝えられている。

しかし、現存している百首屏風を見ると、そのほとんどが百首には足らず、また渡欧前のみに作られた歌が書かれた屏風もないといわれ、渡欧費用に充てるためだけではなく、その後も続々と制作されていたことがわかる。

屏風一面に何首もの歌を書くが、その方法は様々で、上から下へと整然と書かれているもの（作品2）もあれば、かなり大きい文字で数首書き、その他の部分を埋めたもの（作品1・3）、など、視覚的にも楽しめる作品となっている。

また、作品2のように、夫婦で揮毫している作品は、すでに大正二年の沖野岩三郎宛書簡等で制作されていたことはわかるが、現存するものは少なく貴重である。

5 小林一三宛書簡　明治四四年八月八日付　池田文庫蔵

拝啓
いよいよ御清適のほど賀し上げまゐらせ候。さて唐突に候へども、此度良人の欧州遊学の資を補ひ候ため、左の方法により私の歌を自書せし百首屏風及び半折幅物を同好諸氏の間に相頒ち申したく候間、御賛成の上御加入なし下され候やう、特に御願ひ申上げ候。早早敬具。

明治四十四年七月　与謝野晶子

小林一三殿　御もとに

規定

一、「百首屏風」は二枚折屏風に晶子自作の短歌一百首を縦横に雑書したるもの。之を左の二種に分つ。
一、第一種は二枚折、竪五尺、幅弐尺五寸、縁墨塗の金屏風にして、堅牢なる箱入とす。此代価金壱百円。
一、第二種は二枚折、竪五尺、幅弐尺五寸、縁墨塗の金砂子屏風にして、堅牢なる箱入とす。此代価金五拾円。
一、半折幅物は薄紙に晶子の歌一首を自書せるもの。絹表装の上、桐製の箱入とす。此代価金拾五円。但し特に絹本に揮毫を望まるる人は別に金壱円五拾銭を添へられたし。
一、加入申込期限は本年九月二十日とす。
一、申込書は代金全部を添へて下記申込所の内何れかへ送附せられたし。申込所は直ちに受領書を呈す。猶東京大阪両市内に限り申込書のみを送附せらる時は集金人を差出すべし。其他の地方よりは振替貯金為替にて送金せらるるを便とす。
一、揮毫は申込順に由る。
一、現品は申込順に由り三十日乃至五十日以内に各申込所より送附す。但し送料は申受けず。
一、代金領収の責任は与謝野晶子に於て之を負ふ。
一、之に関する用件は申込所の内特に金尾文淵堂へ御照会を乞ふ。

申込所　東京市麹町区中六番町参番地与謝野方　東京新詩社
振替貯金口座東京七弐四壱
東京市神田区北神保町弐番地平出方　昴発行所
電話本局四弐六四
東京市麹町区平河町五丁目五番地　金尾文淵堂
電話番町弐〇九三
振替貯金口座東京参八壱七
大阪市東区備後町四丁目十二番地　小林政治
電話東五五弐
振替貯金大阪弐四四弐

一、追って御交友の間へも御勧誘下され候やう併せて願上候。

寛の渡欧費用を準備するために計画された、百首屏風の案内状である。宛名の「小林一三」だけが晶子の自筆で、それ以外は全て印刷されたものである。明治四四（一九一一）年は、一三は箕面有馬電気軌道株式会社の専務取締役として、沿線開発等に多忙を極めていた頃のことである。

6　小林一三宛書簡　明治四四年九月二二日付
与謝野晶子筆　池田文庫蔵

啓上
こゝちよき秋の日となり申候。先日書面にて申し上げ候ひし私の書の屏風ぢくものゝこと、そのゝち申込の候ひしかずはかねておもひ居り候ひし四分の一にもたらず候へばはなはだかゝること申し上げ候は心苦しく候へどぢくものの一つにても御加入被下候はゞとぞんじ御同情を乞ひ上げ申候　かしこ
廿二日に
晶子
小林様　みもとに

先に送った書簡（作品6）で案内した、百首屏風などが思ったよりも売れていないので、このような事をお願いするのは心苦しいが、軸物一点でもいいから購入いただけないか、という内容である。寛が渡欧し、一年間ヨーロッパで暮らすのに必要とされていた金額は、当時の金額で二千円と言われていた。

7　小林一三宛書簡　明治四四年九月三〇日付
与謝野晶子筆　池田文庫蔵

啓上
再度の御文拝し申上候。あつかましき御ねがひに候ひしを、御ゆるし給はり御送金までなさせ給はりし御志のほどあつく御礼申上候。仰せの絵は中沢弘光氏に依頼いたし申すべくそのうち出来上り候はゞ、早速御送りいたすべく候。とりあへず御礼まで　かしこ
九月卅日
晶子
小林様　みもとに

一三の返書がどんな内容であったのか、再度送られてきた晶子の書簡の内容から推測することしか出来ないが、どうやら晶子の意を汲み、何らかの作品を購入したようである。『新訳源氏物語』の装幀をした、洋画家の中沢弘光に絵を依頼していることは文面よりわかるが、どのような作品であったかは、一三の残している買入帖にも記載がなく、収蔵品にも収まっていないため判然としない。

Ⅱ　大正六年の晶子
——六甲山苦楽園での「歌行脚」と宝塚——

8　和歌懐紙「宝塚にてよめる」　与謝野晶子筆
逸翁美術館蔵

宝塚にてよめる
武庫川の板の橋をばぬらす
なりかじかの声も月の光も
夕かぜは浅瀬の波をしろく吹
き山をばおもき墨いろにふく
かぜふけば夜の川波にはやがき
の文字かく灯かな湯のまちにして
晶子

大正六年に来阪した際に詠んだ和歌三首を書いた懐紙。「夕かぜは」の歌は、『火の鳥』に所収されている。「夕かぜは」と「かぜふけば」の二歌は、それぞれ東京日日新聞に同年六月六日、二五日に掲載されている。「武庫川の」の歌は、全集未所収。この翌年、宝塚少女歌劇（後の宝塚歌劇）の機関誌「歌劇」が創刊される。その創刊号内に、この三首が掲載されているが、三首目の「湯のまちにして」を「湯の窓にして」と誤って載せられている。「湯のまち」とは、宝塚新温泉のこと。

9　和歌「かろやかに」　扇子（桐の花下絵）
与謝野晶子筆　逸翁美術館蔵

かろやかに
夕月かゝる
みそらより
こしごと君は
たゞずめるかな
晶子

『さくら草』所収歌。宝塚歌劇鑑賞後、一三は用意していた扇子何本かに晶子の揮毫を乞うた内の一握。この他にも高峰妙子をはじめとする生徒たちに配られた。（与謝野迪子著『想い出』に拠る）

10　『宝塚少女歌劇　第四・五・六脚本集合本』
「アンドロクレスと獅子」箕面有馬電気軌道株式会社刊
一冊　池田文庫蔵

「アンドロクレスと獅子」は、アンドロクレスを高峰妙子、獅子を高砂松子が演じた歌劇である。大きな獅子のぬいぐるみが舞台上に登場した。村岡貞一作、原田潤作曲。

11　小林一三宛書簡　大正六年六月四日付　与謝野晶子筆
池田文庫蔵

啓上
うつくしきもの、あいらしきもの、清きものをなほまぼろしに見ながら月夜のみちをかへり候ひしこゝち忘れがたく今朝もおもひ申し候。ほたるなどもとびかひ居り、六月の虫の音のあはれに候ひしこと心もみどりにそまるやうにおもはれ候ひし。八日か十一日におうかゞひいたしたく存じ申し候。いろ〳〵にをしへ頂き候ことを幸におもひ居り申候。奥様に何とぞよろしくねがひ上げ候。
かしこ
四日朝

晶子

小林一三様
みもとに

山うつる石のゆぶねにある人も子のおもはれて
わりなかりけれ

良人よりもよろしくと申しいで候。

大正六（一九一七）年六月から七月にかけて、寛・晶子夫妻は、大阪、六甲山、苦楽園、堺などを訪れた。小林政治（天眠）の世話で、苦楽園に滞在したが、そこでは頒布会を行っている。天眠が著した『毛布五十年』に、「苦楽園の滞在中に晶子さんは毎日二枚折屏風、歌帖、半折、色紙、短冊等多数の揮毫を続けた。山口吉郎兵衛氏、小林一三氏等がその主たる依頼主であった」とあり、この時に、逸翁は寛と晶子の作品を数点購入している。

文中の「うつくしきもの、あいらしきもの、清きもの」とあるのは、宝塚少女歌劇を観劇した感想と考えられる。夫妻が来阪した時は、『宝塚歌劇五十年史』によれば休演中であるが、夫妻と共に来阪した四男オウギュストが、歌劇「アンドロクレスと獅子」の劇中に登場する獅子を見て泣き出したという話が残されており（与謝野迪子著『想い出』に拠る）、特別に公演が行われたのであろうか。「山うつる石のゆぶねにある人も子のおもはれてわりなかりけれ」は、『火の鳥』所収。（初出は大正六年六月「大阪毎日」に「山雨余滴」として）

12　小林一三宛書簡　大正六年七月三日付　与謝野寛筆
池田文庫蔵

啓上
にはかに暑中の光景と相成り申候。皆様御かはりも無之候や。小生どもは九州の旅中に少々疲労の気味を感じ候ひしがこの山に帰り候て元気を恢復致し申し候。
さてこの度は計らずも多大の御高配にあづかり恐縮と感謝との外無之候。出発前一寸拝趨致し親しく御礼申述度と存じ候へどもその時を得ず、已むなく書中を以て御挨拶申上候。失礼おゆるし被下度候。先日頂戴致候御高著は帰京のうへ拝見致すことを楽みに致居り候。猶永く書斎の中ニ記念として珍蔵致度候。小生の悪筆は梅田までお届け致すべく候。お序に吉岡氏によろしく御伝へ被下度候。荊妻よりも万々御礼申伝へ候。

艸々拝具。

三日　寛

小林一三様
令夫人様　御侍史

寛・晶子夫妻は、大阪滞在中に、九州も訪れている。九州では白仁秋津を頼り頒布会を行った。書面からは、九州の旅中に体調を崩したが、帰ってきたら元気を取り戻したことが読み取れる。「この山」とは「六甲山」のことである。この時、一三が夫妻に送った本とは、何であったのか。大正四年に刊行された、『曽根崎艶話』が最も可能性が高い。この時、寛が梅田に届けた「悪筆」が、作品20～25であろう。

13　小林政治宛書簡　大正六年七月一〇日付　小林一三筆
京都府立総合資料館蔵

七月十日

よさ野寛様晶子様御帰京の由一度おめにかゝり度と思居候へ共、それも不叶去夜御礼申上に存候。尚御揮毫の懐紙正に落手仕候。御礼申上候　不一

寛が届けた懐紙を確かに受け取ったということを、政治に告げた書簡。この前日に寛と晶子は帰京した。

14　小林一三宛書簡　大正六年一〇月二三日付　小林政治筆
池田文庫蔵

少女歌劇の評判のよいのを聞く毎に陰ながら嬉しく思ふて居り升　小林政治

新出書簡。差出人のところに、「与謝野方にて」とあることから、与謝野家を訪れた際に書かれたはがきであることがわかる。

有島生馬が描いた晶子の燈火下の顔の印刷された絵はがきを用い、右上には、晶子の筆で、「いつしかとうちこぼれたる涙ゆゑ螺鈿の紋のおかれし机　晶子」（『火の鳥』所収、初出は、同年一二月刊の「早稲田文学」）が書かれている。右下部には、「お庭の秋のこの頃を偲びます　中村生」とあり、劇作家の中村吉蔵の書き込みもある。

15　歌帖「泉の壺」　与謝野晶子筆　京都府立総合資料館蔵

大正の六年水無月
十日浪華の地にて小林
迪子の君　師の御賀に
乱の曲を舞ひ給ふ
よそほひは翡翠の
上衣に濃き色の袴なり

目に
ちかく神達の
世を
見せしめて
幼き君の
まひ
たまふかな

小林政治（天眠）の娘、迪子（後に、長男・光に嫁す）の仕舞を見た感想を詠った十三首を歌帖にした。その際に、この日に迪子が着用していた袴の裂地を表紙に用いたことが、政治が『日本女性』に書いた晶子追悼文「歌帖『泉の壺』」や、迪子の自著『想い出』の中に記されていることからわかる。

16　和歌短冊「夕かぜは」　与謝野晶子・河野鉄南筆　覚応寺蔵

大正六年に、欧州旅行後、初めて河野鉄南と再会した際の短冊。表には、晶子筆で

夕かぜは浅瀬の波を白く吹き
山をばおもき墨いろに吹く　晶子

と書かれる。この歌は作品8にもあるように、宝塚で詠まれた歌である。また、裏面には、鉄南の書で、

大正六年　鉄南誌之
与謝野鉄幹晶子夫妻欧洲洋行前より
爾来相見ざる事数歳今六月之五日夜偶々
帰堺し浜寺一力楼に泊す其途次宝塚に於ける作

と書かれており、晶子夫妻が堺の浜寺にあった「一力楼」という宿に泊まっていたことがわかる。

17　和歌懐紙「紅き絹」　与謝野晶子筆　逸翁美術館蔵

紅き絹二つに切りて分つ時
恋のやうにもものゝかなしき　晶子
今ひとたびわれを忘るゝ日はなきや
親のいさめし恋のごとくに
あなこひしうちすてられし恨など
ものゝかずにもあらぬものから
そのつまをいひかひなしと憎みつゝ
のゝしりつゝも帰りこよかし
君こひし寝てもさめてもくろ髪を
梳きても筆の柄をながめても

五首とも『青海波』所収歌。大正六年の頒布会にて購入したものの一つ。

18　和歌懐紙「紺青の」　与謝野晶子筆　逸翁美術館蔵

紺青のわがかきつばた夕ぐれを
ふかく苦しくいたましくする　晶子

『さくら草』所収歌。大正六年に購入。

19　和歌懐紙「芝居より」　与謝野晶子筆　逸翁美術館蔵

芝居よりかへれば君が文つきぬ
わが世もたのしかくの如くば　晶子

『青海波』所収歌。大正六年購入。

20　和歌懐紙「ふれがたき」　与謝野寛筆　逸翁美術館蔵

ふれがたき枝と見ゆれどぼけの花
こぼるゝばかり赤き花さく　寛

21　和歌懐紙「朝の雨」　与謝野寛筆　逸翁美術館蔵

朝の雨山のみどりにしろをまぜ
岩と小松を粗描きぞする　寛
たのしくも武庫の山べの湯にありぬ
岩まに遊ぶ雲のこゝちに

22　和歌懐紙「行方なき」　与謝野寛筆　逸翁美術館蔵

行方なき人といふこそかなしけれ
天つしら鳥飛ばましものを
山の雨しろくふるとき岩のむれ
空を仰ぎて笑はぬはなし　寛

23　和歌懐紙「彼等みな」　与謝野寛筆　逸翁美術館蔵

彼等みな飢の足らねばみづからの
そのあまさをばわすれたるかな　寛

24　和歌懐紙「はるかにも」　与謝野寛筆　逸翁美術館蔵

はるかにも海の展べたる浪の背を
見て小踊りす武庫の山風　寛

25　和歌懐紙「山にきて」　与謝野寛筆　逸翁美術館蔵

山にきて日ごろえよまぬものよめば
松ふく風も謎に似るかな
人の世のくるしきこともこの山に
きて味へば力となりぬ　寛

III　晶子「源氏物語礼讃歌」の展開

26　源氏物語五十四首短冊貼交屏風　上田秋成筆　逸翁美術館蔵

晶子が一三に和歌短冊「源氏物語礼讃歌」五四枚を贈る契機となった屏風である。秋成が詠んだ五十四首は、秋成の七〇歳を期して編集された歌文集『藤簍冊子（つづらぶみ）』に収載されて

いる。

紅葉賀　もみぢはの光をけふは照そへて
千秋と君をいはふべらなり

花宴　かすむ夜もしづ枝やすげに手折るゝ
薄はなさくら色にゝほひて

葵　わりなしや妬さひとつのうきせには
人をも身をも沈めつるかな

さか柎　神風のいせはそなたとさし櫛の
さしてのらねば恋の繋けむ

花散里　いろは香にまけてにほへる橘の
はなちる宿も絶ずとはまし

27　和歌短冊「源氏物語十八首」　上田秋成筆

逸翁美術館蔵

作品26と同じく、秋成が『源氏物語』について詠んだ歌を記した短冊。漢字や平仮名の使い方の違いの他、若干の変更も見受けられる。

28　小林一三宛書簡　大正九年一月二五日付　与謝野晶子筆

池田文庫蔵

啓上

そのゝち皆々様御変りもあらせられず候やうかゞひ上げ候。まことにけふこのごろばかり人生をもろくはかなしとおもはるゝ時もなく候。如露如雹など朝々新聞を見候度におもはれ候。注射のみを力のやうにいたして私どもゝくらし居り候。私の方の注射はワクチンのならで、それは病に抵抗力をつくる性質のものにて、多くの人発病後にもちゐてなほり居られ候。カンフルにいろ〳〵のものの混じれる薬のよしに候。かゝる時に候へば御参考に御きゝおき下されたく候。

さて先年うかゞひ候せつ拝見いたし候ひし秋なりの源氏の屏風、うらやましく存じ、いつかは自分も試みてましとおもひ念じ候ひしが、去年のくれにある人ぜひ五十四帖をうたにせよと申され、やうやく三十日の朝までによみ上げ候ひしもの、そのゝちいく度もうたをかへなるべく完全にと心がけ候ひしがお目にかくるもはづかしからぬまでに自信もでき候ひしかば、私の源氏のうたもまた御手許へとゞめさせ給へとてさし上げ候。これは人のふるきごと好みと申すべく候へば活字にはいたさず候。遺稿をあつめ候せつ御しめし下されたく候。たんざく晩翠軒へまゐりいろ〳〵見申候ひしかどよろしきと思ふはかずのそろはずなどいたしてつひに平凡なるものになり候。かゝるうたは誰にも味はひいたゞけるものならねばあなた様に御よみ頂き候ことを想像いたし候て唯ひとりほゝゑみ居り候。大阪へまゐりたしとおもひ居り候へどもいつもゆめのうきはしになりてしまひ候。

奥様お嬢様にもよろしく御伝へ下されたく候

廿五日　かしこ

晶子

小林一三様

皆様の御健康を
いのり居り候

この書簡には、作品29の短冊五四枚が付けられていた。「秋なりの源氏の屏風」とは、上田秋成筆「源氏物語五十四首短冊貼交屏風」（作品26）のことである。一三がこの秋成の屏風を手に入れたのは、記録によると、大正六年四月のことであり、晶子は、その直後に来阪した際に見る機会を得た（作品11）。自分も秋成と同じように源氏物語五四帖についての和歌を詠みたいと思っていたところ、ある人から依頼があったので歌を詠み、何度か手を加えた後の恥しくないものを一三に贈ったとある。晶子は秋成の屏風と同じように、この短冊を屏風仕立てにしてほしかったようであるが、一三は短冊のまま保管していた。晶子は、自分が詠んだ源氏物語の歌は世の中に発表する気はなく、自分の死後に遺稿として発表してほしい、と書いているが、実際は、この後すぐに小林政治夫人にも同じように短冊を贈っているし(作品31)、その他、短冊、帖、屏風など様々な形で世に出ている。また、この二年後の大正一一年「明星」一月号にも発表された。

29　和歌短冊「源氏物語礼讃歌」五四枚　与謝野晶子筆

逸翁美術館蔵

桐壺　むらさきのかゞやく花と日の光
おもひ合はではあらじとぞ思ふ

帚木　中川の皐月の水に人にたり
語ればむせび寄ればわなゝく

空蝉　うつせみのわがうすごろも風流男に
なれてぬるやとあぢきなきころ

夕顔　うきよるの悪夢とゝもになつかしき
ゆめもあとなく消えにけるかな

若紫　春の野のうらわか草に親みて
いとおほどかに恋もなりぬる

末摘花　皮ごろも上にきたれば我妹子は
きくことの皆身に沁まぬらし

紅葉賀　青海の波しづかなるさまを舞ふ
わかきこゝろは底に鳴れども

花宴　春の夜の靄に出でたる月ならん
手まくらかしぬわがかりぶしに

葵　うらめしと人をめにおくこともこれ
身のおとろへに外ならぬかな

榊　いすゞ川神のさかひにのがれきぬ
おもひ上りし人の身のけて

花散里　たちばなも恋のうれひもちりかへば
香をなつかしみほとゝぎすなく

須磨　人こふる涙とわすれうら波に
ひかれゆくべき身とも思ひぬ

明石　わりなくも別れがたしと白玉の
なみだを流す琴の音かな

みをつくし　身をつくし逢はんと祈るみてぐらを
われのみ神に奉るらん

蓬生　道もなきよもぎを分けて君ぞこし

誰にもまさる身のこゝちする

関屋　逢坂は関の清水もこひ人の
あつき涙もながるゝところ

絵合　逢ひがたきいつきのみこと思ひにき
さらにはるかになりゆくものを

松風　はしたなき松のかぜかな泣けば泣く
小琴をとればおなじ音をひく

薄雲　さくらちる春の夕のうすぐもの
涙となりておつるこゝちに

朝顔　自らをあるか無きかの朝かほに
似るてふ人を忘れかねつも

乙女　列はずれ夜ぎりの中に雁ぞなく
初恋をする少年の如

玉鬘　火の国に生ひいでたればはづかしく
頬の染ること多きわれかな

初音　若やかにうぐひすぞなく初春の
衣くばられし一人のやうに

胡蝶　さかりなる御代の后に金の蝶
しろがねの鳥花奉る

蛍　身にしみて物をおもへと夏の夜の
ほたるほのかに青ひきてとぶ

常夏　つゆおきてくれなゐいとゞ深けれど
おもひわづらふなでしこの花

かゞり火　大きなるまゆみのもとにうつくしく
かゞり火もえて涼かぜぞふく

野分　けざやかにうつくしき人いますなり
野分がのぶる絵巻のおくに

行幸　雲ちるや日よりかしこくめでたさも
上なき君の玉のおんこし

藤袴　あはれなる藤ばかまをば見よといふ
二人泣きたき心地覚えて

真木柱　こひしさもかなしきことも知らぬなり
真木の柱にならまほしけれ

梅が枝　かぐはしき春新しく来りけり
光源氏の御むすめのため

藤のうらは　藤ばなのもとの根ざしは知らねども
おもひぞかはす白と紫

若菜上　なみだこそ人をたのめどこぼれけれ
こゝろにまさりはかなかるらん

若菜下　恋するは身をのろはんにひとしとぞ
のろはれなきし現世も後世も

柏木　二ごゝろ誰先づもちて恋しくも
淋しき世をばつくりそめけん

横笛　なき人の手なれの笛によりてこし
ゆめのゆくへの寒き秋の夜

鈴虫　すゞ虫は釈迦牟尼仏の御弟子の
君がためにと秋をきよむる

夕霧　つまどより清き男のいづるころ
後夜の阿闍梨のまう上るころ

御法　しづかなる真白き花と見ゆれども
ともに死ぬまでかなしかりけり

幻　大ぞらの日の光さへつくる日の
やうやう近きこゝちこそすれ

匂宮　春の日のひかりの名残花ぞのに
匂ひ薫るとおもほゆるかな

紅梅　うぐひすのこよやとばかり紅梅の
花のあるじはのどやかに待つ

竹河　姫達は常少女にて春ごとに
花あらそひをくりかへせかし

橋姫　しめやかにこゝろのぬれぬ河ぎりの
立ちまふ家はあはれなるかな

椎が本　有明の月涙よりましろけれ
かねの幽かに水わたる時

総角　心をば火のおもひにてやかましと
おもひき身をばけふりとぞする

さわらび　さはらびの歌を法師す君のこと
よきことばをばしらぬめでたさ

やどり木　おほけなく大御むすめをいにしへの
人に似よとも祈りけるかな

東屋　朝ぎりの中を来たればわが袖に
君がはなだの色うつりけり

浮船　おぼつかに危きものとつねに見し
小舟の上に自らをおく

蜻蛉　ひと時は目に見しものをかげろふの
あるかなきかをしらぬはかなさ

手習　さめがたかゆめのつゞきにあなかしこ
法の御山に程近く居る

夢の浮橋　ほたるだにそれによそへてながめつれ
君がくるまの灯のわたりゆく　晶子

30　小林一三宛書簡　大正九年二月三日付　与謝野晶子筆　池田文庫蔵

啓上

御機嫌よろしくおはします御ことを先づよろこびに存じ申候。私のありのすさびにむくいさせ給ふにあまりにおびたゞしき御贈物におどろき申候。御志をながく記念にいたすべく、白木屋にて蘭陵王の雛人形を一つもとめおくべく候。これは去年より童心にかへりて欲しかりしものに候。良人よりもくれ〴〵もよろしくと申しいで候。このごろある人の結婚のなかだちをいたし居り候へばあるひはそのために四月には大阪へまゐることもあらんと存じ候。よろづ御目もじ給はり候はゞ御礼申上ぐべく候。

奥様にもよろしく御伝へ下されたく候。

三日　かしこ。

晶子

小林様

書中より一三が、晶子より贈られた「源氏物語礼讃歌短冊」のお礼に「おびただしき御贈物」を贈っていることがわかる。それに対して晶子は、その御礼を述べるとともに、記念に「蘭陵王の雛人形」を購入することにしたい、と書いた。ここで四月に大阪に来る予定を述べているが、その言葉通り四月には来阪し、宝塚少女歌劇を再び観劇したことが、「歌劇」九号中の「歌劇団日誌」からわかる。

31　和歌短冊「源氏物語礼讃歌」五五枚　与謝野晶子筆
京都府立総合資料館蔵

29の短冊と同じく、『源氏物語』五四帖全てを詠んだ短冊である。大正九年三月一一日付の小林政治・雄子夫妻宛に送られた書簡の中で、九条武子にも同じものを贈りたいことや、雄子夫人には、帖にしようかなどと色々と思い悩んだ末に、短冊にしたこと、一三には先に短冊に書いて贈ったことなどが書かれている。また、同月二一日付の雄子夫人宛書簡に、違う種類の短冊に書いて送っていた「柏木」の短冊を、同じ短冊が見つかったので差し替えて欲しいとあり、新たに「柏木」の短冊が贈られた。そのため、「柏木」の短冊は2枚あり、歌の内容が全く作り替えられていることがわかる。また、「夢の浮橋」の裏面には、「大正九年春四月、源氏の巻々をよめるうた五十四首を小林雄子の君のためにしたたむ　与謝野晶子」と書かれている。

32　和歌巻子「源氏物語礼讃歌」　与謝野晶子筆
逸翁美術館蔵

昭和一四年、晶子の『新新訳源氏物語』が完成した。そのため、完成記念祝賀会を行うこととなり、その際に記念として、晶子の源氏の歌を揮毫する頒布会も行われた。五四首中のうち、一首のみを短冊に書いたものを五円で、五四首全てを巻子本に書写し限定百巻を各巻百円で販売している。この作品は、その時に購入されたものである。巻末に晶子の筆で「百のうち二十六」と書かれている。

33　歌帖「源氏物語礼讃歌」　与謝野晶子筆
堺市博物館蔵

色紙に五四首を書き帖に仕立てたもの。一三への書簡（作品27）の中では、発表するつもりはない、と書いていたが、実際はこのように何点か作品を残しているうちの一つ。

34　歌帖「源氏物語の讃」　与謝野晶子筆
京都府立総合資料館蔵

作品31と同じく、天眠文庫に伝わる歌帖である。小林政治の手で帖仕立てにされたと伝えられる。打曇の懐紙に書かれている。帖仕立てにした際に、「さわらび」と「やどり木」の順序を貼り間違えている。箱書に「昭和六年夏日　加茂川のほとりにて与謝野晶子しるす」とあり、昭和六年の来阪時に書かれたことがわかる。

35　和歌屏風「源氏物語礼讃歌」　与謝野晶子筆
神戸親和女子大学附属図書館蔵

作品32と同じく、昭和一四年の記念頒布会において販売された屏風。記念祝賀会の印刷物に「但し内少数を別仕立とし金弐百円也を以て特に志ある方にお頒ちすることにしました。」とあり、その時に販売されたものの一つと考えられる。右扇の右上から順に下に向けて書き、半分ほどでまた上に戻って、という形で五四首全てを記している。左扇の左下に「源氏物語礼讃　五十四首　晶子」と書かれるが、「晶子」の署名は墨色も筆跡も晶子のものと考え難く、後筆の可能性が高い。

36　『新訳源氏物語』上巻　与謝野晶子著
金尾文淵堂刊　堺市立中央図書館蔵

明治四五（一九一二）年刊行の初版本。晶子と付き合いの深かった、金尾文淵堂から刊行された。華麗な装幀は、洋画家の中沢弘光（一八七四～一九六四）が施している。中沢弘光は寛・晶子夫婦と交流が深く、たびたび晶子の単行本の装幀を担当している。

37　『新新訳源氏物語』第一巻　与謝野晶子著
金尾文淵堂刊　堺市立中央図書館蔵

昭和一三（一九三八）年刊行の初版本。『新訳源氏物語』の時と同じく、金尾文淵堂から刊行された。洋画家の正宗得三郎（一八八三～一九六二）が装幀、挿画を施している。正宗得三郎は、兄に、小説家の正宗白鳥、国文学者の敦夫、弟に植物学者の巌敬がいる。敦夫は寛・晶子夫婦と共に『日本古典全集』を編集するなど、交流が深い。

38　原稿『新新訳源氏物語』「桐壺」　与謝野晶子筆
堺市（堺市立文化館与謝野晶子文芸館）蔵

『新新訳源氏物語』「桐壺」の巻の自筆原稿、ペン書。冒頭部「どの陛下かの宮廷に・・」の文字が見えるが、実際に刊行された本では、時局柄伏字になっていたり、部分的に異なっているため、下書きであろう。いたるところに推敲の跡が見える貴重な資料である。

39　「明星」　「明星」発行所刊　池田文庫蔵

第二期「明星」一巻三号（大正一一年一月刊）。「源氏物語礼讃」として、晶子の詠んだ五四首全ての活字の初出。

IV　晶子の詠歌活動

40　和歌短冊「なほ夢に」　与謝野晶子筆　逸翁美術館蔵
歌集『深林の香』所収。初出は昭和五（一九三〇）年一二月「冬柏」。

41　和歌短冊「初春の」　与謝野晶子筆　逸翁美術館蔵

42　和歌短冊「恋といふ」　与謝野晶子筆　逸翁美術館蔵
歌集『流星の道』所収。初出は大正一一（一九二二）年一一月刊の「明星」に「靄の塔」として。

43 和歌短冊「孔雀の尾」　与謝野晶子筆　逸翁美術館蔵
歌集『太陽と薔薇』所収。初出は、大正九（一九二〇）年一一月、「大阪毎日新聞」に「春の歌」として。

44 和歌短冊「あしたより」　与謝野晶子筆　逸翁美術館蔵

45 和歌短冊「天上と」　与謝野晶子筆　逸翁美術館蔵
歌集『采菊別集』所収。

46 和歌短冊「ちりゆくる」　与謝野晶子筆　逸翁美術館蔵

47 和歌短冊「春の夜の」　与謝野晶子筆　逸翁美術館蔵
歌集「深林の香」所収。初出は、昭和六（一九三一）年五月、「冬柏」に「鎌倉詠草」として。

48 和歌短冊「光さし」　与謝野晶子筆　逸翁美術館蔵

49 和歌短冊「井の神も」　与謝野晶子筆　逸翁美術館蔵

50 和歌短冊「すでにして」　与謝野晶子筆　逸翁美術館蔵

51 和歌短冊「皐月よし」　与謝野晶子筆　逸翁美術館蔵
歌集「深林の香」所収。初出は、昭和六（一九三一）年六月、「サンデー毎日」に「若き夏」として。

52 和歌短冊「恋ごろも」　与謝野晶子筆　逸翁美術館蔵
大正一四（一九二五）年一月、「明星」に「心の遠景　晩香抄」として。

53 和歌短冊「湖を」　与謝野晶子筆　逸翁美術館蔵
歌集「落葉に坐す」所収。初出は、昭和五（一九三〇）年六月、「冬柏」に「山陰遊草」として

54 和歌短冊「丘の上」　与謝野晶子筆　逸翁美術館蔵

55 和歌短冊「鎌の刃の」　与謝野晶子筆　逸翁美術館蔵
歌集『青海波』所収。初出は、明治四四（一九一一）年八月二日、「東京日日新聞」。

56 和歌短冊「元朝や」　与謝野晶子筆　逸翁美術館蔵
歌集『青海波』所収。

57 和歌短冊「棕櫚の花」　与謝野晶子筆　逸翁美術館蔵
歌集『青海波』所収。初出は、明治四四（一九一一）年六月三日、「東京毎日新聞」に「簾影」として。

58 和歌短冊「夕かぜは」　与謝野晶子筆　逸翁美術館蔵
歌集『火の鳥』所収。初出は大正六（一九一七）年六月、「東京日日新聞」。宝塚にて詠んだ歌。

59 和歌短冊「磯の道」　与謝野晶子筆　逸翁美術館蔵
歌集『常夏』所収。初出は、明治三九（一九〇六）年八月一三日の「二六」。

60 和歌短冊「人きたり」　与謝野晶子筆　逸翁美術館蔵
歌集『春泥集』所収。初出は、明治四三（一九一〇）年一一月一九日、「東京毎日新聞」に「ゆく秋」として。

61 和歌短冊「冬の夜も」　与謝野晶子筆　逸翁美術館蔵
歌集『春泥集』所収。初出は、明治四二（一九〇九）年一二月三〇日、「大阪毎日新聞」。

62 和歌短冊「地はひとつ」　与謝野晶子筆　逸翁美術館蔵
歌集『夢之華』所収。初出は明治三八（一九〇五）年一二月、「明星」。

63 和歌短冊「白うめの」　与謝野晶子筆　逸翁美術館蔵
歌集『春泥集』所収。

64 和歌短冊「ほとゝぎす」　与謝野晶子筆　逸翁美術館蔵
歌集『舞姫』所収。初出は、明治三八（一九〇五）年九月「明星」に「舞ごろも」として。

65 和歌短冊「みよし野の」　与謝野晶子筆　逸翁美術館蔵
歌集『夢之華』所収。

66 和歌短冊「たれまくも」　与謝野晶子筆　逸翁美術館蔵
歌集『春泥集』所収。初出は明治四三（一九一〇）年一一月、「スバル」に「霜の花」として。

67 和歌短冊「梅雨さると」　与謝野晶子筆　逸翁美術館蔵
歌集『常夏』所収。初出は、明治四〇年六月、「明星」。

68 和歌短冊「わがつくゑ」　与謝野晶子筆　逸翁美術館蔵
歌集『春泥集』所収。初出は明治四三（一九一〇）年一〇月、「太陽」に「土ぼこり」として。

69 和歌短冊「青海に」　与謝野晶子筆　逸翁美術館蔵
歌集『春泥集』所収。初出は明治四二（一九〇九）年一〇月、「スバル」に「葉鶏頭」として。

70 和歌短冊「立ちよれば」　与謝野晶子筆　逸翁美術館蔵
歌集『春泥集』所収。初出は明治四三（一九一〇）年八月一二日、「毎日電報」。

71 和歌短冊「雨雲の」　与謝野晶子筆　逸翁美術館蔵
歌集『春泥集』所収。初出は明治四三（一九一〇）年一一月「スバル」に「霜の花」として。

72 和歌短冊「誰の泣く」　与謝野晶子筆　逸翁美術館蔵
歌集『春泥集』所収。初出は、明治四三（一九一〇）年八月、「毎日電報」。

73 和歌色紙「けしの花」　与謝野晶子筆　逸翁美術館蔵

歌集『さくら草』所収。初出は大正三（一九一四）年六月、「婦人画報」に「夏の初め」にて。

74 和歌色紙「こゝちよく」　与謝野晶子筆　逸翁美術館蔵

歌集『青海波』所収。初出は、明治四三（一九一〇）年一一月二九日、「毎日電報」。

75 和歌色紙「朝がほの」　与謝野晶子筆　逸翁美術館蔵

歌集『常夏』所収。初出は、明治三九（一九〇六）年一一月、「明星」に「新詩社詠草」にて。

76 和歌色紙「元朝や」　与謝野晶子筆　逸翁美術館蔵

歌集『佐保姫』所収。

77 和歌色紙「みよし野の」　与謝野晶子筆　逸翁美術館蔵

歌集『夢之華』所収。

78 和歌画賛「王ならぬ」　与謝野晶子筆　高村光太郎画　逸翁美術館蔵

歌集『春泥集』所収。初出は明治四二（一九〇九）年五月、「スバル」に「百首歌」として。

79 和歌画賛「かまくらや」　与謝野晶子筆　高村光太郎画　逸翁美術館蔵

歌集『恋衣』所収。初出は明治三七（一九〇四）年八月、「明星」に「みづあふひ」として。

作品78・79とも、高村光太郎との合作である。明治四四（一九〇一）年一二月二〇日付小林政治宛書簡中に、「小林市三氏の画まことによく出来申候（高村氏の筆）」とあり、これらの作品を指していると考えられる。

80 和歌懐紙「いにしへも」　与謝野寛筆　逸翁美術館蔵

いにしへもかしこき人はわがごとく
戦はずして勝たんとぞせし
おほぞらのちりとはいかゞおもふべき
あつきなみだの流るゝものを　寛

81 和歌画賛「東海の春」　与謝野晶子筆　山下新太郎画　逸翁美術館蔵

大皇子をえて光あり東海のわが日の本のいにしへの道　晶子

昭和九（一九三四）年、皇太子御誕生奉祝「瑞祥真日本画百幀会」で作られた作品である。同年一月二五日付菅沼宗四郎宛寛書簡に、「皇太子御誕生奉祝記念「瑞祥新日本画百幀会」は、石井、正宗、山下三氏の絵に妻の讃歌に候。東京高島屋にての開会は二月二十日前後と相成るべく候。」とあり、この作品がその時に作られたことがわかる。また、一三は、大阪の高島屋で購入したことが、付属の領収書より判明している。晶子の歌は、『いぬあぢさゐ』に所収されている。

82 和歌短冊貼交屏風　与謝野寛・晶子筆　高島屋史料館蔵

屋の上に飛行船寄り羽ごろもも
星もたやすくはこびこんとぞ　晶子
数しらぬ若きこゝろが守りたつる
高嶋屋とは疑はぬかな晶子
めでたくも春をかさぬる高嶋屋
こゝろの花の盛りなりけれ　晶子
桜かさね南の海の春風と
人にそなふる高嶋屋かな　晶子
民衆のテスカウのいちそれもまた
多くまさらじわが高嶋屋　晶子
おのづから若松の身と思ふ気を
作りぬ多くはげめる店は晶子
とこしへの春なりぬべし高嶋屋
のびてやまざる店の未来に　晶子
人おもへ飛躍になれしこの店の
上にかゝるは若き太陽　晶子
浪速びと己が気高く美くしき
心のさまを此度に見るらん与謝野寛

晶子が懇意にしていた高島屋と、その百貨店で働く人の為に詠った短冊、色紙などを貼交にした屏風である。川勝堅一氏（元高島屋常務取締役）との交流で生み出された。建物の上空に飛行船が浮いている葉書は、戦前に日本に飛来した大飛行船ツェッペリン号を、大阪高島屋の屋上に繋いでいるように川勝氏の発案で合成したもので、それに晶子に歌の揮毫を願ったものである。

83 歌帖「百選会」　与謝野晶子筆　高島屋史料館蔵

現代の生活は文化の実現に最上の価値を置く。文化の意義の重要なる一つは、断えず人工の美を創造して止まざることなり。かくて今日の人は個人の内にある創造能力を自由に発揮して、万人享楽の交響楽に参加することを光栄とするに到りぬ。この理想を日常生活に実現する時、染織刺繍の技術に対しても新意を出だすことは、当然の努力なるべし。高嶋屋呉服店がこの三月に催したる春季百選会は、我国に於ける図案家と工人との妙技を集めて、折からの百花と研(ママ)を競へり。典雅なる伝統に養はれながら、清新の趣致を案出せるは、謂ゆる新倭模様の名に背かず、観るものをして、人工の美の能く自然の美に打勝つことを歎賞せしめぬ。爰に書けるわが歌は、いさゝかそれに対する感謝の心の一端を述べたるのみ。

大正十年四月　与謝野晶子

百選会は、高島屋呉服店が大正二年（一九一三）三月、西陣をはじめ全国織物産地に呼び掛けて、呉服染織の新しい意匠を創造し発表するために作られた機関である。毎年二月（春季）、五月（夏季）、九月（秋季）にそれぞれ新製品の陳列発表会を東京・大阪・京都で開催し、その年の趣意や、標準図案、流行色などが制作者に伝えられた。陳列品には、毎回晶子や堀口大学によって名前を付けたり、作品を讃えて歌に詠むことが行われた。それら晶子の詠歌をまとめたものがこの歌帖である。詠歌の他に大正一〇年四月の序が収められている。

V　晶子の新出書簡

84　小林一三宛書簡　昭和一一年一一月一二日付
与謝野晶子筆　逸翁美術館蔵

啓上
御清健にいらせられし候御ことをよろこび居り申候。いつも御無沙汰の御わびのみを申上げねばならぬ私を恥ぢ入り候へども、御ゆるし下され候こと〻存じ申候。さて今日御相談申上げたく存じ候ことは、これもまた御寛容を頼みといたしたる筋にて、心ぐるしく候へども申上候。私の子供皆大人になり候て、昨年御留守のころに一人、この秋に一人結婚いたさせ候ひし男の子があり候ひしに、またこの春女子大学をいで候ひし五女の縁談まとまり候て、十五日に結納のまゐり候こと〻なり、今年のうちか来春まてかに、先方へ遣はさねばならぬこと〻相成、いろ〳〵と費用等に苦心いたし居り候が、故人の残し候ひし絵画等を少し買ひ下され候方をもとめ候てそれにてなど勝手なることをおもひつき候。アンドレ・ロオトの十五号くらゐの巴里郊外の絵（いつぞやよその展覧会にお貸したるものに候）それと梅原良三郎氏の裸婦の画二枚、一つは油絵、一つの方は二十号ほどのパステルに候。その三枚の画を千五百円にて買ひ下され候方のあり候はゞ、この際まことに苦労が少くなり申ことに候が、あなた様か、またどなたかのい〻ところにさる絵おひきとり下さることかなふまじく候や。金高など高きかもしれず候へども、私は入用の金子をそれにあてはめて考へつき候などの野蛮なる幼稚なるうりてに候が、この際の心を御同情下され御ゆるしもたまはらばうれしかるべきこと〻存じ御相談申上げ候ことに候。かく申上げながら身より火の出づるごとく恥ぢ入り居り申候。奥様にもよろしく御つたへ遊ばされたく候。いつもながら本年も松茸を沢山頂戴仕りかたじけなく存じ申候ことに候。
かしこ
十一月十二日
晶子
小林一三様
みもとに

85　小林一三宛書簡　昭和一一年一一月一四日付
与謝野晶子筆　逸翁美術館蔵

小林様
御返書を早速たまはりかたじけなく存じ申候。いかばかりの御用多の御身から申候ことよく承知いたし居り候へば、ことさらおそれ入候と申候。ぶしつけにわがま〻なる御ねがひを快く御入れ下され候ひしことのあまりのうれしさに昨夜御文を拝見いたしながら感激のあまりに筆もえとり申さず候ひき、厚く〳〵御礼申上げ候。
仰せのやうに絵画は箱を作らせ候て池田の御家へお〻くり申上ぐべく候。頂戴致すべきものは十二月の中ごろに私御うかゞひいたし申すべく、そのころまで御預りおき遊ばされたく候。五女の結婚いよ〳〵明日ときまり、この時におちゐたるこ〻ろをえてあり候こと、御好意の外の何もの〻致さること〻もおもはれず候。次第をよびよせ候てこのことを申きかせ候に、それもかたじけなきこと〻ふかくおもひたるけしきにて候ひき
例の乱筆をおゆるし下されたく候
十四日夜
晶子

86　風景図　アンドレ・ロート画　一九一〇年
逸翁美術館蔵

87　小林一三宛書簡　昭和一四年一月二二日付
与謝野晶子筆　逸翁美術館蔵

小林一三様
お手紙下さりありがたく存じ申し候。御尋ねいたゞきし健康の方も先づ〳〵宜しくなりしやうに候へば、御安心下されたく候。十二月十五日に急性肺炎となり入院いたし病院も正月の休みになり候へば、一先づ退院いたし、五日より伊豆へまゐり居りしことに候。血圧の高くなりしと心脾の弱くなりしことを医師方御心配下され候により、伊豆にても浴泉はつ〻しみて多くいたさず候ひき。さて新々訳源氏はあと二、三、御手許へまゐり候ひしや。さしあげ候やうに申つけおきしことに候へども。本月中に四巻もいで申すべく、これは私の病気からのおくれ申せしことに候。梅田の阪神急行のデパアトにてはよく御意公いたゞくよし発行所の主人よろこびて語り居り候ひき。昔、新訳源氏とていだし候ひしは二十八年ほど前、明治より大正へかけてのころのことに候。そのせつは急ぎかき申候ものにて顔赤に候ほど今見れば拙く候により、全々別に前のつぐのひにとおもひ新々訳をかきしことに候、たゞ以前のには中沢弘光画伯の本版のさし画があり候ことが勿体なくおもはる〻ことにて候、縮刷の方にはよく候。四冊本に候が、今は古本市にまれにいづるよしに候。発行所の主人没落いたし他へゆづりし由に候へば只今は発行元いづれにや私覚えず候。発行主の金尾といふ人が気の毒なる人に候へば、この度のは同店の再興のたしにもとおもひ与へしことに候。先日も徳富先生が病院へ御見まひ下されしせつ、あの本屋故心配なりと申され候へども、谷崎様のに競争や（私はさるこ〻ろなく、昔のつぐのひにとおもひ居り候へども）とか何とか申居り候間だけは少しよひこ〻ちか本屋もいたすべくと

て何ごとも期待いたし居らぬにて候。もとより広告費も少なかるべくあはれに候。いつもあなた様は御清健にて御めでたく存じ上げ居り候。大阪よりの人の話に奥様も御元気にいらせられ候よしを承りうれしく存じ居り申候。

一月廿二日

晶子

与謝野鉄幹は昭和一〇年三月二六日に、肺炎のため六二歳で亡くなり、文化学院で告別式をするとともに、多磨霊園に埋葬される。一一月には次男の秀（政治家与謝野馨の父）が坂内道子と結婚、翌一一年には昱（いく）（オウギュスト）、一二年には五女のエレンヌがそれぞれ結婚するという、晶子のもとから次々と身近な者が離れて行く。昭和一一年一一月一二日の手紙に「昨年御留守のころに」とするのは、小林一三が昭和一〇年九月一二日から翌年の四月一七日まで、欧米視察のために日本を不在にしていたことを指す。五女のエレンヌの縁談が決まり、その結納の儀が今月一五日に行われることとなり、その費用の捻出に苦労しており、そのために鉄幹が残していた絵の三点を千五百円で売りたいので、買ってもらう方を探しているとする。もっとも、そのように言いながら、小林一三に一括購入してほしいとの思いであったのだろう。

一つは86のフランスのキュビスムの画家アンドレ・ロート（一八八五〜一九六二）の作品、日本の近代画壇にもそれなりに影響を与えた人物だが、他には梅原良三郎（大正の初めに「龍三郎」とする）の油絵とパステルによる裸婦像の二点である。梅原龍三郎は明治四一年に二〇歳の年にフランスに留学、帰国したのは大正二（一九一三）年六月であった。鉄幹がフランスから帰国したのは一月、龍三郎は少し遅れて五月にパリを離れ、シベリア経由で敦賀に上陸している。鉄幹とはかねて知り合いだったようで、大正四年には「梅原良三郎氏のモンマルトルの画室」と題した詩も書いている。そこでは、

壁から、隅々から、／友の描いた／衣（きぬ）を脱がうとする女、／川に浴する女／仰臥の女、匍ふ女、／赤い髪の女、／太い腕（かひな）の女、／手紙を書く女、／編物をする女、／そして画架に書きさした赤い肌衣（コルサアジュ）の女、／其等の裸体、半裸体の女等と、／マントンの海岸、

と詠まれてもいる。龍三郎は互いに若いアンドレ・ロートの絵を贈呈されていたのを、鉄幹が帰国するにあたって、餞別として自分の裸婦画とともに渡したのかも知れない。龍三郎の作品には裸婦画が多いので、フランスで描いたものか、後に入手していたのかは明らかでない。鉄幹がフランスに赴いてほどなくと思われる、龍三郎画の「与謝野鉄幹像」が存するので、鉄幹としても友を頼りに日本を離れたのではあろう。

逸翁美術館には、アンドレ・ロートによる額装の一〇号ばかりの、一九一〇（明治四三）年制作とする「風景画」が存する。ロート二五歳の作品で、どうしてこのような西洋画を入手したのか、詳細については不明だったが、晶子の手紙によって小林一三が入手した事情が明らかになってくる。ただ、龍三郎の絵二点について、一三はその後手放したようで、美術館には現存しない。

それに続いての晶子の手紙が三日後の一一月一四日付（作品85）で、ぶしつけな願いながら、すぐさま一三から購入する旨の返書があったようで、晶子は早速絵画を箱に入れて池田の自宅に届けさせるという。それと、代金は一二月中ごろに大阪にうかがう予定にしているため、その折にいただければよいともし、「五女の結婚いよ〳〵明日」というのは、当初の予定から一日延びて一六日に結納ということになったのであろう。菅沼宗四郎への昭和一一年一一月二〇日付の手紙には「エレンヌの結納が十五日にすみ申候へば、御安心下されたく候」とするように、小林一三宛の手紙に「十四」とすると整合してくる。晶子が一二月に一三のもとを訪れたのかどうか、確たる資料はなく、鎌倉とか静岡での吟行をしているので、実現しなかったのではないかとも思う。なお五女エレンヌの結婚式そのものは、翌年の三月であった。

作品87の昭和一四年一月二一日付の手紙は、晶子の急性肺炎に対する小林一三の見舞に対する礼状で、昨年の一二月一五日に罹病し、年末になるため一旦退院し、五日からは伊豆で静養するとし、『新新訳源氏物語』第二巻、第三巻を送付したこと、第四巻は今月中には出版されるなどと述べる。晶子の病気については、「冬柏」（昭和五年創刊の歌誌）の同人たちに、一二月二〇日付の印刷物により、「年末何かと御多忙の御事と存じ上げ候。与謝野先生、去る十五日夜急性肺炎にて、東京市神田区駿河台山楽病院に御入院遊ばされ申し候」とし、雑誌の発行が一カ月遅くなるとの連絡をしている。会員としての小林一三もそれを知り、見舞の手紙を出したという背景のようである。

晶子は一月五日に伊豆に赴いて静養し、一六日には「冬柏」の発行が気がかりなこともあり帰宅している。それと金尾文淵堂から発行している『新新訳源氏物語』の校正もするという、晶子にとっては退院したとはいえ落ち着かない日々であった。晶子の『新訳源氏物語』四冊本、は上田敏、森鷗外の序文、中沢弘光の装丁、版画挿絵により、金尾文淵堂から出版されたのは明治四五年（大正元年）から大正二年にかけてであった。その後改稿を思いつき、原稿を書いていたのだが、夫の死別などがあり、しばらく放置していたような状態になっていた。金尾文淵堂は明治末年に大阪の店をたたんで上京し、出版活動を続けていたこともあり、そこから二八年の歳月を経、『新訳源氏物語』を出版したのである。

VI 書簡で見る寛・晶子夫妻と一三の交流

——併　一三と小林政治（天眠）の交流——

88　小林一三宛年賀状　大正六年一月七日付

与謝野寛・晶子筆　池田文庫蔵

［印刷］賀正　与謝野寛　晶子

「与謝野夫人の燈下の顔」というタイトルで洋画家有島生馬の絵葉書を年賀状にしている。宛名は寛筆である。

89　小林一三宛年賀状　大正八年一月一日付

与謝野寛・晶子筆　池田文庫蔵

［印刷］賀正　与謝野寛　晶子

宛名は寛筆。

90　小林一三宛年賀状　大正九年一月二日付
与謝野寛・晶子筆　池田文庫蔵

［印刷］賀正
与謝野寛　晶子

『与謝野寛・晶子書簡集成』未所収。

91　小林一三宛年賀状　大正一〇月一月八日付
与謝野寛・晶子筆　池田文庫蔵

［印刷］新年のお祝を申し述べます。
東京麹町区富士見町五ノ九　与謝野寛　晶子

宛名は寛筆。親交のあった伊上凡骨（一八七五～一九三三）の雄鶏の木版画。

92　小林一三宛年賀状　大正一二年一月一日付
与謝野寛・晶子筆　池田文庫蔵

［印刷］賀正
与謝野寛　晶子

93　小林一三宛書簡　大正二年四月八日付
与謝野寛・晶子筆　池田文庫蔵

あめつちの中にやすまず遊びごとする小きものうつくしきかな　晶子［毛筆］
過日唐突に参上致し候をお咎めなく御懇情を忝うし御礼申上候。
四月八日　よさの、ひろし

突然参上したことを詫びた書状。この年の一月に寛はヨーロッパから帰朝していた。同年四月一二日付小林政治宛書簡に、一三から書簡が届き、先だっての会談について本意ではなかったのを遺憾として、再度の来阪を求められたとあり、この書簡中での参上を指していることがわかる。晶子歌は、『夏より秋へ』所収。

94　小林一三宛書簡　大正四年二月二〇日付
与謝野晶子筆　池田文庫蔵

啓上
お変りも御座いませんか。
さて此度慎重な考慮と冷静な判断との上に良人は郷里の京都府郡部から代議士候補者として立つことに決しました。勿論必勝を期してのことで御座います。しかるに出来るだけ理想的撰挙に近い方法を取りますにしましても四千円の実費を要します。それには良人の方で二千円の出資の道はあるのでございます。あとの二千円を私は少数の篤志の方にお願ひして作りたいと思ふので御座います。あなた様に私が折入つてお願ひ致します。帝国議会へ一人の新思想家を送ることに御賛成下さいまして何卒百円を私にお恵み下さいまし。御厚意に対しましては私は終生出来るだけの御報恩を致します。突然で恐れ入りますが必要が迫つて居ります。折返しお恵み下さらば忝う存じます。私も来月早々京都へ参つて良人と一所に戸別訪問を致します。何分とも御同情を願ひ上げます。
かしこ
二月二十日　晶子
小林一三様　みもとに

大正四（一九一五）年、寛が衆議院議員選挙に立候補するための寄付を募った書簡である。晶子の必死の金策により無事に寛は立候補したが、結果は落選であった。同年三月三一日付、沖野岩三郎に宛てた書簡の中において、自身の行った選挙を「理想選挙」であったと謳い、落選は妨害工作によるものであったなどと、落選の弁を述べている。

95　小林一三宛書簡　大正七年二月一日付　与謝野晶子筆
池田文庫蔵

啓上
原稿紙へ、こんなにくい紙へかきます手紙をおゆるし下さいとおわびをしてかいていつたのですがやはり気がすみませんので筆をとりました。この間はお手紙をありがたう存じました。

啓上
原稿紙にかゝるにくきものに文かき候てなど御わびをかきながらしたゝめ居り候ひしかどこゝろすまず候てあらためて筆とり申上候。このごろめのあしく候てちら〳〵といたし候へばおよみぐるしきことゝはづかしく存じ申し候。このほどのお手紙にかの怪しき小説とみしと仰せられ候ひしそは御しかりうけ候ことゝあせもまづながるゝを覚え候にそれにそゝのかされてなどのおことばをうかゞひそれはうれし、かれははづかし、と二やうにこゝろうごき申し候ひき。このほど薄田様おいで下されたのしき日を八日ほど見申し候ひき。いろ〳〵お噂もいで候。玄文社のもの頂戴仕りうれしく存じ居り候がすぐ御新作御続々遊ばされ候ことゝうらやましく存じ居り申候。五月に舞姫の君たち上り給ふよし、今よりこよなきたのしみに覚えられ候。にせもののそれをまことのと見て来りし人の話などによく腹立だしさを感じ申すにて候。荒木田麗女の自筆の初午日記と申す紀行文に池田にゆきなどとありその前の叙景文に山の形川のながれのさまなど（一泊のことをかき給ひ候）かゝれあり候は今日の宝塚かなどおもふ〳〵伊勢よりわざ〳〵借しくれ候ひし右の本を今日ものゝ隙によみ申し候ひし。もとの明星よりも小きものに候へどもオペラのこゝの都に演ぜられ候けん頃あるひはすこしまへにざつしまだ名もきまらず候がいで申すべく候。正月のおうたおもしろく拝し候。私のうた「けしの花」としてそのゝちいで申すべくさし出し候ことを必ずとおやくそくいたしおき候。奥様にも何とぞよろしく御伝へ遊ばされたく候。お嬢様坊ちゃんのお姿など、とき〴〵なつかしく目に描き申し候。この間雪の日に子供に熊をこしらへやり候ところよく日より熱をいだし今日やうやく髪も上げにしに候。毎日座り居り候てはからだが退化いたすものに候かな。御新作の小説を拝見出き候ことをまち居参候。大阪時事と申す新聞はえがたく候へば御評論ののり候ぶんを何とぞおゝくり下されたく候

一日夜　かしこ

晶子

小林様　みもとに

書中の「五月に舞姫の君たち上り給ふよし」というのは、帝国劇場において宝塚少女歌劇養成会（現・宝塚歌劇団）が初めて行った東京公演の事を指している。この年の八月、機関誌「歌劇」が創刊されたが、その創刊号に、「武庫川の夕」と題して、寛・晶子の和歌三首が掲載された。これは恐らく、前年に寛・晶子夫妻が来阪した際に手にいれた懐紙（作品8）に書かれていた和歌を掲載したのであろう。（ただし、「歌劇」に掲載した際に誤りがある）

大正九（一九二〇）年六月に発行された「歌劇」第九号、宝塚少女歌劇団日誌において、四月二四日に「与謝野鉄幹、晶子女史、山田耕作氏来場」とあり、再び宝塚を訪れている。また、一三が新年の和歌を詠み、それを晶子に送っていたこと、晶子が一三の小説を心待ちにしていたこと、玄文社から出版された一三の脚本集を見て、新作が続々と書けることを羨ましく思っていることなども、この書簡から読み取ることができる。

96　小林一三宛書簡　大正一四年五月付

与謝野晶子筆　池田文庫蔵

啓上　御清安を賀上ます。さて貴下の「明星」御前金が本年五月号にて切れましたから、引続き御清読を願ひます。猶以後の御前金（十二冊分拾円、六冊分五円廿銭、三冊分弐円七拾銭）を折返し御払込下さいまし。次に「明星」の安定を計るため、今回は成るべく直接の愛読者達のみにお頒ちする事を希望します。私共の苦心を御諒察下され、御友人中より多数の直接購読者を御紹介下さるやうに特に願上げます。「明星」は私共ばかりでは決して成立しません。読者達の熱烈な御擁護のなかに発展させて頂きたいと存じます。何卒特別の御援助を下さいまし。

大正十四年五月　「明星」同人を代表して

与謝野寛
石井柏亭
平野万里
与謝野晶子

東京市神田区駿河台袋町十二、文化学院内
「明星」発行所
振替東京六七壱五五番
電話大手六五五九番

東京市麹町区富士見町五丁目九番地、与謝野方
「明星」編輯所
振替東京七二四一番
電話四谷五〇五七番
五三七二番

晶子書簡となっているが、本文は印刷で、宛名部分は寛が書いたものである。明星の前金を請求し、今後の継続購読を促したものである。

97　小林一三宛書簡　昭和二年二月一二日付　与謝野寛筆

池田文庫蔵

啓上

いつもながら御疎情に流れ候て恐縮仕り候。大兄も令夫人様も御清安に入らせられ、何よりも奉賀上候。

このたび私共夫婦の実行致しをり候「日本古典全集」の刊行を、幸ひ事業として順調に運びをり候につき、個人の微力なる経営のもとに置かず、師友同人の間に移して小さなる株式会社とし、その経済的基礎を堅くして、層一層この学的事業を円満に発展させ度と存じ、友人関戸、長島両君を差出し、大兄の御助勢を願ひ出て候処、かねて御明敏にして御親切なる大兄はよく御領解被下即座に御賛成被下候上、多大の御出資をも受け候こと、両君より承り、感激仕り候。平生何の微力をも大兄の御仕事に加へ得ぬ私共夫婦が、「明星」と云ひ、またこの「日本古典全集」と云ひ、御助成を蒙り候こと、拝謝の言葉も無之候。とりあへず茲に御礼申上候。

猶会社の発起人会を数日の内に致候由につき其上の御報告は又々可申上候。妻よりも万々御礼申伝候。奥様にも久しく御目に懸らず候。よろしく御伝へ奉願上候。

二月十二日　艸々拝具

与謝野寛

小林一三様

御もとに

『日本古典全集』は、大正一四年から昭和一二年にかけて、日本古典全集刊行会による叢書である。正宗敦夫が全期の編集に携わり、寛と晶子も、第一期・二期の編集に携わった。一三へも出資の要請があり、それを快諾したことがわかる。

98　小林一三宛書簡　昭和五年一〇月二二日付

与謝野寛筆　逸翁美術館蔵

啓上

昨宵は親子づれにて参り、久久皆様の御温容を拝し、嬉しきことに御坐候。その上、結構なる歌物の御蔵幅のかずかずに心眼を浄め、併せて御料理を頂戴しながら、御高話を拝聴致し候こと、誠に幸ひなる一夕に候ひき。お車にて御送り被下候こと、御高著と珍しき入れ物のお菓

子を頂き候こと、御芳情尽くる所を知らず、併せて御礼申上げ候。御愛蔵の石山切につき群書類従本の伊勢集を参照致し候処、同集にては別紙の順序に相成りをり候。想ふに石山切の伊勢集は筆者が原本より順序に構はず抄出せしものなるべし。また「秋は」を「春は」、「涙は春ぞ」を「涙ぞ春は」など書き更へも致したるなるべし。或は石山切の筆者の拠りし原本が群書類従本以外の異本なりしやも知れず候。之を以て推すに、本願寺の三十六人集はすべて抄録にて、その順序も原本に準拠せぬものと存ぜられ候。猶公任の三十六人撰をも参照致し候が、伊勢の歌十首の内に、石山切の歌は一首も無之候。さすれば石山切の筆者は公任の撰びたる三十六人集に関係なく、直接伊勢集より選抜せしものに御坐候。
令夫人様、御令嬢様にも昨宵の御歓待を奉感謝候。

拝具
寛
晶子

十月廿二日

小林一三様
御もと

宛名が、「麹町区永田町」になっていることから、一三が東京に持っていた家で会談したことがわかる。一三愛蔵の石山切伊勢集についての寛の考察が述べられるとともに、歓待への礼状。

99 小林一三宛書簡　昭和一二年一二月一四日付
与謝野晶子筆　池田文庫蔵

小林様
珍しき御文いたゞきうれしく存じ申候。一昨日まで伊豆の多賀の湯にまゐり居り候て帰りまゐりしのちとて御用に立つことも致すやとほゝゑましく存じ申候。春に雪のふりつゝあるうたたとへば人丸の梅の花それとも見えず久方の天ぎる雪のなべて降れゝばなどやうの降りつゝあるうたが多く候て手もとにあり候ものにしるしをつけ候て末の娘に清書いたさせしものはこれだけに候。類歌の多く候こと例のことながらあぢきなく候。御清健にて御越年遊ばすやう祈り上げ候。

かしこ

十二月十四日　晶子

和歌について一三に晶子が質問した書簡への返信である。「春に雪の降りつつ」という情景を詠った歌を尋ねている。人丸とは柿本人麻呂のこと。『古今和歌集』では「詠み人知らず」となっているが、柿本人麻呂作とも言われている歌で、白い梅の花に雪が降りかかっていて、花が見えなくなっている様を詠ったものである。ここでいう末の娘とは、六女藤子のことである。

100 小林一三宛書簡　二月二一日付（年不明）
与謝野寛筆　池田文庫蔵

拝復
御清栄奉賀上候。さきごろはお願ひ申上候小林政治君令弟の新会社の儀につき早速御快諾被下候よしにて小林君大喜びに候。延引ながら御礼申上候。またその後荊妻へ意外の御厚贈にあづかり忝く奉存候。お尋ねの烏丸光広のことは「野史」が尤も委しく候。「野史」第二巻文臣伝の筆頭に有之候。光広は徳川初期に於ける貴公子中の文学者にて才筆を以て知られ候。幽斎の高弟にして、若き時は情事を以て天譴を蒙り候ことも有之候。その著職人尽歌合、仁勢物語竹斎など尤も世に知られ候。鈴木正三や浅井了意に先だつて戯作の先駆をなせる人に候。芭蕉の「木枯の身は竹斎に似たるかな」もこの竹斎物語に由りしものに候。四月にはまた〳〵荊妻と御地へ参り数日六甲山苦楽園に滞游致したしと存じ候。その節久々参堂可致候。令夫人様へおよろしく御伝へ願上候。
荊妻よりも御健勝を祈上候と申伝候。草々。

二月二十一日　寛

小林一三様　御侍史

小林政治の弟への支援を依頼していたことがわかる。また、烏丸光広について一三が寛へ質問していたこと、四月に尋ねる事などを記している。切手や消印が切れているため、年代が判別できないが、切手料金が「三銭」であること、また文中より四月に来阪する予定が書かれていることから、大正九（一九二〇）年の可能性が高い。

101 小林一三宛書簡　九月三〇日付（年不明）
与謝野寛筆　池田文庫蔵

啓上　御清安を賀上ます。此度は「明星」の御前金をお遣し下され忝く存じます。猶この上とも御援助を下さるやう願上ます。艸々　九月卅日

与謝野晶子

晶子書簡であるが、全文寛筆である。明星の送金の礼状。

102 小林一三宛書簡　年次不詳　与謝野晶子筆
逸翁美術館蔵

（封筒表）
小林一三様
御返し

社中の人の歌集一冊御目にかけ候。装幀のみうつくしきもかく候へども

小林様
失礼なる用紙の儀を御許し下されたく候。初めのうたはたてであつても、横であつても（とにもかくにもにおなじ）それは君がまに〳〵。
自分としては奴（やっこ）として君が家の戸の前に置いて貰へれ

ば宜し。

二

針袋（旅行用のものにてまた装身具ともなる）を頂いた上はなほすり袋も欲し、さうして伊達な翁の風になつて見ませう。

さびと云ふことばを翁ふう翁ぶつた風ともいたす人もあり。少女さびは只今のことばのシャンな少女なりと云ふ説と二つあり。

三

現在の自分にはこ梅の花を折りて贈るべき相手のなしと云ふ意。

さ候へども於(オ)を(ム)をとは潔癖なる公任卿がかき損はるゝ筈なきやうおもはれ候。上(うへ)もうえなどは不思議に候。万葉の本文を末の娘にうつさせ同封いたし候。お急ぎと承りその子が只今より御届けにいづべく候。

晶子

六女藤子の持参便のため、年次不詳である。当館所蔵の伝藤原公任筆「藍紙本万葉集切」に書かれる歌の解釈について述べた書簡。

103　小林政治宛書簡　大正七年一一月四日付　小林一三筆

京都府立総合資料館蔵

大正七年十一月四日

一三

小林様

昨日は失礼仕候。小生名残にて配布いたし黒川分の中、貴下より又御願スルトの話の度、本日も野村徳七君より甲号一口申込有。常事あまり催促するのも可笑しきゆへ暫らく御見合せ有承歟。形勢を見たる上にては如何。尚野村君分――即ち申込者に対しては左の方法をと□ては如何。

晶子全集一冊をお送りいたし其中より御希望の歌を選ばしめ、それを書くことゝしては如何。短冊色紙はどのやうなものをお使用になる考へですか。

電話いたし候処通ぜぬとの事ゆへ手紙にて申し候。

野村徳七（一八七八～一九四五・野村財閥創始者）が、晶子に和歌の揮毫を依頼した件について、その方法などについて一三が案を出したことがわかる書簡である。一三と野村徳七は茶友であった。

104　小林政治宛書簡　大正一二年六月八日付　小林一三筆

京都府立総合資料館蔵

拝啓向暑之段益々御清祥奉賀候。

緒御承知の如く宝塚新温泉附属娯楽場は先般火災の為焼失仕候。俟あらゆる文化的施設を施すの計画を樹て早速再築に着手致其後工事着々進捗表て七月上旬には鉄筋混凝土の三層屋築物が竣工するの運びに相成申候。其一室に四五百人位ひの観客を収容し得る気持よき理想的の小劇場を新設致す予定に及び就ては来る六月十二日午後七時より宝塚音楽歌劇学校に於て一会を催す予てより演劇の趣味に於けると共にその研究に御熱心なる同志の方々のお集を願ひ忌憚なき御意見を承ると同時に種々懇談致度切望致申候　何卒万障御繰合せの上御出席の栄を賜度御願御案内申上候　早々

六月八日

小林一三

焉正乍御手数御来賓封入の葉書にて返事煩度願上候。尚当日粗餐用意致居候

大正一二（一九二三）年一月二二日、新歌劇場から出火した火災で、新歌劇場、パラダイス劇場、大食堂、図書館、学校新校舎などが全焼した。ただちに再建が進められ、七月上旬には、三階建ての建築物が竣工する予定であることを告げるとともに、六月一二日に宝塚音楽学校で行われる会合への招待状である。一三の念願であった四千人を収容することが出来る劇場を建設する計画も記されている。

105　小林一三宛書簡　昭和七年八月二四日付　小林政治筆

逸翁美術館蔵

拝啓　其の後は失礼仕り候。残暑の候。いまだ汗ばむ都御生活に御変りもなく御起居御健康の御事と慶賀申上候雅俗山荘漫筆愛好者の数に御加被下第二巻御送附御芳志難有御礼申上候。流言蜚語は不肖に取りてはニュース多多有之又ファッショ評論として新味を覚え申候。電燈問題に関する種々なる御見識の程精読に価有之候。茶道書画に対しては小生遺憾ながら未だ認識不足候有之。又境遇が許さず候。巻を追ふて小林一三逸山と云ふ逸物のスケールの充実を見らるる事と楽しみ居り候。略儀書中失礼ながら御礼沾(ママ)申上候

怱々頓首

八月廿四日

小林政治

小林一三様

新出書簡。一三の著書『雅俗山荘漫筆第二巻』送付の礼状。「流言蜚語録」や「電力統制問題の真相」などを読んだ感想を述べている。また、茶道書画に関しては認識不足であることなどを述べている。

106　小林政治宛書簡　昭和一〇年四月一四日付　小林一三筆

京都府立総合資料館蔵

与謝野寛氏

追悼会発起人

諾

~~否~~

小林一三

寛は、昭和一〇（一九三五）年、三月二六日に、肺炎のため死去した。その追悼会の発起人を引き受けたことがわかる。

107　小林政治宛書簡　昭和一七年六月五日付　小林一三筆
京都府立総合資料館蔵

私の勝手を申上れば十五日十六日十七日十八日の内一日
午前十一時頃よりお願申上るつもりにて候

前略　平素は大御無沙汰申訳無存候
中村先生追悼集一読　貴下御心中拝察いたし居候。折柄又晶子さんが御永眠重々哀悼の次第御同情不堪候。中村先生追悼集を読みつゝ感じた事は貴下と俵藤丈夫君との御関係一向に承知せさりし為め馬耳東風に打過し度、幸に今月新国劇が来阪中也。貴下と俵藤君とに敬意を表する為め雅俗山荘へ御桂賀を得ゆる〳〵御閑談相願度耳にて候。老生は如御承知隠居生活にて所謂閑雲野鶴頗る呑気に候。若は御連中におめにかゝりお話を承るのが老来の楽に存奉居候間、御繰合せ御来遊お願申上候。
いづれ日取りは俵藤君の御都合も貴下の御都合も承はりキメル事にいたし存候。一寸心づき候まゝ当用迄如此存じ奉候　不一

六月五日　一三

小林政治君
座右

以後数通続く往復書簡の最初の書簡か。五月二九日に死去した晶子を悼む言葉がある。隠居生活を送っているため、お尋ねいただいてお話をしたいと書いている。中村先生とは、劇作家の中村吉蔵のこと。

108　小林政治宛書簡　昭和一七年六月一二日付　小林一三筆
京都府立総合資料館蔵

六月十日付お手紙拝見候。十八日午前十一時頃迄に御来遊可被下事難有奉存候。
尚御相楽お待申上候　早々　十二日

六月十日付の書簡の所在が不明なため内容は判然としないが、訪問の日取りについての連絡。

109　小林一三宛書簡　昭和一七年六月一九日付　小林政治筆
池田文庫蔵

拝啓
昨日は参上仕り御手厚き御歓待に預り候段、洵に忝く奉謹謝候。親しき御詞を承り候嬉しさに省みを忘れ長時間失礼を重ね候儀何卒御海容下さるべく候。此度の御厚意に対し感激拝謝の辞を認め度く存じ居り候処、只今より雨を冒して友人と共に江州の病友を訪ふ事と相成候まゝ甚だ乍失礼以寸楮不取敢御礼申上候也。猶以別便「防虫科学」御目にかけ申候。何分今後宜敷御後援を賜はり度候。頓首

六月十九日　小林政治

小林老台
閣下

新出書簡。訪問した際のもてなしへの礼状。文中の「防虫科学」とは、昭和一二（一九三七）年、京都帝国大学内（現・京都大学）に建てられた、財団法人防虫科学研究所の機関誌のことである。

110　小林政治宛書簡　昭和一七年六月二〇日付（推定）
小林一三筆　京都府立総合資料館蔵

前略　先日は雨中御遠方御尊来を得難有奉存候。折角の御来遊に不拘時節柄とは乍申、何の御馳走も不出来申訳無存候。あらためて御わび申上存候　此度は又防虫科学研究所報告書六冊御送付被下正に入手候。何かお役に立て候事も有存候はゞ、出来る丈貴意に添ひ度御座候。
不取敢御返事迄　不一

六月二十日　一三

小林老台　侍史

先の作品109の書簡で贈られた「防虫科学」についての礼状。

111　小林政治宛書簡　昭和一四年九月三日付　小林一三筆
京都府立総合資料館蔵

小林政治様　九月三日　一三

只今御著「四十とせ前」入手いたし候。
文学青年時代の忘れがたき御記念として御出版被遊候事、羨ましき限也。巻頭「宮島曲」を一読して中々ウマイものであつたのに驚居候。小生なぞにも冷汗の出るやうな旧作ありて一寸拾ひ読をする事があつても、到底もなつて居らぬのでイヤになり申候。それに引かへ貴兄のは本物にて候。装訂見返し頗る意気也。貴下御遠慮に及ばす御家族方は大喜びかと奉存候。或は文学者として一本立でやつていつた方が意義あつたのではないかとしも考えられ候。御意見如何。不取敢御礼方御無沙汰御わびまで　不一
近来頓と考込み閉口いたし居候。毎月末から翌月初にかけ二三日帰宅。書画骨董の中にウロ〳〵いたし居候事丈がたのしみ也。御奮発御来遊被下候はゞ難有く候　頓首

政治著『四十とせ前』について感想を述べた書簡。政治の文才を褒めるとともに、自身の若い時分の著作についても述べている。後に政治が著した『毛布五十年』の中の、「四十とせ前　書翰抄」に掲載されている。

112　小林政治宛書簡　昭和一五年七月三〇日付　小林一三筆
京都府立総合資料館蔵

拝啓　益々御清祥之段奉慶賀候。
陳者今般商工大臣拝命に際しては早速御鄭重なる御祝詞を辱うし御芳情難有奉存候。右略儀ながら以書中御礼申述度如斯御座候　敬具

昭和十五年七月

小林一三

全文印刷。昭和一五（一九四〇）年七月二二日、一三は第二次近衛内閣の商工大臣に就任した。その際に政治から祝い状が贈られたのであろう。それに対する礼状である。

113　小林政治（河井酔茗）宛書簡　昭和一九年七月五日付　小林一三筆　京都府立総合資料館蔵

前略御著「毛布五十年」只今着候。直に拝見候　中々面白そうにて今夜から読み初め申度候。御繁忙の中をよく沢山に御執筆被遊候御事と敬服候　小生の如き隠居後却ツて執筆懶く閉口候。これ一に御元気の結果とうらやましく候。時局に不拘如此堂々たる立派な御本が刊行される事は只々御誠意と御熱心の現はれとお喜び申上候　不取敢御礼迄申上度余期拝顔度（如此）御願上候　不一

七月五日　一三

酔茗様

政治の著作『毛布五十年』が届いたことを知らせる書簡。内容が面白そうなので、今夜から読み始める予定とある。中の宛名は河井酔茗となっているが、封筒の宛名は政治宛になっているし、内容も政治宛であるため、一三が宛名を間違えて書いたか。

114　小林政治宛書簡　昭和一九年七月六日付　小林一三筆　京都府立総合資料館蔵

小林天眠詞兄侍史　七月六日　一三

前略候。御送与を得候「毛布五十年」昨夜から読初メ本日午前中に全部披見候。中々面白く候。老兄御苦労の次第初の方承知したる部分多く候。洋行御勉強せられ候。御令嬢のコトが判明して居らないので小生としては物不足候。今日は立派なお婿サンが出来テ、お孫サンが居られる事と察候。光君が貴嬢の旦那さまではないだらうかといふやうな心持いたし居候。統制による御廃業に就テその〻ちの御感想并に如何に統制スベキか現在の統制法則か国民の為メに利益デアルカナイカ等いろ〳〵御高説も可有之と存候。此点に就テゆる〳〵御話を承はり度相楽居候。如御承知老生は隠居の身の上何時にてもそういふお話を承はるのに閑がありすぎて困居候間、御来遊被下候はゞ難有候。戦争もいよ〳〵苛烈の極に当面は長期抗戦にて頑張ル方法ヲ立テネバナラヌ時かと存候為邦家益々御健全ヲ奉祈候　先づ御礼迄　早々

作品113の手紙のすぐ翌日に出した書簡。『毛布五十年』を早速読んだ感想を述べている。晶子の長男、光と政治の三女迪子の結婚の事などが書かれている。

115　小林一三宛書簡　昭和一九年七月一七日付　小林政治筆　逸翁美術館蔵

啓　再度貴信を賜はり難有拝謝仕り候。頓に衰へたる老妻を同伴し保養のため当地へ来り候。そのうち一書呈上仕りたく存じ居り候が御尋ねの娘美弥子（次女）は同志社総長故原内助氏の次男泰に嫁し居り長男健君（バチカン公使）に住友元理事国府氏の長女を小生仲介仕り候　与謝野光の妻は小生の三女迪子にて候　拝具

新出書簡。何通かの往復書簡の中の一通か。文中の当地とは、鳥取県三朝町のこと。政治の娘たちの事を一三が尋ねたことがわかる。

116　与謝野光宛書簡　昭和三〇年四月九日付　小林一三筆　京都府立総合資料館蔵

四月九日

欠席

大阪府池田市

小林一三

与謝野光は、寛・晶子夫婦の長男。所蔵者の記録により、よしあし草関連の会合への欠席状か。

与謝野晶子・小林一三　略年譜

年号		西暦	与謝野晶子関連事項	年齢	小林一三関連事項	年齢
明治	六	一八七三			一月　三日、山梨県北巨摩郡韮崎町（現、韮崎市）二四〇二番地に、丹沢甚八と小林菊乃長男として生まれ、その月日より一三と名付けられた。	出生
	八	一八七五			祖父、小平治維明の立てた別家の家督を相続。	2
	一一	一八七八	一二月　七日、大阪府堺市（当時堺県堺区）甲斐町・菓子商駿河屋二代目鳳宗七と津弥の三女として誕生。戸籍名は「志よう」	出生	蔵前院（寺院）の公立小学校韮崎学校（第一大学区、第四三中学区、第四一番小学）下等小学校第八級へ入学。	5
	一七	一八八四	四月、堺の宿院尋常小学校へ入学。	6		11
	一九	一八八六	一月、樋口朱陽の漢学塾に通って論語などの素読を受講。	8	東八代郡南八代村の加賀美嘉兵衛氏家塾、成器舎に入って寄宿生となり、英数国漢等、当時の最も進歩的な教育を受ける。	13
	二一	一八八八	一月、宿院尋常小学校卒業、宿院高等小学校に一時在籍。 四月、新設の堺女学校（当時区立、後堺市立高等女学校、現在の大阪府立泉陽高校の前身）へ転校。このころから父の蔵書に親しむ。	10	二月一三日、慶応義塾に学ぶため、初めて上京。翌日試験を受け、即日入学を許可される。	15
	二三	一八九〇		12	四月　四日、麻布の東洋英和女学校校長ラージ氏殺害事件起こる。直ちにこの事件に材を取り、小説『練絲痕』を執筆し、一五日～二五日にかけ、九回にわたって「山梨日日新聞」に靄渓（ＩＫ）学人というペンネームで連載された。	17
	二五	一八九二	堺女学校卒業、同校補習科へ進学。	14	一二月二三日、慶応義塾を卒業。	19
	二六	一八九三		15	四月　四日、三井銀行入行。十等席の資格で、東京本店秘書課勤務となる、月給一三円。 九月一六日、大阪支店に転勤、金庫係を命ぜられ、手代五等となる。支店長は慶応の先輩で、文学の上でも先輩だった、高橋義雄（箒庵）であった。	20
	二七	一八九四	堺女学校補習科卒業。樋口漢学塾で「長恨歌」などを学ぶ。	16	七月、抵当係となる。	21
	二九	一八九六	五月、堺敷島会の尋常会員として入会、短歌を発表し始める。（翌年三月までに一八首が採用された）	18	一月、庶務係となる。 一二月、預金係となる。	23
	三二	一八九九	二月、浪華青年文学界堺支会（明治三〇年に創設。のち関西青年文学会）に入会。その機関誌「よしあし草」（のち「関西文学」）一一号に新体詩「春月」（一二行）を、鳳小舟の名で発表。以後新体詩や短歌を「よしあし草」に発表する。	21	八月、二年前に転勤した名古屋支店から、大阪支店に転勤、貸付係長となる。	26
	三三	一九〇〇	一月、関西青年文学界堺支会の懇親会で、河野鉄南と知り合う。 五月、新詩社の同人となり、「明星」二号に短歌「花がたみ」六首が掲載される。以後「明星」が作品発表の場となる。 八月、与謝野寛西下。寛、山川登美子らと初対面をはたす。 一一月、寛、山川登美子とともに京都永観堂の紅葉を鑑賞、粟田山で一泊。	22	一〇月、丹羽こうと結婚。	27
	三四	一九〇一	一月、寛と京都・粟田山で二泊の小旅行。 六月、家を捨てて上京。豊多摩郡渋谷村中渋谷二七二から同三八二へ転居。 八月、歌集『みだれ髪』刊行。 九月、木村鷹太郎を仲人として寛と結婚式を挙げる。	23	一月、単身上京。箱崎倉庫主任の辞令は一夜にして改変され、次席となる。 六月三〇日、長男冨佐雄出生。 一〇月　七日、芝浦にあった三井の借家に居を定める。	28
	三五	一九〇二	一月、寛と帰郷、京都の与謝野家の本籍に入籍。 一一月、長男光出生。	24	この頃、三井銀行本店調査係検査主任となる。	29

元号	年	西暦	事項	年齢	事項	年齢
明治	三六	一九〇三	五月、長男光を伴い、帰郷。 九月、父・鳳宗七死去。	25	五月　七日、長女とめ出生。	30
	三七	一九〇四	一月、歌集『小扇』刊行。 五月、中渋谷三四一に転居。詩歌集『毒草』(寛との共著)刊行。 七月、二男秀出生。 九月、「明星」に「君死にたまふこと勿れ」を発表。論争が起きる。 一一月、千駄ヶ谷村大通五四九へ転居。	26	一一月一八日、二男辰郎出生。	31
	三八	一九〇五	一月、詩歌集『恋衣』(山川登美子・増田雅子との共著)刊行。	27		32
	三九	一九〇六	一月、歌集『舞姫』刊行。 九月、歌集『夢之華』刊行。	28		33
	四〇	一九〇七	二月、母・鳳津弥死去。 三月、長女八峰・二女七瀬出生。 六月、閨秀文学会講師となる。	29	一月、三井銀行を退職。新設の証券会社の支配人となるために、一家を挙げて来阪するが、日露戦争後の好景気の反動暴落が始まり、証券会社設立は不可能となった。 六月三〇日、箕面有馬電気軌道株式会社創立の追加発起人になる。	34
	四一	一九〇八	一月、童話集『絵本お伽噺』刊行。 七月、歌集『常夏』刊行。 一一月、「明星」廃刊。	30	一〇月二二日、大阪―池田間及び箕面支線並びに池田―宝塚間工事施工認可される。 この月、「最も有望なる電車」という宣伝パンフレット発行、日本最初のPR冊子である。	35
	四二	一九〇九	一月、神田東紅梅町へ転居。 三月、三男麟出生。 五月、歌集『佐保姫』刊行。 新詩社月報「トキハギ」創刊。 九月、小林政治より、『源氏物語』の注釈を依頼される。秋頃より、自宅において『万葉集』と『源氏物語』の講義を夫婦で開始。	31	三月三〇日、沿線住宅地経営のため、池田に用地二万七千坪を買収。 八月一八日、三男米三出生。 一一月、豊能郡池田町に転居。	36
	四三	一九一〇	二月、三女佐保子出生。 三月、観潮楼歌会に出席(一度限り)。 五月、「トキハギ」終刊。 八月、麹町区中六番町三へ転居。	32	二月二二日、大阪市との野江線契約問題及び、岡町登記所登記官買収問題で、拘引される。 三月　三日、釈放され、買収の件では罰金三九円、野江線問題では不起訴となる。 一一月　三日、箕面動物園を開園。	37
	四四	一九一一	一月、歌集『春泥集』刊行。 二月、四女宇智子出生。 七月、評論集『一隅より』刊行。 寛の渡欧費用を集めるために、百首屏風及び半折幅物の頒布会を企てる。〈作品1～7〉 九月、「青鞜」の賛助員となる。 一一月、寛渡欧。中六番町三から同一〇へ転居。	33	三月三〇日、二女春子出生。 五月　一日、宝塚新温泉の営業開始。 八月　八日、晶子より書簡が届く。〈作品5〉 九月二二日、晶子より書簡が届く。〈作品6〉 三〇日、晶子より書簡届く。〈作品7〉	38
	四五	一九一二	一月、歌集『青海波』刊行。 二月、『新訳源氏物語』(全四冊)刊行開始。〈作品36〉 五月、『雲のいろいろ』刊行。寛の後を追い、シベリア経由でパリへ出発。 ヨーロッパ各地を歴訪。 一〇月、海路で単身帰国。	34	七月　一日、宝塚新温泉内に新館パラダイスを開設。	39

大正	西暦	事項		事項	
二	一九一三	一月、寛帰国、帰朝記念会開催。 四月、四男オウギュスト出生。(後に昱に改名) 六月、「東京朝日新聞」に小説「明るみへ」を連載。新聞雑誌に多くの社会評論を書き、女性の地位の向上を訴える。	35	四月　八日、寛より書簡届く。〈作品93〉 七月　一日、宝塚唱歌隊(後に少女歌劇、更に歌劇団と改称する)を組織する。この頃、大阪新報の経営立て直しのために奔走する。	40
三	一九一四	一月、詩歌集『夏より秋へ』刊行。 五月、『巴里より』(寛と共著、紀行文)刊行。 六月、童話集『八つの夜』刊行。 七月、『新訳栄華物語』(全三巻)刊行開始。	36	四月　一日、宝塚新温泉パラダイスを改造して劇場とし、宝塚少女歌劇第一回公演を開く。 一〇月　一日、宝塚少女歌劇秋季公演に初めて自作の歌劇「紅葉狩」を上演する。	41
四	一九一五	一月、『和泉式部歌集』(寛との共著)刊行。「太陽」の委託を受け、「婦人評論」を執筆。 三月、歌集『さくら草』刊行。五女エレンヌ出生。 五月、評論集『雑記帳』刊行。 八月、寛、衆議院議員選挙に立候補するが落選。〈関連作品94〉 九月、童話『うねうね川』刊行。 一〇月、麹町区富士見町へ転居。 一二月、歌論書『歌の作りやう』刊行。	37	二月二〇日、晶子より書簡届く。〈作品94〉 一二月、小説『曽根崎艶話』出版。その後発禁となる。	42
五	一九一六	一月、歌集『朱葉集』、小説『明るみへ』刊行。 二月、歌論書『短歌三百講』刊行。 三月、五男健出生。 四月、評論集『人及び女として』刊行。 五月、歌集『舞ごろも』刊行。 七月、『新訳紫式部日記　新訳和泉式部日記』刊行。 一一月、『新訳徒然草』刊行。	38	三月三一日、箕面動物園を廃止する。	43
六	一九一七	一月、評論集『我等何を求むるか』刊行。 二月、歌集『晶子新集』刊行。 五月二八日、寛・四男オウギュストとともに、来阪。(同月二五日付小林政治宛書簡に拠る。)二九日の「大阪毎日新聞」に「西遊せる与謝野夫妻」として、写真入り記事が掲載されている。この時に、頒布会が開かれ、一三も数点作品を購入している。〈作品8・9・17~25〉 この頃、河野鉄南と再会。記念の短冊を贈る。〈作品16〉 この頃、寛・オウギュスト・小林政治・迪子等と、宝塚少女歌劇「アンドロクレスと獅子」を観劇。〈作品10〉その時に一三が用意していた扇子数本に揮毫した。(与謝野迪子著『想い出　わが青春の与謝野晶子』に拠る)〈作品9〉 六月一〇日、小林政治の娘・迪子(後に長男光に嫁す)の観世流舞囃子「乱」を鑑賞。この時、晶子から小林政治に宛られた書簡に書かれた歌など一三首を歌帖〈作品15〉にした。その表紙には、迪子の袴の裾の裂地が用いられている。 一二日、福岡に向け大阪を発つ。(同月六日付白仁秋津宛書簡に拠る) 二七日、苦楽園に帰着。(同月二五日付小林政治宛書簡に拠る) 七月　九日、東京に帰着。(同月一六日付加野宗三郎、白仁秋津宛書簡に拠る) 一〇月、評論集『愛、理性及び勇気』刊行。六男寸出生(生後二日で死亡)	39	一月　七日、晶子より年賀状が届く。〈作品88〉 四月、上田秋成筆「源氏物語五十四首短冊貼交屏風」購入。〈作品26〉 六月　四日、晶子より書簡が届く。〈作品11〉 七月　三日、寛より書簡が届く。〈作品12〉 七月一〇日、小林政治に書簡を出す。〈作品13〉 一〇月、『歌劇十曲』を刊行。(自作宝塚少女歌劇の脚本を収録したもの) 二五日、小林政治より書簡が届く。〈作品14〉	44

元号	年	西暦	事項(上段)	年齢	事項(下段)	年齢
大正	七	一九一八	四月、懐紙千首会。 五月、評論集『若き友へ』刊行。 六月、この頃より、平塚らいてうと母性保護論争を展開。 八月、小林政治の創設した天佑社の企画に寛とともに参加。 宝塚少女歌劇団より発行された、「歌劇」創刊号に、「武庫川の夕」として歌三首を載せる。 一一月一一日、夜行にて東京を出立し、大阪に立寄った後九州を訪う。(同月七日付加野宗三郎、白仁秋津宛書簡に拠る)	40	二月　一日、晶子より書簡が届く。〈作品95〉 四日、箕面有馬電気軌道株式会社を阪神急行電鉄株式会社と社名変更。 五月二三日、宝塚少女歌劇東京初公演。(帝国劇場で三〇日まで。演目は「三人漁師」「雛祭」など七種。) 一一月　四日、小林政治に書簡を出す。〈作品103〉 一二月、宝塚音楽歌劇学校創立が認可され、校長に就任。	45
	八	一九一九	一月、評論集『心頭雑草』刊行。 三月、六女藤子出生。 五月、童話集『行って参ります』刊行。 八月、歌集『火の鳥』、評論集『激動の中を行く』を刊行。 一〇月、歌論書『晶子歌話』、『晶子短歌全集』(三巻)刊行。	41	一月　一日、晶子より年賀状が届く。〈作品89〉 三月一七日、宝塚新温泉に、歌劇新劇場竣工(箕面公会堂を移築したもので公会堂劇場と呼ぶ)	46
	九	一九二〇	三月一一日、小林政治の妻雄子に「源氏物語礼讃歌短冊」を贈る。〈作品31〉(小林政治・雄子宛書簡に拠る) 四月一〇日頃より、六甲山・苦楽園に滞在。(三月二三日付　加野宗三郎宛書簡に拠る) 二四日、寛とともに、宝塚少女歌劇鑑賞。演目は、「罰」「金平めがね」「思ひ出」「毒の花園」「酒の行兼」。この日、山田耕作も観劇している。(「歌劇」第九号　宝塚少女歌劇団日誌に拠る) 五月、評論集『女人創造』、『青海波』イタリア語版(ナポリ)刊行。 この頃、源氏物語礼讃歌の歌帖書かれたか。〈作品33〉	42	一月　二日、晶子より年賀状が届く。〈作品90〉 一月二五日、晶子より書簡が届く。〈作品28・29〉 二月　三日、晶子より書簡が届く。〈作品30〉 七月一六日、神戸線本線開通、営業開始。「綺麗で、早うて、ガラアキで」という新聞広告を出す。 一一月　一日、大阪市角田町(梅田)に阪急ビルディング(旧館5階建て)竣工。 五日、阪急ビル2階に食堂を開設、3階から5階は事務所とし、1階は白木屋に貸し出した。	47
	一〇	一九二一	一月、歌集『太陽と薔薇』刊行。 三月、評論集『人間礼拝』刊行。 四月、西村伊作、石井柏亭、河崎なつ、寛とともに文化学院を設立、学監となる。 一一月、第二次『明星』創刊。	43	一月　八日、晶子より年賀状が届く。〈作品91〉 七月二〇日、宝塚少女歌劇は二部制となり、第一部は公会堂劇場、第二部はパラダイス劇場で公演をすることとなる。	48
	一一	一九二二	一月、第二次「明星」一巻三号に、「源氏物語礼讃」として発表。〈作品39〉 九月、歌集『草の夢』刊行。	44	六月一五日、宝塚野球場竣工。	49
	一二	一九二三	一月、歌集『晶子恋歌抄』刊行。 二月、寛満五〇誕辰祝賀会。 四月、評論集『愛の創作』刊行。 九月、関東大震災のため、源氏物語講義原稿数千枚焼失。「明星」も休刊。	45	一月　一日、晶子より年賀状が届く。〈作品92〉 三日、宝塚新温泉は浴場を残して、劇場・パラダイス・食堂等全焼する。 三月二〇日、宝塚中劇場竣工、公演開始。 六月　八日、小林政治に書簡を出す。〈作品104〉 八月一五日、宝塚新温泉パラダイス及び洋食堂竣工、二階に図書閲覧室、三階を小劇場と名付けた。	50
	一三	一九二四	五月、歌集『流星の道』刊行。 一二月、婦人参政権獲得期成同盟会(婦選獲得同盟)の創立委員の一人となる。	46	二月二五日、日本最初の職業野球団宝塚運動協会設立。 六月一二日、一三の抱懐していた大劇場主義を実現する四千人収容の宝塚大劇場が竣工。月・花組合併柿落し公演開始。	51
	一四	一九二五	一月、歌集『瑠璃光』刊行。 七月、評論集『砂に書く』刊行。 九月、自選歌集『人間往来』刊行。 一〇月、寛らとともに『日本古典全集』の編者となる。〈関連作品97〉 一一月、童話『藤太郎の旅』刊行。	47	四月、『日本歌劇概論』刊行。 五月、晶子より書簡が届く。〈作品96〉 二日、株式会社宝塚ホテル設立。 六月　一日、阪急ビルの二階と三階に直営マーケット開業、食堂は四階と五階で営業、日本最初のターミナルデパートである。	52

	一五	一九二六	六月、中国語訳評論集『与謝野晶子論文集』（張嫻訳）刊行。 一〇月、二女七瀬結婚。	48	一月、『続歌劇十曲』刊行。 四月、宝塚国民座結成され、翌月八日に第一回公演開始。	53
昭和	二	一九二七	四月、「明星」休刊。 九月、東京府下井荻村下荻窪の新築家へ転居、遙青書屋・采花荘と名付ける。	49	二月一二日、寛より書簡が届く。〈作品97〉 三月一〇日、阪急電鉄取締役社長に就任。 九月　一日、宝塚大劇場の少女歌劇花組公演は、日本最初のレビュー「モン・パリ」が上演され、各界にセンセーションを起こした。	54
	三	一九二八	四月、長男光、小林政治の三女迪子と結婚。 五月、六月にかけて、寛とともに、南満州鉄道本社の招きで満蒙（現中華人民共和国東北部）へ旅行。婦選獲得同盟の経済支援のため、「麗日会」に参加し、短冊などを無料揮毫。 六月、歌集『心の遠景』刊行。 七月、評論集『光る雲』刊行。	50		55
	四	一九二九	一月、『晶子詩篇全集』刊行。 七月、寛とともに改造社招待旅行で鹿児島へ行く。 一二月、歌集『霧島の歌』（寛との共著）刊行。五〇回誕辰祝賀会開催。	51	四月一五日、阪急百貨店開業。 七月一〇日、六甲山ホテル開業。	56
	五	一九三〇	三月、結社誌「冬柏」創刊。 四月、文化学院女子部長に就任。『婦選の歌』を作詞し、第一回日本婦選大会へ出席。五月にかけて、誕辰五〇年記念四季短歌絵画半折頒布会開催。（四月一〇日付小林政治宛書簡に拠る）歌文集『満蒙遊記』（寛との共著）刊行。	52	八月　三日、宝塚会館（ダンスホール）開場。 一〇月二二日、寛より書簡が届く。〈作品98〉	57
	六	一九三一	二月、評論集『街頭に送る』刊行。 五月、寛とともに北海道旅行。 八月、京阪・奈良などへ旅行。この頃、「歌帖　源氏物語の讃」〈作品34〉書かれる。（箱裏に「加茂川のほとりにて与謝野晶子しるす」とある。） 九月、兄・鳳秀太郎死去。	53		58
	七	一九三二		54	一月　一日、宝塚文芸図書館開館。 六月、『雅俗山荘漫筆』第一巻刊行。 八月、『雅俗山荘漫筆』第二巻刊行。 二四日、小林政治より書簡が届く。〈作品105〉	59
	八	一九三三	二月、寛満六〇年を祝し、梅図画賛頒布会、東京高島屋で寛・晶子の著書展覧会開催。 六月、「冬柏」の発行所を平野万里宅から自宅に移す。 九月、翌年九月にかけて『与謝野晶子全集』（全一三巻）刊行。	55	一月、『雅俗山荘漫筆』第三巻刊行。 四月二〇日、宝塚歌劇二〇周年記念祭開催。 九月、『雅俗山荘漫筆』第四巻、『奈良のはたごや』の二冊刊行。	60
	九	一九三四	一月、狭心症の発作を起こす。 二月、評論集『優勝者となれ』刊行。 六月、半折新日本画賛歌の会で五〇幅を頒布。	56	一月　一日、東京宝塚劇場竣工、宝塚少女歌劇月組により柿落し公演。 八日、阪急電鉄社長を辞任し、会長に就任。 四月二〇日、大阪高島屋にて開催された皇太子御誕生奉祝記念「瑞祥新日本画百幀会」にて、山下新太郎画、晶子歌賛の掛け軸を購入。〈作品81〉（一月二五日付菅沼宗四郎宛寛書簡中に、東京高島屋において同会が開催される旨が記されている。）	61

昭和	一〇	一一	一二	一三	一四	一五
	一九三五	一九三六	一九三七	一九三八	一九三九	一九四〇
	三月二六日、寛、肺炎のため急逝。 一一月、二男秀結婚。 再び『源氏物語』現代語訳にとりかかる。 英訳『みだれ髪』米国で出版。	三月、寛一周忌法要を、鎌倉円覚寺・京都鞍馬寺で営む。 京阪神方面へ旅行。長野や箱根などを吟行。 五月、四男昱結婚〈関連作品84〉	三月、寛三周忌法要を、鎌倉円覚寺で営む。 五女エレンヌ結婚。〈関連作品84〜86〉 軽度の脳溢血を起こす。 八月、高野山夏季大学で講師となる。	四月、『現代語訳平安朝女流日記』刊行。盲腸炎で入院。 七月、岩波文庫『与謝野晶子歌集』刊行。 一〇月、翌年九月にかけて、『新新訳源氏物語』(全訳六巻)刊行。〈作品37・38〉 一二月、肺炎のため入院。〈関連作品87〉 『新万葉集』の女性で唯一の編者となり、第九巻に自歌五〇首を収める。	一月、伊豆に遊ぶ。 二月、箱根に遊ぶ。 七月、四女宇智子結婚。 一〇月、『新新訳源氏物語』完成祝賀会。 『新新訳源氏物語』完成を祝して、頒布会が行われる。このとき、短冊、巻子、屏風などに源氏物語礼讃歌を書す。〈作品32・35〉	三月、五男健結婚。 四月、東海から関東一円を旅行。 五月、脳溢血で倒れ、半身不随となる。 六月、新潮文庫『新選与謝野晶子集』刊行。 九月、受洗、霊名ヘレナ。 一〇月、六女藤子、長女八峰結婚。
	57	58	59	60	61	62
	一月二五日、宝塚大劇場より出火し全焼。直ちに四月までに復旧の方針を発表し、竹中工務店に工事を注文する。 四月　一日、宝塚大劇場再興。 一四日、小林政治に書簡を出す。〈作品106〉 九月一二日、浅間丸にて横浜を出帆、欧米視察の旅につく。	四月一七日、榛名丸にて欧米旅行より帰朝。 六月　一日、池田市五月山山麓に自邸雅俗山荘(没後、逸翁美術館となる)竣工。 二六日、帝国劇場株式会社取締役に就任。 この月、『私の見たソビエット・ロシア』刊行。 七月、『産業は国営にすべきか』刊行。 一〇月　四日、阪急電鉄会長を辞任。 『次にくるもの』刊行。 一一月、一二日、晶子より書簡が届く。〈作品84・86〉 一四日、晶子より書簡が届く。〈作品85〉	一月　一日、自作の「恋に破れたるサムライ」を宝塚少女歌劇月組によって東京宝塚劇場に上演。 四月、『映画事業経営の話』刊行。 五月一四日、内閣調査局廃止につき退任。金剛丸にて下関出帆、釜山に渡り朝鮮・中国北部を旅行。 一〇月、「阪急美術」創刊。 一二月一四日、晶子から書簡が届く。〈作品99〉	一月、『電力問題の背後』出版。 一〇月　二日、宝塚少女歌劇訪独伊芸術使節団一行、靖国丸にて神戸出帆、ナポリに向かう。小林米三団長・天津乙女・奈良美也子以下45名。この月、『戦後はどうなるか』刊行。	一月二二日、晶子より書簡が届く。〈作品87〉 三月　四日、宝塚少女歌劇訪独伊芸術使節団一行、伏見丸にて神戸に帰着。 七月、『事変はどう片づくか』出版。 九月　三日、小林政治に書簡を出す。〈作品111〉	三月二九日、日伊修交のため、並びに両国間商議のため、日本代表者(所謂遣伊経済使節)を仰せつけられる。 四月一〇日、神戸出帆の榛名丸にてイタリアに向かう。イタリア滞在中の六月一〇日、イタリアの対英仏宣戦布告に遭い、イタリアを離れて六月二五日ベルリン着。 七月　四日、ベルリンを発し、モスクワ、大連を経て門司に向かう。 七月二二日、門司着。福岡より空路東京へ帰り、夜、第二次近衛内閣の商工大臣に就任。 三〇日、小林政治に書簡を出す。〈作品112〉 八月二八日、蘭領印度特派使節に任命される。 九月　二日、門司出帆の日昌丸にて蘭印に向かう。一二日、バタビア着。 一〇月二一日、バタビア発、帰路につく。この月、「宝塚少女歌劇」を「宝塚歌劇」と改称。 一二月、『蘭印より帰りて』刊行。
	62	63	64	65	66	67

昭和										
一六	一七	一九	二〇	二一	二四	二六	二七	二八	三〇	三二
一九四一	一九四二	一九四四	一九四五	一九四六	一九四九	一九五一	一九五二	一九五三	一九五五	一九五七
三月、鎌倉円覚寺と京都鞍馬寺の鉄幹の七周忌法要に不参。 七月、九月にかけて、山梨県上野原依水荘で転地療養。 一二月、六三回誕辰祝賀会。	一月、病状悪化、狭心症を伴う。 五月一八日、尿毒症を併発。 二九日、自宅で死去。 六月一日、青山斎場で告別式、多磨墓地に埋葬。法名は「白桜院鳳翔晶耀大姉」 九月、遺稿歌集『白桜集』刊行。 一二月、遺稿歌文集『落花抄』刊行。									
63	64									
四月 四日、商工大臣辞任。同日、貴族院議員に任ぜられる。 五月、「大臣落第記」を「中央公論」に寄稿。	五月、晶子逝去に伴い、歌を一首寄せる（一三自歌集『鶏鳴集』所収） 数万の星の如く輝ける歌をのこして君逝き玉ふ 六月 五日、小林政治に書簡を出す。〈作品107〉 一二日、小林政治に書簡を出す。〈作品108〉 一九日、小林政治から書簡が届く。〈作品109〉 二〇日、小林政治に書簡を出す。〈作品110〉 一一月、『芝居ざんげ』刊行。	七月 五日、小林政治に書簡を出す。〈作品113〉 六日、小林政治に書簡を出す。〈作品114〉 一七日、小林政治から書簡が届く。〈作品115〉	一〇月三〇日、幣原内閣の国務大臣に任ぜられる。 一一月 五日、戦災復興院総裁に任ぜられる。	三月一〇日、公職追放。 一〇月、『復興と次にくるもの』刊行。 一二月、『雅俗三昧』刊行。	六月、『逸翁らくがき』刊行。	一二月、『新茶道』『仕事の世界』刊行。	一月、『私の人生観』刊行。 一〇月一六日、欧米映画視察のため、アメリカに向かう。 一二月二五日、欧米視察を終え帰国。	二月、『私の生活信条』刊行。 六月、『私の見たアメリカ・ヨーロッパ』刊行。	四月 九日、与謝野光に書簡を出す。〈作品116〉 六月、『宝塚漫筆』刊行。	一月二〇日、丼会の茶会を開く、最後の茶会となる。 二五日、午前中、翌日の芦葉会のため、自らお道具を用意したが、午後一一時四五分、池田市の自邸において急性心臓性喘息のため急逝。法名「大仙院殿真覚逸翁大居士」。同日、正三位勲一等瑞宝章授与。 二八日、池田雅俗山荘に於いて密葬。 三一日、宝塚大劇場に於いて宝塚音楽学校葬。宝塚歌劇団生徒のほか、各界の関係者三千数百人が参列し、荘厳な音楽葬が執り行われた。 三月二一日、延命会・瑞鹿会の発起により、北鎌倉寿福庵に於いて「逸翁追善茶会」が開かれる。松永耳庵、畠山即翁、五島古経楼の三氏が懸釜を担当した。
69	70	71	72	73	76	78	79	80	82	84

※この年表の制作は宮井肖佳が担当した。

参考文献

『定本与謝野晶子全集』全20巻（講談社、昭和54～昭和56年）
『上田秋成集　全』（有朋堂書店、大正11年）
『小林一三日記』全3巻（阪急電鉄、平成3年）
『小林一三　逸翁自叙伝』（日本図書センター、平成9年）
『宝塚歌劇五十年史』（宝塚歌劇団、昭和39年）
『宝塚歌劇五十年史　別冊』（宝塚歌劇団、昭和39年）
逸見久美編『与謝野寛晶子書簡集成』全4巻（八木書店、平成13年～平成22年）
植田安也子・逸見久美編『天眠文庫蔵　与謝野寛晶子書簡集』（八木書店、昭和58年）
小林政治『毛布五十年』（小林産業株式会社　昭和19年）
与謝野光『晶子と寛の思い出』（思文閣出版、平成3年）
与謝野迪子『想い出―わが青春の与謝野晶子』（三水社、昭和59年）
与謝野道子『どっきり花嫁の記―はは与謝野晶子―』（主婦の友社、昭和42年）
入江春行『与謝野晶子とその時代―女性解放と歌人の人生―』（平成15年）
市川千尋『与謝野晶子と源氏物語』（国研出版、平成10年）
『百選会百回史』（高島屋本社業務部、昭和46年）

〈展覧会図録等〉
堺市博物館『特別展　与謝野晶子』（昭和59年）
思文閣美術館『没後50年記念　与謝野晶子展―京を愛した晶子―』（平成2年）
堺市博物館『没50年記念特別展　与謝野晶子―その生涯と作品』（平成3年）
京都府立総合資料館『小林天眠文庫展　与謝野晶子・鉄幹と浪漫派の人々―知られざる近代日本文学小史』（平成5年）
財団法人全国書美術振興会・産経新聞社『「日本の女流書展」第30回記念　与謝野晶子展』（平成17年）
高島屋史料館『「百選会」讃歌　与謝野晶子歌集』

品作品一覧

	作品名	作者	員数	制作年	材質	法量（cm）	所蔵者
第Ⅰ章	歌百首屏風――晶子と一三、交流の先駆け――						
1	歌百首屏風（遠方の）	与謝野晶子筆	二曲一隻		紙本金地墨書	一三七・三×一四五・九	堺市博物館
2	歌百首屏風（抱くとて）	与謝野寛・晶子筆	二曲一隻		紙本金地墨書	一五一・六×一五一・二	堺市博物館
3	歌百首屏風（わがかどの）	与謝野晶子筆	二曲一隻	明治四四年	紙本金地墨書	一三六・五×一四五・九	堺市立中央図書館
4	歌百首屏風（正月は）	与謝野晶子筆	二曲一隻	昭和初期	紙本金地墨書	一五五・〇×一五五・〇	堺市（堺市立文化館与謝野晶子文芸館）
5	小林一三宛書簡　明治四四年八月八日付	与謝野晶子筆	一通		印刷（宛名以外）	一九・二×四二・〇 （封）一四・〇×九・六	池田文庫
6	小林一三宛書簡　明治四四年九月二二日付	与謝野晶子筆	一通		墨書	一八・〇×八〇・〇 （封）二一・八×八・五	池田文庫
7	小林一三宛書簡　明治四四年九月三〇日付	与謝野晶子筆	一通		墨書	一八・〇×四三・六 （封）一四・七×一〇・〇	池田文庫
第Ⅱ章	大正六年の晶子――六甲山苦楽園での「歌行脚」と宝塚――						
8	和歌懐紙「宝塚にてよめる」	与謝野晶子筆	一幅	大正六年	紙本墨書	三五・〇×四六・一	逸翁美術館
9	和歌「かろやかに」扇子（桐の花下絵）	与謝野晶子筆	一握	大正六年	紙本墨書	二四・〇×三七・一	逸翁美術館
10	『宝塚少女歌劇　第四・五・六脚本集合本』「アンドロクレスと獅子」	箕面有馬電気軌道株式会社刊	一冊	大正六年			池田文庫
11	小林一三宛書簡　大正六年六月四日付	与謝野晶子筆	一通		ペン書	二一・四×七・五 （封）一八・七×七・五	池田文庫
12	小林一三宛書簡　大正六年七月三日付	与謝野寛筆	一通		墨書	一八・〇×一一七・〇 （封）二〇・五×八・五	池田文庫
13	小林政治宛書簡　大正六年七月一〇日付	小林一三筆	一枚		ペン書	一四・一×九・一	京都府立総合資料館
14	小林一三宛書簡　大正六年一〇月二三日付	小林政治筆	一枚		ペン書	二〇・〇×八・三	池田文庫

15	歌帖「泉の壺」	与謝野晶子筆	一帖	大正六年	紙本墨書	二五・〇×四三・六(開き)	京都府立総合資料館
16	和歌短冊「夕かぜは」	与謝野晶子・河野鉄南筆	一枚	大正六年	紙本墨書	三六・三×六・〇	覚応寺
17	和歌懐紙「紅き絹」	与謝野晶子筆	一枚	大正六年	紙本墨書	四〇・一×五四・〇	逸翁美術館
18	和歌懐紙「紺青の」	与謝野晶子筆	一枚	大正六年	紙本墨書	三九・五×五二・一	逸翁美術館
19	和歌懐紙「芝居より」	与謝野晶子筆	一枚	大正六年	紙本墨書	四〇・一×五三・八	逸翁美術館
20	和歌懐紙「ふれがたき」	与謝野寛筆	一枚	大正六年	紙本墨書	三九・四×五二・二	逸翁美術館
21	和歌懐紙「朝の雨」	与謝野寛筆	一枚	大正六年	紙本墨書	三九・六×五二・二	逸翁美術館
22	和歌懐紙「行方なき」	与謝野寛筆	一枚	大正六年	紙本墨書	三九・六×五二・一	逸翁美術館
23	和歌懐紙「彼等みな」	与謝野寛筆	一枚	大正六年	紙本墨書	四〇・〇×五三・八	逸翁美術館
24	和歌懐紙「はるかにも」	与謝野寛筆	一枚	大正六年	紙本墨書	三九・八×五二・〇	逸翁美術館
25	和歌懐紙「山にきて」	与謝野寛筆	一枚	大正六年	紙本墨書	三九・八×五三・八	逸翁美術館
第Ⅲ章　晶子「源氏物語礼讃歌」の展開							
26	源氏物語五十四首短冊貼交屏風	上田秋成筆	六曲一双	江戸時代	紙本墨書(短冊焼絵)	各一三三・二×三三五・二	逸翁美術館
27	和歌短冊「源氏物語十八首」	上田秋成筆	一八枚	江戸時代	紙本墨書	各三五・五×五・八	逸翁美術館
28	小林一三宛書簡　大正九年一月二五日付	与謝野晶子筆	一通		墨書	一八・一×二三・三 (封)二〇・〇×八・二	池田文庫
29	和歌短冊「源氏物語礼讃歌」	与謝野晶子筆	五四枚	大正九年	紙本墨書	各三六・二×六・〇	逸翁美術館
30	小林一三宛書簡　大正九年二月三日付	与謝野晶子筆	一通		ペン書	二五・七×一六・三 (封)一三・五×八・五	池田文庫
31	和歌短冊「源氏物語礼讃歌」	与謝野晶子筆	五五枚	大正九年	紙本墨書	各三六・二×六・〇	京都府立総合資料館
32	和歌巻子「源氏物語礼讃歌」	与謝野晶子筆	一巻	昭和一四年	紙本墨書	二六・八×五〇八・九	逸翁美術館
33	歌帖「源氏物語礼讃歌」	与謝野晶子筆	二帖	大正九年頃	紙本墨書		堺市博物館

34	歌帖「源氏物語の讃」	与謝野晶子筆	一帖	昭和六年頃	紙本墨書		京都府立総合資料館
35	和歌屏風「源氏物語礼讃歌」	与謝野晶子筆	二曲一隻	昭和一四年	紙本墨書	一五二・〇×一五二・五	神戸親和女子大学附属図書館
36	『新訳源氏物語』上巻	与謝野晶子筆 金尾文淵堂刊	一冊	明治四五年 初版		二二・三×一四・九	堺市立中央図書館
37	『新新訳源氏物語』第一巻	与謝野晶子筆 金尾文淵堂刊	一冊	昭和一三年 初版		一九・二×一三・五	堺市立中央図書館
38	原稿『新新訳源氏物語』「桐壺」	与謝野晶子筆	二枚	昭和七年～ 一〇年	ペン書	二五・八×三六・〇	堺市（堺市立文化館与謝野晶子文芸館）
39	「明星」	「明星」発行所刊	一冊	大正一一年 一月		二三・六×一八・八	池田文庫

第Ⅳ章　晶子の詠歌活動

40	和歌短冊「なほ夢に」	与謝野晶子筆	一枚	紙本墨書	三六・二×六・〇	逸翁美術館
41	和歌短冊「初春の」	与謝野晶子筆	一枚	紙本墨書	三六・二×六・〇	逸翁美術館
42	和歌短冊「恋といふ」	与謝野晶子筆	一枚	紙本墨書	三六・二×六・〇	逸翁美術館
43	和歌短冊「孔雀の尾」	与謝野晶子筆	一枚	紙本墨書	三六・二×六・〇	逸翁美術館
44	和歌短冊「あしたより」	与謝野晶子筆	一枚	紙本墨書	三六・二×六・〇	逸翁美術館
45	和歌短冊「天上と」	与謝野晶子筆	一枚	紙本墨書	三六・二×六・〇	逸翁美術館
46	和歌短冊「ちりゆくる」	与謝野晶子筆	一枚	紙本墨書	三六・二×六・〇	逸翁美術館
47	和歌短冊「春の夜の」	与謝野晶子筆	一枚	紙本墨書	三六・二×六・〇	逸翁美術館
48	和歌短冊「光さし」	与謝野晶子筆	一枚	紙本墨書	三六・二×六・〇	逸翁美術館
49	和歌短冊「井の神も」	与謝野晶子筆	一枚	紙本墨書	三六・二×六・〇	逸翁美術館
50	和歌短冊「すでにして」	与謝野晶子筆	一枚	紙本墨書	三六・二×六・〇	逸翁美術館

51	和歌短冊「皐月よし」	与謝野晶子筆	一枚	紙本墨書	三六・二×六・〇	逸翁美術館
52	和歌短冊「恋ごろも」	与謝野晶子筆	一枚	紙本墨書	三六・二×六・〇	逸翁美術館
53	和歌短冊「湖を」	与謝野晶子筆	一枚	紙本墨書	三六・二×六・〇	逸翁美術館
54	和歌短冊「丘の上」	与謝野晶子筆	一枚	紙本墨書	三六・二×六・〇	逸翁美術館
55	和歌短冊「鎌の刃の」	与謝野晶子筆	一枚	紙本墨書	三六・四×六・一	逸翁美術館
56	和歌短冊「元朝や」	与謝野晶子筆	一枚	紙本墨書	三六・四×六・一	逸翁美術館
57	和歌短冊「棕櫚の花」	与謝野晶子筆	一枚	紙本墨書	三六・四×六・一	逸翁美術館
58	和歌短冊「夕かぜは」	与謝野晶子筆	一枚	紙本墨書	三六・四×六・一	逸翁美術館
59	和歌短冊「磯の道」	与謝野晶子筆	一枚	紙本墨書	三六・四×六・一	逸翁美術館
60	和歌短冊「人きたり」	与謝野晶子筆	一枚	紙本墨書	三六・四×六・一	逸翁美術館
61	和歌短冊「冬の夜も」	与謝野晶子筆	一枚	紙本墨書	三六・四×六・一	逸翁美術館
62	和歌短冊「地はひとつ」	与謝野晶子筆	一枚	紙本墨書	三六・四×六・一	逸翁美術館
63	和歌短冊「白うめの」	与謝野晶子筆	一枚	紙本墨書	三六・四×六・一	逸翁美術館
64	和歌短冊「ほとゝぎす」	与謝野晶子筆	一枚	紙本墨書	三六・四×六・一	逸翁美術館
65	和歌短冊「みよし野の」	与謝野晶子筆	一枚	紙本墨書	三六・四×六・一	逸翁美術館
66	和歌短冊「たれまくも」	与謝野晶子筆	一枚	紙本墨書	三六・四×六・一	逸翁美術館
67	和歌短冊「梅雨さると」	与謝野晶子筆	一枚	紙本墨書	三六・四×六・一	逸翁美術館
68	和歌短冊「わがつくゑ」	与謝野晶子筆	一枚	紙本墨書	三六・四×六・一	逸翁美術館
69	和歌短冊「青海に」	与謝野晶子筆	一枚	紙本墨書	三六・四×六・一	逸翁美術館
70	和歌短冊「立ちよれば」	与謝野晶子筆	一枚	紙本墨書	三六・四×六・一	逸翁美術館

71	和歌短冊「雨雲の」	与謝野晶子筆	一枚		紙本墨書	三六・四×六・一	逸翁美術館
72	和歌短冊「誰の泣く」	与謝野晶子筆	一枚		紙本墨書	三六・四×六・一	逸翁美術館
73	和歌色紙「けしの花」	与謝野晶子筆	一枚		紙本墨書	二一・一×一八・一	逸翁美術館
74	和歌色紙「こゝちよく」	与謝野晶子筆	一枚		紙本墨書	二一・一×一八・一	逸翁美術館
75	和歌色紙「朝がほの」	与謝野晶子筆	一枚		紙本墨書	二一・一×一八・一	逸翁美術館
76	和歌色紙「元朝や」	与謝野晶子筆	一枚		紙本墨書	二一・一×一八・一	逸翁美術館
77	和歌色紙「みよし野の」	与謝野晶子筆	一枚		紙本墨書	二一・一×一八・一	逸翁美術館
78	和歌画賛「王ならぬ」	与謝野晶子筆・高村光太郎画	一枚	明治四四年	絹本墨画淡彩	一〇五・〇×三六・七	逸翁美術館
79	和歌画賛「かまくらや」	与謝野晶子筆・高村光太郎画	一枚	明治四四年	絹本墨画淡彩	一〇六・〇×三六・二	逸翁美術館
80	和歌懐紙「いにしへも」	与謝野寛筆	一幅		紙本墨書	三六・五×五一・一	逸翁美術館
81	和歌画賛「東海の春」	与謝野晶子筆・山下新太郎画	一幅	昭和九年	紙本墨画淡彩	一三一・四×三一・八	逸翁美術館
82	和歌短冊貼交屏風	与謝野寛・晶子筆	二曲一隻		紙本墨書・ペン書	一四八・五×一五五・〇	高島屋史料館
83	歌帖「百選会」	与謝野晶子筆	一帖		紙本墨書		高島屋史料館

第V章　晶子の新出書簡

84	小林一三宛書簡　昭和一一年一一月一二日付	与謝野晶子筆	一通		墨書	一八・二×二二八・三	逸翁美術館
85	小林一三宛書簡　昭和一一年一一月一四日付	与謝野晶子筆	一通		墨書	一八・二×一〇六・五	逸翁美術館
86	風景図	アンドレ・ロート	一面	一九一〇年	油絵	四四・〇×五三・三	逸翁美術館
87	小林一三宛書簡　昭和一四年一月二二日付	与謝野晶子筆	一通		ペン書	各二四・二×一六・七	逸翁美術館

88	小林一三宛年賀状	大正六年一月七日付	与謝野寛・晶子筆	一枚	印刷	一四・〇×九・〇	池田文庫
89	小林一三宛年賀状	大正八年一月一日付	与謝野寛・晶子筆	一枚	印刷	一三・〇×九・〇	池田文庫
90	小林一三宛年賀状	大正九年一月二日付	与謝野寛・晶子筆	一枚	印刷	一四・一×九・一	池田文庫
91	小林一三宛年賀状	大正一〇年一月八日付	与謝野寛・晶子筆	一枚	印刷	一四・〇×八・九	池田文庫
92	小林一三宛年賀状	大正一二年一月一日付	与謝野寛・晶子筆	一枚	印刷	一四・〇×九・〇	池田文庫
93	小林一三宛書簡	大正二年四月八日付	与謝野寛・晶子筆	一枚	ペン書	一四・〇×九・〇	池田文庫
94	小林一三宛書簡	大正四年二月二〇日付	与謝野晶子筆	一通	墨書	八・〇×一〇三・八 (封)一九・五×七・七	池田文庫
95	小林一三宛書簡	大正七年二月一日付	与謝野晶子筆	一通	墨書	一八・〇×二五一・五 (封)一九・六×七・七	池田文庫
96	小林一三宛書簡	大正一四年五月付	与謝野晶子筆	一通	印刷（宛名以外）	一九・七×二七・〇 (封)二一・二×八・四	池田文庫
97	小林一三宛書簡	昭和二年二月一二日付	与謝野寛筆	一通	墨書	一九・二×一四四・三 (封)二〇・三×八・四	池田文庫
98	小林一三宛書簡	昭和五年一〇月二二日付	与謝野寛筆	一通	墨書	一九・六×一二三・四	逸翁美術館
99	小林一三宛書簡	昭和一二年一二月一四日付	与謝野晶子筆	一通	墨書	一七・五×六四・七 (封)二〇・三×八・五	池田文庫
100	小林一三宛書簡	二月二一日付（年不明）	与謝野寛筆	一通	墨書	一九・三×一四七・五 (封)二一・五×八・三	池田文庫
101	小林一三宛書簡	九月三〇日付（年不明）	与謝野寛筆	一枚	ペン書	一四・三×九・〇	池田文庫
102	小林一三宛書簡	年次不詳	与謝野晶子筆	一通	ペン書	二五・二×三五・一	逸翁美術館

103	小林政治宛書簡　大正七年一一月四日	小林一三筆	一通	ペン書	各二五・〇×一七・七 (封)二一・八×八・四	京都府立総合資料館
104	小林政治宛書簡　大正一二年六月八日付	小林一三筆	一通	印刷	二四・二×三三・一 (封)一九・二×七・八	京都府立総合資料館
105	小林一三宛書簡　昭和七年八月二四日付	小林政治筆	一通	墨書	一九・六×一〇五・〇 (封)八・五×二一・〇	逸翁美術館
106	小林政治宛書簡　昭和一〇年四月一四日付	小林一三筆	一枚	墨書	一四・〇×九・一	京都府立総合資料館
107	小林政治宛書簡　昭和一七年六月五日付	小林一三筆	一通	墨書	一七・八×五六・六 (封)二〇・九×八・四	京都府立総合資料館
108	小林政治宛書簡　昭和一七年六月一二日付	小林一三筆	一通	墨書	一四・八×九・二	京都府立総合資料館
109	小林一三宛書簡　昭和一七年六月一九日付	小林政治筆	一通	墨書	一八・二×七八・八	池田文庫
110	小林政治宛書簡　昭和一七年六月二〇日付(推定)	小林一三筆	一通	墨書	一七・五×三七・〇 (封)一九・二×七・二	京都府立総合資料館
111	小林政治宛書簡　昭和一四年九月三日付	小林一三筆	一通	ペン書	二三・五×一六・一 (封)二一・四×八・五	京都府立総合資料館
112	小林政治宛書簡　昭和一五年七月三〇日付	小林一三筆	一通	印刷	一四・一×九・一 (封)一五・八×九・九	京都府立総合資料館
113	小林政治宛書簡　昭和一九年七月五日付	小林一三筆	一通	墨書	二四・八×一七・八 (封)二〇・五×八・四	京都府立総合資料館
114	小林政治宛書簡　昭和一九年七月六日付	小林一三筆	一通	墨書	各二四・八×一七・八 (封)二〇・五×八・四	京都府立総合資料館
115	小林一三宛書簡　昭和一九年七月一七日付	小林政治筆	一枚	ペン書	一四・一×九・〇	逸翁美術館
116	与謝野光宛書簡　昭和三〇年四月九日付	小林一三筆	一枚	ペン書	一四・〇×九・〇	京都府立総合資料館

◆謝辞◆

本展覧会の開催ならびに図録の編集にあたり、ご指導ご協力を賜りました関係各位に深く感謝の意を表します。

（敬称略・五十音順）

覚応寺
京都府立総合資料館
鞍馬寺
神戸親和女子大学附属図書館
堺市（堺市立文化館与謝野晶子文芸館）
堺市博物館
堺市立中央図書館
高島屋史料館
宝塚市立中央図書館

与謝野晶子と小林一三

二〇一一年四月二日

編集　逸翁美術館
監修　伊井春樹
発行所　逸翁美術館
〒五六三-〇〇五八　池田市栄本町十二-二十七
発売元　株式会社思文閣出版
〒六〇六-八二〇三　京都市左京区田中関田町二-七
電話〇七五-七五一-一七八一
印刷・製本　株式会社図書印刷同朋舎
デザイン　上野かおる・尾崎閑也（鷺草デザイン事務所）
定価　一、〇〇〇円（税別）

© printed in Japan 2011
ISBN978-4-7842-1567-6 C1092